D0284025

# LES SEPT PLUMES
## DE L'AIGLE

Luis A. n'est pas un personnage de roman mais un homme bien vivant, même s'il tient à rester anonyme. Ce livre raconte son histoire, de sa lointaine enfance argentine aux évènements qui l'ont conduit aux portes de la France, où il demeure aujourd'hui.

Il a quitté très tôt la maison de son père, à Cordoba, au pied de la Sierra Grande. Sa mère venait de mourir, loin de lui, une nuit d'orage. C'était une Indienne Quechua, et le seul être aimé de sa jeune existence. Il a refusé l'insupportable. Il a préféré imaginer qu'elle avait fui la ville, qu'elle était allée rejoindre son peuple, dans la montagne. Il est donc parti à sa recherche. C'est ainsi qu'il s'est retrouvé sur le chemin de l'impossible, le seul qui vaille aux yeux des fous de vie.

Il a connu, bien sûr, l'omniprésente misère des enfants perdus. Puis un jour, le-hasard-qui-n'existe-pas a voulu qu'il rencontre El Chura, le gardien des ruines de Tiahuanaco, l'homme au plumage de renard. El Chura était un sorcier. Un chaman. Il l'a instruit, puis il l'a poussé vers d'autres lieux, à la poursuite des pierres vivantes et des sept plumes de l'aigle où sont les sept secrets de la vie. Son errance fut longue, étrange, tourmentée. D'autres maîtres l'ont recueilli et l'ont guidé, don Benito, le vieux Chipès, le père Sebastian, des femmes aussi. Itinéraire où chaque rencontre, où chaque évènement, même le plus trivial, fut un pas de plus vers « l'épice », vers « ce qui fait que la vie ne passe pas pour rien ».

J'ai écrit ce qu'il m'a confié de son aventureuse existence et de ses apprentissages. À la fin, il m'a dit : « Maintenant, que le vent emporte nos paroles, comme il emporte tout, pollen, poussière, feuilles mortes. Si elles ne sont que poussière, qu'elles retournent à la poussière. Si elles sont vivantes, qu'elles nourrissent la vie ». Et il est parti d'un grand rire.

La route continue.

H. G.

*Henri Gougaud est né à Carcassonne en 1936. Lauréat de la bourse Goncourt de la nouvelle en 1977, il partage son temps d'écrivain entre les romans et les livres de contes.*

# Henri Gougaud

# LES SEPT PLUMES
# DE L'AIGLE

RÉCIT

Éditions du Seuil

TEXTE INTÉGRAL

ISBN 2-02-030105-9
(ISBN 2-02-022022-9, 1ʳᵉ publication)

© Éditions du Seuil, Avril 1995

Le Code de la propriété intellectuelle interdit les copies ou reproductions destinées à une
utilisation collective. Toute représentation ou reproduction intégrale ou partielle faite par quelque
procédé que ce soit, sans le consentement de l'auteur ou de ses ayants cause, est illicite et constitue
une contrefaçon sanctionnée par les articles L. 335-2 et suivants du Code de la propriété intellectuelle.

www.seuil.com

Je vous adjure de laisser tout libre, comme j'ai laissé tout libre. Qui que vous soyez me tenant à présent dans la main, lâchez-moi et partez sur votre propre route.

Walt Whitman

J'ai connu Luis A. un jour d'automne à Paris, dans une brasserie proche du faubourg Saint-Antoine. J'étais seul. Il était attablé en compagnie de quelques amis. Il parlait. Son ample carrure, son accent sud-américain, la force joyeuse et pénétrante de ses paroles surtout, dans le brouhaha de ce lieu ouvert à tous les vents, ont aussitôt attiré mon attention. J'ai tendu l'oreille. Ce qu'il disait m'a paru surprenant et profond. Il n'a guère tardé à s'apercevoir que je m'intéressais à sa conversation. Du geste et du regard il m'a pris à témoin, comme il le faisait avec les autres. J'ai risqué quelques questions, quelques réponses aussi à ses réflexions sur les douleurs et les beautés de la vie. Je me souviens du bref éclat qui a traversé son œil quand il a prononcé, en me regardant droit, le nom d'un saint poète persan, Djalāl al-Dīn Rūmī, que j'estimais comme l'un des plus grands bienfaiteurs du monde, mais que je croyais trop peu connu pour avoir la moindre chance d'être un jour cité dans un bistrot, fût-il peuplé de buveurs de mystères. Plus grand encore fut mon étonnement d'entendre cet homme à la chemise largement ouverte malgré les courants d'air piquants me rappeler, en écrasant négligemment son mégot dans un cendrier publicitaire, ces mots de notre maître commun que j'avais depuis longtemps inscrits dans un car-

9

net de notes de lecture : « *Nous avons traversé les ténèbres de l'océan et l'immensité de la terre. Nous avons enfin trouvé la fontaine de Jouvence. Elle nous attendait patiemment, au cœur de nous-mêmes.* » Je lui ai spontanément tendu la main. Il l'a serrée en riant. Nous sommes devenus amis.

Il était peintre, restaurateur de tableaux et expert en laque chinoise. Son atelier n'était guère éloigné de cette brasserie où nous nous étions rencontrés. J'ai pris l'habitude de lui rendre visite, de temps en temps. C'était un homme d'une générosité infatigable (il l'est toujours, Dieu le garde !). Il avait exploré un chemin de connaissance qui m'attirait depuis longtemps mais que je n'avais guère parcouru, faute de guide sûr et de carte fiable. Il me fallait, pour entreprendre ce voyage dans les zones obscures de ma propre terre, quelques lumières. Il détenait des informations et des techniques précises héritées de vieilles écoles orales. Il me les a données. Peu à peu cependant au gré de nos journées ont émergé, comme des îles sur la mer, des paysages et des événements de son passé. Ils m'ont paru si captivants que j'en suis venu à l'interroger plus avant sur sa vie. Un jour, je lui ai demandé l'autorisation de poser entre nous le micro d'un magnétophone. Je ne pouvais plus me fier à ma seule mémoire, elle était trop étroite pour contenir le flot de ses aventures. Deux ans durant il m'a ainsi raconté ses errances, ses rencontres, ses épreuves, ses découvertes.

Ce livre est le fruit de ce qu'il m'a confié, devant d'innombrables tasses de café, dans le plaisir jubilant d'être ensemble.

# 1

Je suis né à Córdoba, au pied de la Sierra Grande, en Argentine. Mon père était une sorte de grand hidalgo à la tristesse impressionnante. Dès que je le voyais paraître, je me recroquevillais comme un escargot. Lui me traversait sans me voir. Il était médecin, catholique, blond de poil, bleu de regard. Mes frères lui ressemblaient. Pas moi. Savez-vous comment ma mère m'appelait, quand elle me berçait contre son ventre en caressant ma peau d'olive ? « Negrito, negrito mío. » Elle était d'une tendresse infinie.

Mon père, lui, me regardait comme un enfant de trop. Misère de Dieu ! Il était aussi raide et taciturne qu'un récif. Il ne me parlait jamais. Je vous ai dit qu'il était catholique. Oh certes, il l'était. Avez-vous déjà vu des hommes au pantalon troussé cheminant à genoux sur le parvis des cathédrales ? Flagellant jusqu'au sang leurs épaules ? Traînant une croix lourde comme un poteau télégraphique ? Mon père était de ces saints redoutables. Que m'a-t-il appris ? La peur. Que m'a-t-il donné en héritage ? Son nom, et assez de larmes pour faire pousser des laitues dans le grand désert du Colorado.

Il avait épousé une Indienne. Elle venait des montagnes où vivent les Quechuas, un vieux peuple à la mémoire longue. Les Quechuas ont vu naître et mourir l'Empire inca. Ils occupent encore les hautes terres de l'Argentine, de la Bolivie, du Pérou, de l'Équateur. Leur langue était celle de ma mère. Leur pauvreté aussi. Elle n'avait rien au monde, rien que son corps de femme et ses croyances de paysanne des hauts plateaux. Où mon père l'avait-il trouvée ? L'a-t-il seulement aimée ? Je l'ignore. Peut-être l'avait-il gardée (c'est un mauvais rêve que je vous dis là) parce qu'il lui avait planté le petit Luis dans le ventre, par malaventure, après avoir perdu la grande dame qui lui avait donné ses autres fils ? Il était riche et respecté de tous. C'était un notable. Il avait une voiture américaine. Nous habitions une vaste demeure aux patios ornés de jets d'eau, aux couloirs peuplés de domestiques. Quand je me souviens de ce temps, qui me vient à l'esprit ? Un pauvre garçon égaré dans cette maison semblable à une forêt obscure, un être sans boussole qui se cognait aux gens, comme à des arbres.

J'avais onze ans quand survinrent les deux événements les plus considérables de mon enfance : ma mort, et ma renaissance. Je suis tombé d'une échelle. Je ne me suis pas relevé. Après huit jours de coma je me suis réveillé amnésique dans une chambre de la clinique Caferata. Mon père m'avait fait administrer l'extrême-onction. Personne n'imaginait que je puisse survivre. J'ai tout de même ouvert les yeux, un soir. Je me souviens avoir vu un mur luisant, une ampoule nue au plafond, puis une fenêtre pleine de nuit, puis ma mère assise au pied du lit, sur le carrelage. Elle était enveloppée dans une couverture qu'elle tenait serrée au col. Près d'elle étaient une cruche d'eau et une écuelle. De l'instant où l'on m'avait couché là, elle était restée à m'attendre. J'ai vu briller ses yeux, trembler sa bouche.

Je ne l'ai pas reconnue. J'ai pensé : « Qui est cette femme ? » J'ai soupiré, et je me suis rendormi.

Ma première parole intelligible fut pour demander du papier et des couleurs. Le lendemain, j'ai pris la Bible sur la table de chevet (s'il y avait autant d'antibiotiques que de bibles dans les hôpitaux sud-américains, nous serions un peuple increvable !), je l'ai tendue à l'infirmière et j'ai voulu qu'elle me lise la Genèse. Dès le récit terminé, j'ai voulu l'entendre à nouveau, et encore, et encore. « Au commencement Dieu créa le Ciel et la Terre. Or la Terre était un chaos, et il y avait des ténèbres au-dessus de l'abîme, et l'esprit de Dieu planait au-dessus des eaux. Dieu a dit : "Que la lumière soit." Et la lumière fut. » Ces mots faisaient plaisir à mon sang. J'éprouvais à les écouter une satisfaction secrète et sombre, une jubilation charnue. Je me suis mis aussi à dessiner sans cesse. Faut-il vous dire que je ne m'étais jamais intéressé à ces choses avant l'accident ? En vérité, le coma m'avait offert deux trésors : le désir de peindre, et l'amour des récits sacrés.

Le jour fut long à se lever. Mon amnésie dura neuf mois. Le premier être à sortir du brouillard fut le chien de mon père, Yungo. Puis j'ai reconnu ma mère. Un matin en me réveillant j'ai écarquillé les yeux et mes lèvres se sont décollées deux fois, juste pour dire « mama », le mot le plus beau du langage des hommes, peut-être même aussi du langage des animaux, des plantes, de la Terre, des étoiles. Et puis peu à peu j'ai retrouvé la vie. Je suis sorti dans la rue. J'ai marché seul sur le trottoir. Je suis retourné à l'école. Je n'y suis pas resté longtemps.

Peu de temps après mon réveil ma mère a quitté la maison. Mon père l'a chassée, j'ignore à la suite de quelle dispute, de quelle honte ou de quelle injustice. Il ne faut pas entrer dans le secret des êtres si on n'y est pas invité. Je ne l'ai pas été. Ils ne m'ont rien dit, ni l'un ni l'autre. Son départ ne dérangea guère l'ordonnance des lieux et des jours. Ma mère avait toujours vécu à l'écart dans le patio du fond, le troisième, où elle avait ses habitudes. Elle y passait son temps avec des voisines, des femmes du peuple, des mulâtresses, ses pareilles. Dans le deuxième patio, le lieu de la famille, elle ne venait guère qu'à l'heure des repas, pour aider les domestiques au service de son maître dont elle subissait le fanatisme sans rien dire, comme tous ceux de la maisonnée. Dans le premier patio, le Saint des Saints où mon père officiait, elle n'avait jamais été qu'une passante furtive. Elle est donc partie, un jour. Elle est allée vivre dans une cabane misérable, au bord de la rivière. Vivre de quoi ? Des cinq pesos que lui donnait mon père pour laver le linge de ses enfants. Elle est devenue une servante, et moi un écolier fantôme.

Tous les matins je bourrais mon cartable de riz, de pain, de légumes, je prenais sagement le chemin de l'école, et dès que les fenêtres, derrière moi, ne pouvaient plus me voir, je fonçais dans la première ruelle qui descendait vers la rivière et je dévalais comme une bombe.

– ¡ Mama !

Elle apparaissait sur le seuil de la cabane, je bondissais dans ses bras.

– ¡ Negrito mío !

Ces retrouvailles, c'était mon alcool, mon lait, ma messe quotidienne, mon oxygène céleste. Elle me serrait contre elle, j'étouffais de bonheur entre ses seins, elle me caressait partout sous la chemise. Parfois, elle me disait :

– Toi, fils, caresse-moi.

C'était doux et simple, nous ne vivions pas en eau trouble. Elle me disait :

– Tu sens comme c'est tendre ? Touche mon cou. N'appuie pas, touche à peine. Tu sens ? C'est mon sang qui galope.

Je lui répondais :

– Non, mama, c'est le mien qui cogne au bout des doigts.

Et je me retenais de respirer, pour mieux sentir. Elle me disait :

– Écoute.

Et j'écoutais son cœur. Elle était innocente autant que je l'étais. Sans qu'elle ni moi n'en sachent rien, elle m'apprenait l'art de vivre à l'affût des mystères qui partout palpitent dans nos corps. Après ce temps de jeu, j'étalais fièrement mes provisions sur la table. Nous mangions, puis je l'accompagnais à son travail de lavandière.

Elle me parlait sans cesse, elle me disait :

– Tu dois entrer dans la nuit comme un chat, et dans le jour comme un lion.

Elle me disait que la nuit était la face cachée du jour, que je pouvais traverser la nuit en plein jour si j'apprenais à me glisser dans les ombres, et que la nuit, si je voulais goûter le jour, il suffisait que je marche dans la lumière de la lune. Elle me disait :

– La nuit, n'oublie pas le jour. Le jour, n'oublie pas la nuit. Chaque être porte en lui un jour et une nuit. Goûte les deux, negrito mío.

Elle me parlait aussi de la vie de l'eau. Elle me disait

que les scintillements, les vagues, les murmures, les tourbillons, la force de l'eau étaient l'œuvre de petits êtres infatigables que le vent amenait du ciel. Parfois, nous allions visiter les fleurs. Elle me disait :

– Écoute-les.

– Mais, mama, il n'y a pas de fleurs, il n'y a que des feuilles !

– Eh bien écoute les feuilles. C'est pareil. Ce sont leurs cousines. Tu peux entendre les fleurs dans les feuilles.

Je fourrais ma tête dans la verdure. Je n'entendais rien, que des bruissements.

– Alors, me disait-elle, qu'est-ce qu'elles te racontent ?

J'inventais une histoire. Elle riait. Elle me disait :

– Elles te parlent vraiment, elles te parlent !

Elle me battait parfois. N'allez pas croire que j'étais sans cesse auprès d'elle comme un coq en paradis ! J'étais un enfant turbulent. Mais elle ne se souciait guère de mes humeurs, de mes manquements à la morale, de ce que d'ordinaire nous appelons des fautes. Une mère, chez nous, n'a qu'indulgence pour ces choses-là. Elle sait être patiente. Elle ne veut pas voir son fils courber le dos comme un coupable, Dieu garde ! Que son garçon s'avance hardiment dans le monde, voilà sa fierté. Pour une Indienne, seul ce qui met en danger la survie de son enfant mérite d'être inscrit en rouge dans sa chair. Les raclées de ma mère n'étaient pas des frôlements d'oiseau. Elles cinglaient, et rudement. Mais elles ne laissaient que des traces utiles. Chaque volée d'orties me disait : « Souviens-toi. Souviens-toi du feu, souviens-toi de l'eau, souviens-toi des branches mortes, des dangers sont cachés dedans. Souviens-toi, souviens-toi, souviens-toi. » En me battant le cul comme linge au lavoir, ma mère allumait des signaux d'alarme au bord des pièges à venir. Elle gravait là, sur mes fesses pourpres, des mémoires chaudes, aussi chaudes et vivantes que mon sang.

Car les Indiens distinguent deux sortes de souvenirs : les froids, et les chauds, qu'ils appellent mémoires. Les souvenirs froids sont faits d'informations. Ils disent ce qu'ils savent, rien de plus. Qui dit que deux et deux font quatre ? Un souvenir froid. Les civilisés ont la religion de ces sortes de souvenirs. Ils les cultivent. Ils les accumulent. Ils savent faire d'eux des outils redoutables. Les primitifs les utilisent volontiers, mais ne les estiment pas plus que des traces mortes. Ils préfèrent les mémoires chaudes, les instants survivants du passé qu'il nous arrive d'évoquer et qui viennent à nous comme ils sont, avec leur poids de douleurs ou leurs frémissements d'allégresse, avec leurs larmes, leurs parfums. La tête se souvient, les sens ont des mémoires. Le corps, de haut en bas, des orteils aux cheveux, est un village de mémoires. Peupler ce village de mémoires alliées, afin que la vie soit bien défendue et servie, voilà selon l'école indienne la meilleure façon de construire un homme. L'encombrer de savoir inutile, de croquemitaines, d'inquisiteurs, mère de Dieu ! C'est le nourrir d'ordures.

Les servantes de mon père, le soir, dans ma chambre, me racontaient des histoires terribles. Je m'endormais dans des ténèbres traversées de « manos negras », de démons, de fantômes. « Si tu n'es pas sage, gare au diable ! Si tu es impur, Jésus te punira ! » Voilà ce que me disaient, quand je fermais les yeux, ma chair de poule et mon cœur battant comme le tocsin du jour des Morts. Savez-vous ce que j'ai fait, un dimanche, à l'église, pour que le diable cesse de me tourmenter, pour que la main de Dieu m'épargne, pour vivre enfin à peu près tranquille ? J'ai volé une bouteille d'eau bénite. Je l'ai emportée sous ma veste, après la messe. Je me suis senti, ce jour-là, une âme de guerrillero. J'ai pu ainsi sans trop d'effroi me laisser aller à mes débordements. Dès que j'avais lâché un juron, une insulte, un mensonge, je courais à ma chambre où je gardais ma fiole, je me lavais la bouche, je me gargarisais, et je pouvais la tête haute m'en retourner parmi les miens. Mais il m'arrivait aussi, et fréquemment, de commettre le péché de masturbation, crime que j'estimais passible, d'après ce qu'on m'en avait dit, de dégradation sur le front des troupes, d'exposition à la vindicte publique et d'ensevelissement final sous les foudres du Ciel et les cailloux du peuple. Hélas, je me masturbais avec un entrain infatigable invétéré, et pour tout dire enthousiaste (à douze ans, ces sortes de prières païennes vous occupent soir et matin !). Dès ma mauvaise action perpétrée je m'inondais trois fois le sexe et la main coupable. Trois fois. Ma consommation d'eau bénite en fut bientôt torrentueuse. Je suis devenu un voleur émérite. Il a fallu, pour que cessent mes larcins, que Dieu et le diable ensemble décident, une nuit, de me briser.

Depuis trois jours la tempête inondait les rues et faisait trembler la maison. Depuis trois nuits, la figure dans l'oreiller, la couverture sur la tête et le dos bombé comme un Arabe en prière, j'imaginais d'épouvantables batailles d'ogres nuageux déferlant sans cesse contre les murs de ma chambre et menaçant de m'envahir dans un grand brisement de fenêtres. Je dormais pourtant, je devais rêver ces fantasmagories, car je me souviens m'être réveillé en sursaut. On cognait à la porte. Je me suis dressé sur le lit, les yeux grands ouverts dans le noir. Ce n'était pas la pluie, ni l'ouragan. C'était un homme. Il appelait, entre les coups de heurtoir, tandis que roulait le tonnerre :

– Monsieur ! Monsieur !

Les pas de mon père ont traversé le carrelage de l'entrée, suivis des petits cris effrayés de doña Rosa, la cuisinière, puis du ferraillement de la clé dans la serrure. Un soudain rugissement de bourrasque a envahi la maison. Dans ce rugissement j'ai entendu une pauvre voix qui disait :

– Venez vite, monsieur, votre femme se meurt.

Ma mère. Je suis sorti dans le vestibule. Une bouffée de vent m'a pris par le travers. J'ai aperçu doña Rosa, elle me regardait, les mains sur la figure. Mon père était sur le seuil, il venait de chausser des bottes. Il a noué la ceinture de l'imperméable qu'il avait passé sur son pyjama, il a hésité un instant à partir puis il est venu à moi en trois enjambées furibondes, il m'a empoigné le bras, il m'a jeté dans la chambre, sans un mot, et il a verrouillé la porte.

Sans doute ai-je hurlé, cogné des poings, je ne me souviens pas. Je sais que je me suis assis sur le plancher au milieu de la chambre, et que j'ai agrippé ma tête pour qu'elle ne soit pas emportée dans les galops qui traversaient l'espace, les criaillements des femmes, les voix des hommes, haletantes, voilées de deuil. Du dehors me venaient des coups de vent semblables à de grands claquements de lessive céleste, des roulements de chariots dans les nuages, des cavalcades sans chevaux. Dieu du Ciel, comment ai-je survécu ? J'étais seul, perdu dans la dernière nuit de la Terre, environné de tant de vacarme que j'entendais à peine les couinements qui sortaient de ma bouche, tout mouillés de sanglots, et appelaient ma mère.

Me voyait-elle ? Oui, elle me voyait. Je me souviens de son regard au-dessus de mon crâne, immobile dans un nid de silence, au cœur du tourbillon. Oh, la douleur du monde ! Comme nos âmes doivent être vastes, pour la contenir ! Et comme elles sont magnifiques pour résister à la perdition, cette Bête au ventre sans fond qui erre dans nos décombres, quand la tête et le cœur sont pareils à une ville bombardée, et que le malheur semble définitif ! C'est à ces heures misérables qu'elle nous vient dessus. Elle est toute d'ombre, sa gueule est répugnante, mais on n'a plus la force de la craindre, elle est moins terrifiante, à tout prendre, que la souffrance que l'on endure. A-t-elle jamais flairé votre odeur ? Avez-vous jamais senti son haleine sur votre nuque ? Nous nous sommes rencontrés, elle et moi, cette nuit-là. Elle me connaît, et je la connais. Elle m'a grondé autour, elle est entrée dans mon corps, elle l'a visité, et elle est partie. J'imagine que je n'étais pas mangeable.

Quand le jour s'est levé j'ai ouvert les volets, j'ai appelé encore, j'ai éraflé mes joues et mes tempes à tenter d'enfoncer mon visage entre les barreaux de la fenêtre. Il y avait des gens dans le patio. Ils semblaient ne pas me voir. Doña Rosa est venue me porter à manger. J'ai appris d'elle qu'un poteau foudroyé était tombé sur le toit de la cabane, au bord de la rivière, qu'il l'avait crevé et qu'il avait tué ma mère. J'ai appris qu'elle m'avait voulu près d'elle à l'instant de mourir.

– Qu'a-t-elle dit, Rosa, qu'a-t-elle dit ?
– Elle a dit : « Negrito, negrito », et je ne sais plus

quoi encore. Seigneur Jésus, pardonnez-nous pauvres pécheurs !

Trois jours. Trois jours durant je suis resté enfermé. Qu'ai-je fait tout ce temps ? Comment le savoir maintenant ? Ma mère est toujours infiniment présente dans ma vie, mais sa mort est loin. Quand mon père est revenu du cimetière il a ouvert la porte de ma chambre, il est resté un moment immobile sur le seuil. Il était immense, un peu voûté. Il y avait, derrière lui, du soleil éblouissant. J'ai attendu qu'il vienne à moi. Peut-être ai-je fait un pas vers lui. Je ne sais pas s'il m'a regardé, son visage était dans l'ombre. Il s'est détourné, et il a donné des ordres aux femmes dans le vestibule.

Le temps m'a aidé à faire la paix avec lui. Le sait-il ? Je crois qu'il était venu au monde avec un fardeau qu'il pouvait à peine porter. Il n'a pas su s'en défaire. Comme il a dû mourir fatigué ! Il n'a pas pu m'aimer. Il n'a pas eu la force. Dites-moi donc si vous pourriez, vous, marcher courbé en deux sous un chargement d'âne et ramasser en plus, sur le bord du chemin, un morveux malvenu, et le prendre dans vos bras, et le nourrir de bontés légères. Il n'a pas pu ! Bien sûr, il s'en est fallu d'un rien qu'il ne m'écrase. Mais, bon sang de Dieu, je ne suis pas mort ! Et j'ai appris pour deux, pour moi, pour lui aussi. Je suis content de cela. J'ai fait de lui non pas le père qu'il ne pouvait pas être, mais un homme. Car de longtemps il fut à mes yeux toutes sortes de monstres, mais certes pas un être humain. A vrai dire, il fut surtout un bouc. Pas n'importe lequel : l'émissaire, celui que l'on charge de tous les maux et que l'on chasse à coups de pierres hors du village en lui braillant derrière que tout est de sa faute, tout, nos misères, nos lâchetés, notre peur de mourir, le froid qu'il fait, la pluie, et nos boutons de fièvre, et nos crises de foie ! Elle s'en va, la pauvre bête, sous les cailloux, sous les insultes. Mais nos maux s'en reviennent, plus fringants que jamais. Et il nous faut chercher encore un autre bouc. Je connais des gens qui passent ainsi leur vie à consommer des boucs, des troupeaux de boucs, des hordes, des peuplades de boucs. Mon père fut longtemps un bouc. Je l'ai changé en homme. J'y ai mis le temps, mais j'y suis arrivé. Dites, n'est-ce pas de la belle sorcellerie ?

Six mois après ces jours maudits je m'en suis allé pour toujours. J'étais retourné en classe, où seules m'intéressaient les cuisses de l'institutrice que j'épiais passionnément sous la table. En vérité, ma tête était une boule de brume, mon cœur s'était fermé et durci comme un poing. Je savais à peine lire, j'écrivais comme un mendiant. Que pouvais-je apprendre sans tête ni cœur ? Rien. Je suis parti un matin, comme pour aller à l'école. Je n'avais pris ni cartable, ni bagages. Je n'avais aucune intention précise. Doña Rosa m'avait donné de l'argent. Je ne sais plus sous quel prétexte je le lui avais escroqué. Peut-être savait-elle ce que j'allais faire, ce que je devais faire pour ne pas mourir, et qu'elle ne pouvait empêcher. Moi, je ne savais pas encore. J'ai marché jusqu'au bout de la rue. Je me suis arrêté au carrefour et là, sans raison apparente, la terre sous mes pieds est tombée en poussière. Imaginez un funambule sur un fil tendu entre deux nuits. Je me suis vu ainsi, le temps d'un éclair noir. Les voitures ont disparu, les gens, la lumière du jour. Des yeux se sont ouverts derrière ma casquette, et j'ai vu ma maison s'effondrer. Ma maison, doña Rosa, ma famille, ma chambre, mes cauchemars, tout s'est effondré dans un silence de film muet. Derrière moi il n'y avait plus rien, plus d'arbres, plus de murs, plus de fenêtres, la rue même avait disparu. J'ai secoué la tête. Un grand rire m'est monté dans la poitrine, mon rire du temps où j'écoutais les fleurs, mon rire d'inventeur d'histoires. Je venais de décider que j'avais franchi un gouffre sur les ailes d'un aigle, et que cet aigle m'avait déposé là, au bord du vaste monde.

Et comme je me disais cela, une pensée a germé dans mon esprit. Elle était lumineuse, elle m'a paru semblable à une étoile. J'ai fermé les yeux pour la savourer, et je lui ai découvert un goût d'évidence. Ma mère avait avant moi franchi ce gouffre, elle était partie dans les montagnes au-delà de la frontière, elle s'en était retournée chez elle, en pays quechua. Quelle découverte magnifique ! Ce fut comme un coup de dynamite au bout d'un tunnel. La lumière ! J'ai cru que l'exaltation allait me soulever de terre. J'étais libre, et je savais maintenant où je devais aller : droit au nord, à la recherche de ma mère.

Folie ? Sans doute, mais bénie. Elle m'a gardé vivant, cette fêlure-là. Qu'aurais-je fait sans elle, à treize ans, toutes amarres rompues ? Je n'avais pas vu ma mère morte. Je n'étais pas allé à son enterrement, et je ne savais même pas où était sa tombe. On ne me l'avait pas dit. Je ne l'avais pas demandé. L'aurais-je su, serais-je allé la visiter ? Sans doute pas. Pour quoi faire ? Prier Dieu, ce juge impitoyable assis dans son fauteuil au-dessus de ma tête ? Je ne me sentais même pas digne de lever les yeux vers ses pantoufles. Il me terrorisait. Pleurer ? Je le faisais assez tout seul, dans mes recoins. Abandonner aux cendres, de l'autre côté du gouffre, tout ce que l'on m'avait raconté sur sa disparition subite m'était non seulement possible, mais facile. Sa mort ? Mensonge. Coup monté. Ma folie me soufflait cela. Je m'en suis donc défait d'un revers de main, comme on se brosse le manteau.

J'avais un but, désormais : suivre l'étoile. Mon étoile inventée. J'ai regardé devant moi, à droite, à gauche. J'ai levé les yeux vers le ciel. J'ai senti, dans l'air, une présence vague, mais accueillante. Je me suis remis à marcher. La ville me bruissait autour. Je me sentais protégé d'elle. Il y avait dans la brise un parfum de musique ample et pourtant allègre. Je me suis senti aimé, tout à coup. Il m'a semblé que dans l'espace, dans la lumière du jour, quelqu'un était content de moi. Et comme j'éprouvais cela, m'est venu une sorte d'effroi sacré, sans bornes, quoique adouci par cette musique muette que je sentais dans l'air. Comment pourrais-je ne pas me perdre, me dissoudre, m'évaporer dans cette immensité toute neuve à qui je m'offrais, et qui venait à moi ?

Je suis passé devant l'école. Des cris de cour de récréation m'ont traversé la tête. Je me suis mis à courir comme si j'avais aux trousses tous les flics de la ville, dans un tohu-bohu de foule remuée, d'aboiements de chiens et de klaxons. Je me suis engouffré dans la gare. Je suis passé devant tout le monde en geignant que j'étais en retard. Un train partait. Il allait en Bolivie. J'ai grimpé, l'haleine rauque, dans son dernier wagon.

Gobernación de los Andes. Je doute que vous trouviez ce nom sur une carte de géographie. Ce n'est même pas un village, c'est une gare-frontière. Le train s'est arrêté là, le deuxième jour du voyage, en fin d'après-midi. Il n'y avait dans le wagon que quelques Indiens somnolents parmi des paniers de volailles. Deux policiers sont montés pour contrôler les passeports. Ils n'ont pas eu l'air particulièrement surpris de me voir sans bagages ni papiers. Ils ne m'ont rien demandé. Ils m'ont dit :

– Viens, bonhomme.

Et j'ai compris que je n'irais pas plus loin.

Depuis mon départ, je n'avais cessé de vivre dans l'amitié des mystères. Ma déraisonnable espérance de revoir ma mère s'était peu à peu changée en certitude de la retrouver bientôt. J'avais imaginé un ange messager lui annonçant mon arrivée, dans l'ombre d'une porte basse, au seuil d'une maison montagnarde. Mille fois dans mes demi-sommeils je l'avais rêvée courant à ma portière, sur le premier quai de gare au-delà de la frontière, le visage illuminé par l'attente de son negrito. Si la foi est une fièvre, j'avais une foi de cheval ! Quand les policiers m'ont empoigné chacun par un biceps je me suis débattu en protestant qu'il leur en cuirait de me faire violence, car celle qui m'attendait au prochain village était une princesse quechua. Ces hommes-là étaient des pacifiques. Ils m'ont traîné dehors sans souci de mes insultes, trop occupés qu'ils étaient à poursuivre une conversation passionnée sur les mérites comparés de leurs compagnes de lit. Ils m'ont mené dans un baraquement où ils m'ont enfermé en attendant le train du retour.

Ils m'ont fourré dedans à l'instant où il s'ébranlait. Ils firent bien. J'aurais profité du moindre temps d'attente pour me faufiler dehors comme un renard et fuir à travers la montagne. Je n'en suis descendu qu'au terminus, Buenos Aires, où j'ai vécu à peu près cinq années de petits métiers, de rencontres hasardeuses et de bontés du Ciel.

Je connais des gens qui prennent la vie en horreur sous l'étrange prétexte que le monde leur déplaît. Comme si le monde et la vie étaient sortis jumeaux du même ventre ! Le monde n'est que le lieu où la vie s'aventure. Il est rarement accueillant. Il est même, parfois, abominable. Mais la vie ! L'enfant qui apprend à marcher, c'est elle qui le tient debout. La femme qui apprend les gestes de l'amour, c'est elle qui l'inspire. Et le vieillard qui flaire devant lui les brumes de l'inconnaissable, affamé d'apprendre encore, c'est elle qui tient ses yeux ouverts. Elle est dans la force de nos muscles, dans nos élans du cœur, nos poussées de sève, notre désir d'être et de créer, sans souci de l'impossible. « Impossible est impossible ! » Voilà ce que dit la vie. Avez-vous déjà vu une touffe d'herbe verte sortir tout étonnée d'une fente dans le bitume ? C'est ainsi que je suis venu au monde, à Buenos Aires. C'est ainsi que j'ai vécu, comme une herbe vivace.

J'ai astiqué des milliers de chaussures, j'ai vendu des milliers de journaux, j'ai lavé des milliers d'assiettes dans des arrière-salles de restaurants. Je ne savais presque pas lire. Si j'excepte la Genèse, ma porte ouverte sur la montagne obscure d'où jaillissait la prodigieuse cascade de la Création, je déchiffrais à peine les affiches publicitaires et les enseignes des magasins. Mais j'étais possédé par une soif de savoir proprement inapaisable. Dès que j'avais en poche les trois sous de ma journée, j'allais au cours du soir des enfants de la rue. J'absorbais tout. Avez-vous déjà vu la terre du désert boire l'eau d'un nuage ? J'étais un désert, et je buvais des livres.

Je fréquentais aussi une école de peinture où venaient toutes sortes de gens, vieux et jeunes, pauvres et dames. Car mon désir d'être un artiste depuis ma renaissance à la clinique Caferata n'avait fait que croître jusqu'à devenir, dans le ciel de ma tête, comme un clocher de cathédrale. J'étais évidemment décidé à rejoindre, à la pointe de la flèche, Léonard de Vinci, Raphaël et quelques autres astres. J'ai donc appris l'art des couleurs, du dessin, de l'encre de Chine. Le corps de la femme m'était un constant objet d'adoration. Je me tenais des heures à l'affût de ses lumières, de ses chemins, de ses frémissements, je me perdais avec délices dans ses ombres. Je peignais des nus comme un mystique prie son Dieu. Devant ma planche à dessiner, moi je priais la Sainte Femme.

En vérité, j'en avais une à la maison. Elle s'appelait Josefa. C'était une prostituée. Une nuit que je ne savais où aller elle m'avait pris en pitié et elle m'avait mené chez elle. Elle m'avait installé derrière un paravent, dans la chambre où elle recevait ses clients. Elle faisait son métier, sans zèle ni pudeur, pendant que j'essayais de dormir sur ma paillasse. Elle était belle comme une statue maya, elle lisait des romans-photos, elle avait une trentaine d'années, j'en avais quatorze, nous étions tous deux des êtres de lune et de trottoir. On s'entraide avec une simplicité quasiment animale, entre gens de cette sorte. Elle fut ma première femme.

Une nuit, elle est rentrée seule. Je m'étais couché dans son lit, comme je le faisais souvent quand elle allait ramasser des hommes. J'aimais poser la joue sur son oreiller et me pelotonner douillettement sous sa couverture. C'était mon luxe, mon dessert nocturne, mon instant secret. D'ordinaire, il ne durait jamais plus d'une demi-heure. Dès que j'entendais, dans l'escalier, les pas de Josefa multipliés par deux, je me glissais prestement hors des draps, je plongeais derrière le paravent et je me retenais de respirer. Cette fois-là, peut-être m'étais-je endormi ? Quand j'ai ouvert les yeux, j'ai vu son ombre enjamber sa jupe devant la fenêtre ouverte. Je me souviens de la brise dans le rideau. C'était l'été. Elle s'est allongée près de moi.

Une putain qui fait l'amour par amour, pour un garçon de quatorze ans, c'est un cadeau du Ciel. Je l'ai accueillie en tremblant comme un oisillon mouillé. Je crois même avoir suffoqué de terreur et d'impatience. Elle m'a d'abord caressé avec une tendresse rieuse, comme aurait pu faire une mère avec son nourrisson. Puis elle a attiré mes mains sur elle, elle les a guidées à la découverte de ses courbes, de ses creux, elle a voulu que je la regarde partout, que je flaire partout ses senteurs. Elle me disait :

– Et là, tu as oublié, là. Et là, regarde. Et là, dis, ça sent quoi ?

Elle m'a appris à parler, à dire les mots du désir, à les entendre, à nommer ces lieux du corps que la lumière effarouche. Et puis peu à peu elle m'a entraîné dans ces profondeurs où l'amour se fait grave, où nos gestes nous emportent et font sans nous ce qu'ils doivent, comme accomplis par un grand être d'ombre, nous-mêmes peut-être, ou peut-être notre ange un instant désireux de goûter à nos jouissances. Quand enfin nous nous sommes défaits l'un de l'autre, le soleil riait dans le rideau. Elle m'a dit :

– Va-t'en maintenant.

Puis elle a regardé le plafond. Elle a dit encore :

– On se reverra peut-être.

Je savais que je ne pourrais plus dormir derrière le paravent. Notre histoire était finie. J'ai pris mes petites frusques, et je suis parti.

C'est en sortant de chez Josefa que j'ai rencontré le Polonais. Il était seul, comme moi. J'avalais un sandwich à la terrasse d'un bistrot. Il était à la table voisine. Il m'a demandé ce que je faisais. Je lui ai répondu que j'étais plongeur, que je lavais des assiettes. Il m'a dit :

– Moi je travaille dans la publicité.

Son métier semblait infiniment plus prestigieux que le mien. Ce n'était qu'une apparence. En vérité, il était colleur d'affiches. Il était mon aîné de trois ou quatre ans. C'était un nerveux sans couleurs. Un Blanc sec. Nous avons parlé, et nous nous sommes découvert une passion commune pour la philosophie. Non pas une simple curiosité, nous n'avions pas les moyens de faire du tourisme culturel, et de toute façon nous ne connaissions du mot « culture » que son sens agricole. Une passion d'une exigence féroce, voilà ce que nous éprouvions. Une passion de gauchos. Nous estimions la philosophie seule capable de nous sortir des culs-de-basse-fosse où nous passions nos nuits, nous attendions d'elle qu'elle nous illumine, qu'elle soit, au-dessus de nos têtes, la lampe des lampes ! Mais nous devions d'abord nous préoccuper de survivre. Comment philosopher, quand on est sans cesse à courir après un croûton de pain, un toit, une litière ? Un jour, le Polonais m'a dit :

– Écoute, j'ai un peu d'argent. On loue une chambre, on s'enferme pendant un mois, et on lit.

– On lit quoi ?

– Pythagore, Aristote, Platon, la Bible, Spinoza, quelques mystiques. A mon avis, ça devrait suffire. Et nous saurons enfin de quoi l'univers est fait, ce que valent nos vies, et pourquoi nous sommes si perdus.

Nous étions des pauvres, des affamés naïfs. Dieu merci, nous avions cette foi dans l'enchantement du monde qui fait l'increvable vigueur des ignorants. Le jour même, nous avons loué une chambre à deux lits dans un hôtel misérable qui même à midi puait la nuit louche. Au tenancier (un homosexuel décavé mais candide) nous nous sommes présentés comme des philosophes désireux de faire retraite à l'abri des fureurs de la vie quotidienne. Nous lui avons allongé un pourboire royal. Il nous a dit :

– Vous ne serez pas dérangés. J'y veillerai. Des gens comme vous, on n'en fait plus.

Et nous voilà enfermés avec des kilos de livres. Le Polonais m'a dit :

– Tu devrais commencer par Kant.

Pourquoi pas ? Lui ou un autre ! J'ai plongé dans la décomposition de la vie phénoménale sans même savoir nager la brasse. Je ne me suis pas noyé. « Noumène », « phénomène » étaient pour moi des mots chargés d'une inépuisable magie poétique. Ils n'ont atteint que par éclats mon entendement, mais ils ont éveillé, dans les profondeurs de mon être, comme une lumière de dignité. J'ai aimé Kant, bien que je n'en aie pas retenu grand-chose, et Kant m'a accueilli avec assez de bonté pour ne pas m'engloutir.

Le Polonais partait tous les samedis soir chez sa mère et s'en revenait le lundi avec des montagnes de provisions. Pendant ses absences je dessinais, je peignais. Nous sommes restés enfermés six mois. Six mois d'ascèse, sans autre horizon qu'une fenêtre, sans autre occupation que de brasser des univers. J'ai traversé Aristote, je me suis perdu dans Pythagore, j'ai dérivé dans Spinoza. J'ai rencontré Platon, enfin. Quel banquet ce fut ! Platon m'a présenté Socrate. Avec Socrate j'ai parlé. A Socrate j'ai pu poser les questions qui m'importaient. Socrate est devenu mon père nourricier.

Je suis sorti de notre retraite plus maigre et plus fier que je n'y étais entré. J'avais lu. J'avais osé m'approcher des grands hommes. L'opinion que j'avais de moi-même en fut bouleversée. J'ai retrouvé la rue le nez haut, la parole rare et le regard lointain, semblable à un explorateur de terres vierges de retour dans son village. Je fus assez surpris que les traîne-misère que je fréquentais avant mon voyage dans les étoiles ne m'accueillent pas comme un héros. J'en vins à me dire qu'ils ne pouvaient pas savoir d'où je venais. A la réflexion, je l'ignorais aussi. Je n'avais pas découvert le secret de la vie. Mais je savais désormais ce que j'étais : un étranger définitif, un pèlerin sans Jérusalem, un être affligé de ce perpétuel agacement de l'âme qui vous pousse sans cesse où les gens ne vont pas, à la recherche d'on ne sait quoi.

A dix-huit ans, j'ai été appelé à faire mon service militaire. Je suis resté une semaine à garder des mulets dans une caserne de banlieue. Au soir du septième jour, j'ai fait la quête parmi mes camarades, et j'ai déserté. J'ai repris le train pour le nord. Je suis descendu avant Gobernación de los Andes. J'ai franchi la frontière à pied, à travers la montagne. Deux camions et un autobus m'ont conduit jusqu'à La Paz, où j'ai repris mes petits métiers. Mais je ne pouvais plus me contenter de survivre. Il me fallait ennoblir ma vie. Je décidai donc de consacrer l'essentiel de mon temps et de mes forces à la peinture. Me vint bientôt le désir d'une nouvelle retraite, d'un lieu lointain et paisible où je pourrais peindre tout à mon aise, sans hâte ni souci. Un matin, croulant sous mes cartons de matériel d'artiste, j'ai pris le train pour Tiahuanaco. Pourquoi Tiahuanaco ? Je ne sais pas. Ma mère, sans doute, toujours ma mère.

J'avais imaginé une pure campagne à la vie simple et lente. Le train m'a abandonné sur une plate-forme de bois, à plus de quatre mille mètres d'altitude, sous un soleil venteux qui me trouait les yeux. J'ai traversé le baraquement délabré qui tenait lieu de gare et je me suis assis contre le mur. Devant moi, ni chemin, ni maison. Personne. Le haut plateau andin, à perte de vue, jusqu'au ciel. Je suis resté une heure parmi mes paquets à me demander ce que j'étais venu faire là, et où aller, et où trouver un lieu où manger et dormir. J'ai vu paraître un Indien au fond de l'herbe. Il était grand, maigre, sans âge. Il était vêtu d'un poncho couleur de terre, chaussé de vieilles bottes. C'était El Chura, l'homme au plumage de renard.

## 2

Il est resté un moment à trois pas de moi, devant le
soleil, à me regarder. Il m'a demandé si j'attendais
quelqu'un. Je lui ai répondu que non. Nous avons parlé
quelques minutes. Les mots prenaient une amplitude
étrangement tranquille dans le silence bleu du haut
plateau où n'était ni bruissement d'arbre, ni rumeur de
village. Je n'ai pas eu besoin de lui dire que je n'avais
nulle part où aller. Un coup d'œil a suffi pour qu'il
s'en rende compte. Il m'a dit que les gens, ici, l'appelaient El Chura, il a désigné l'espace d'un geste vague
et il m'a invité à le suivre.

Il m'a conduit jusqu'aux ruines de Tiahuanaco, où
était une cabane que les Indiens avaient autrefois
construite pour Paul Rivet, un ethnologue français qui
avait habité là plus d'une année. Tandis qu'il m'aidait
à jeter mes paquets dedans il m'a parlé de cet homme
avec un respect certain, quoique fort retenu. Son séjour
était maintenant lointain, Rivet était parti depuis des
lustres. Sa pauvre maison se mourait de solitude. La
table, la litière, le sol, le tabouret étaient couverts d'une
épaisse couche de poussière et de chiures de petites
bêtes. J'ai ouvert le volet et je me suis attelé au ménage.
El Chura s'en est allé à ses affaires.

Comme le soir tombait, il est revenu avec une lampe à pétrole et une écuelle de soupe que sa femme, m'a-t-il dit, avait préparée pour moi. Il avait à l'épaule un antique fusil à deux tubes rescapé de je ne sais quelle vieille guerre. Il s'est assis dans un coin de la pièce, son arme entre les jambes, et il m'a regardé manger. Nous avons fait plus ample connaissance. Je lui ai dit que j'étais peintre et que j'espérais trouver à Tiahuanaco la tranquillité nécessaire à mon travail. Puis je l'ai interrogé, je lui ai demandé ce qu'il faisait dans la vie. J'ai vu qu'il répugnait à parler de lui. Il m'a simplement répondu :

– Je suis le gardien des ruines.

Je me suis étonné. Je lui ai dit :

– Il n'y a personne ici ! Vous gardez quoi ? Les lézards ? Les oiseaux ?

Il a bougonné, l'air malicieux, qu'il y avait d'importants trésors enfouis un peu partout dans la cité morte, et que son travail était de veiller sur eux, toutes les nuits. Il s'est levé pour partir. Je lui ai proposé de l'accompagner. Il a haussé les épaules. Il m'a dit :

– Si tu veux.

Je l'ai suivi.

La puissance de ces ruines m'a d'abord effrayé. Elles m'ont paru d'une antiquité écrasante dans les lueurs lunaires qui aggravaient leur démesure. Les nuages, dans les amoncellements de rocs, le long des escaliers qui grimpaient aux ténèbres, à l'angle des murailles, semblaient poursuivre des êtres dont on ne distinguait que les ombres. Parfois, un souffle d'ailes invisibles traversait l'air noir. L'œil aux aguets, le dos rond, grelottant comme un singe sur le toit du monde (la nuit, dans ces régions, il fait un froid féroce), je me suis pris à guetter d'impossibles présences. Je sentais ces lieux peuplés de fantômes. Il me semblait voir, çà et là, des géants pétrifiés par des siècles d'attente silencieuse. El Chura, lui, allait sans hâte, semblable à un fermier visitant ses domaines. Son allure paisible et la fermeté de son pas m'ont peu à peu rassuré. Comme il ne parlait pas, j'ai risqué :

– Chura, il y a un mystère ici.

Il m'a répondu :

– Oui. Un grand.

– C'est quoi, Chura ?

Il s'est arrêté au milieu de la nuit, il m'a regardé, et il a dit :

– Le mystère ? C'est toi.

J'ai pensé qu'il estimait ne rien savoir de moi, que je l'intriguais et qu'il voulait que je lui raconte ma vie. Mais il ne se souciait pas de ma vie. Il a repris sa promenade, le nez au vent, et il n'a plus décloué les dents.

Le lendemain, je suis allé à la rencontre de mon nouveau pays. J'ai découvert ce que je n'avais pu voir sous les étoiles : la terrible et pourtant émouvante beauté de Tiahuanaco, qui compte parmi les vestiges les plus imposants de l'histoire précolombienne. Le matin, quand la rosée n'est pas encore évaporée, l'eau et la lumière allument des millions de grains d'or sur les dalles colossales qui pavent ses allées. Kalasasaya, le temple du Soleil, Pumapunco, le temple de la Lune, les colonnes, les murs, tout m'est apparu grandiose. J'ai marché jusqu'au hameau, à proximité des ruines. Il y avait là une église, une rivière, un pont et une dizaine de cabanes peuplées de quelques Indiens Aymaras.

El Chura m'a introduit dans leur vie. Sans lui je n'aurais pas pu les approcher. Je n'avais rien. Il me fallait du lait, du fromage, des pommes de terre pour subsister, de la bouse de vache pour faire du feu, car il n'y a pas de bois sur ces hauteurs, Tiahuanaco est à plus de quatre mille mètres au-dessus de la mer, aucun arbre ne pousse à une telle altitude. Au village, il n'y avait pas d'épicerie. Seuls les Indiens pouvaient me donner ce dont j'avais besoin, mais ils me traversaient sans me voir. Ils n'étaient pas hostiles, ma présence ne semblait pas les déranger, j'avais simplement l'impression de n'avoir, à leurs yeux, pas plus d'existence qu'un ectoplasme. Les Aymaras sont des êtres terriblement hermétiques. Ceux qui ont émigré vers les villes ont sombré dans la prostitution et l'alcoolisme. On ne parle jamais d'eux. Mais ceux qui sont restés sur le plateau ressemblent à leur terre. Elle est d'une simplicité impitoyable. L'herbe déserte, la montagne, le roc, le lac Titicaca à trois heures de marche, les nuits glacées, les jours caniculaires, le silence infini, tel est le haut pays de ces seigneurs sévères.

Heureusement, El Chura m'a pris sous sa protection. Il était chaman, autant dire joueur de tours, maître sorcier et gardien des trésors de la vie. Il parlait peu. Il n'expliquait guère. Il estimait que la seule connaissance qui vaille était au-dedans des choses, et qu'il fallait aller l'y chercher. De fait, tous les Indiens apprennent dès l'enfance à explorer cet intérieur des choses. Quand une femme aymara donne à manger à son petit, la première cuillerée de sa « masamora », sa soupe de maïs, est offerte à la « Pachamama », la vieille Terre Mère. Ainsi pénètre dans l'esprit de l'enfant l'évidence que cette boule céleste où nous avons vu le jour est vivante, qu'elle respire, sent, donne, prend, qu'elle a besoin d'être nourrie. Les Indiens ne soignent pas la terre parce qu'elle est malade, ils la soignent parce qu'elle est leur mère. Ils l'aiment ; voilà tout. En vérité, les chamans n'apprennent rien d'autre que cela : entrer en relation intime avec la vie qui est en toute chose.

Les premiers temps de mon séjour, El Chura, avec une obstination taciturne, s'est appliqué à bousculer la simplicité studieuse où je désirais m'installer. Je voyais bien qu'il n'agissait avec moi ni au hasard ni par pure sympathie, mais j'ignorais ses intentions, et je craignais de l'interroger, tant il me paraissait farouche. Il détestait les questions. Il n'appréciait que l'attention respectueuse. Il sanctionnait toujours les accès de familiarité qui m'emportaient parfois au-delà de la retenue que doit observer l'apprenti. Au moindre écart, il se rembrunissait et me tournait le dos. Un jour tout de même (il faisait beau et le bonhomme était d'humeur badine), j'ai osé lui demander pourquoi il prenait soin de moi, et semblait vouloir m'instruire. Il m'a répondu :

– Parce que tu es un vieux de la Terre.

– Comment savez-vous cela, Chura ?

– Je l'ai vu.

Nous nous promenions dans la montagne, au-dessus des nuages. J'ai insisté, j'ai voulu savoir exactement ce qu'il avait vu (moi, un vieux de la Terre ! Je me sentais soudain tout gonflé d'importance !). Il s'est fait prier, il a prétendu que je faisais l'idiot, et que je savais fort bien ce qu'il voulait dire. Bref, il m'a tranquillement agacé jusqu'à me voir aiguisé comme un lézard à l'affût. Alors, par bribes amusées, il m'a dit qu'à ma démarche, à mon regard, à ma façon d'être, il avait pressenti en moi, dès le premier jour, des mémoires de sorcier.

Tandis que nous marchions côte à côte il m'a observé un moment, à la dérobée. Et comme je restais attentif, il m'a dit encore qu'il n'y avait rien là d'extraordinaire, que nous venions tous au monde chargés de savoirs plus ou moins confus, lointains, profonds. Et sans paraître attacher la moindre importance à ses paroles il m'a appris que l'ancienneté d'un être pouvait être flairée comme un parfum, qu'un vrai chaman savait sentir cela.

— Que faites-vous, Chura, quand vous vient un vieux de la Terre ? Vous lui enseignez vos tours ?

— Quels tours ? Je le place dans la cuve de mémoire, voilà tout.

— Même s'il n'est pas indien ?

Il a haussé les épaules. Il m'a répondu que pour poser des questions pareilles je n'étais guère plus qu'un âne, mais que mes sottises de citadin ne l'empêcheraient pas de faire son devoir, parce qu'il n'avait pas le choix.

J'ai voulu savoir ce que l'on faisait dans la « cuve de mémoire ». Il m'a dit que l'on sortait du « penser » pour entrer dans le « sentir ». L'envie m'est venue de lui demander s'il croyait que nous vivions une infinité de vies dans une infinité de corps. Tandis que je cherchais à formuler cette question sans qu'il en prenne ombrage, il s'est mis à ricaner. Et comme s'il avait entendu les mots qui me tournaient en tête, il m'a dit brusquement que peu importait de savoir si nous avions été, en tel siècle lointain, tel prince ou tel bandit, c'était là l'extérieur des choses, ce n'était pas plus utile à notre vie présente qu'une bouteille vide à l'assoiffé. Il a ajouté, l'air rogneux, que je devais laisser ces sortes de romans d'aventures aux enfants malades et m'appliquer plutôt à rassembler les connaissances accumulées au cours des vieilles vies. Et me prenant enfin fermement par le bras :

– Pourquoi donc serais-tu venu jusqu'ici, sinon pour t'atteler à ce travail ?

– Je vous l'ai dit, Chura, je suis peintre. Je suis venu peindre tranquille, rien d'autre.

Je me suis mis à trembler tout à coup. J'ai ajouté :

– Je suis venu aussi, je crois, chercher ma mère.

– Si c'est vrai, tu la trouveras.

Je savais bien que non. J'ai voulu protester. Il ne m'en a pas laissé le temps.

– Plus tard. Tu comprendras plus tard.

Il a hoché la tête, puis il a paru se désintéresser de moi. Il a suivi des vols d'oiseaux dans le ciel. Après quoi, les yeux perdus au loin, il s'est mis à me parler de la fête du Soleil, de la Lune, des Trois Planètes. Il m'a dit qu'à l'occasion de ces grands jours les gens couvraient leurs vêtements de petits miroirs ou de capsules polies, s'ils étaient trop pauvres pour se payer des verroteries. A ce qu'il avait entendu dire (il prétendait, quant à lui, n'avoir pas d'opinion), cela signifiait que chaque homme était le miroir de tous les autres êtres qui peuplent l'univers. Par « autres êtres » il ne fallait pas seulement entendre nos semblables humains, mais aussi la terre, les cailloux, les arbres, l'eau, le feu, l'air, toutes les choses visibles, toutes les choses invisibles aussi. « Nous avons reçu de la lumière, nous donnons de la lumière. » Voilà ce que disaient les hommes-miroirs.

De fait, El Chura ce jour-là m'a poussé à la découverte de ce que l'on appelle, en langage occidental, la gratitude. La gratitude est un donné pour un reçu. Un échange non point hasardeux, mais conscient. De n'importe quelle façon nous devons remercier pour ce qui nous est donné, sinon nous sommes en état de dette permanente. Ce n'est pas que ce soit mauvais, c'est simplement dommage, parce que la gratitude mène à la relation. Et dans la relation, il n'y a plus d'indifférence. Nous donnons, nous recevons, nous participons à la respiration du monde.

El Chura ne m'a pas expliqué cela. Il m'a appris a le vivre. Il m'a sans cesse attiré vers les êtres qui nous entouraient, les hommes et les femmes, certes, mais aussi la lune, la terre, l'eau. Un jour, il m'a dit :

– Viens, on va à la pêche.

Il m'a amené à la rivière. Je n'avais jamais pêché. Il m'a dit :

– Regarde le bouchon. Ne le quitte pas des yeux. Si tu te concentres bien, peut-être que l'Autre viendra.

– Chura, c'est quoi, l'Autre ?

– L'Autre, c'est quelqu'un que tu connais, et qu'il faut que tu reconnaisses.

Je ne comprenais rien à ce qu'il voulait dire, mais je ne voulais pas passer pour un idiot. Alors je me suis tu. Je me suis concentré sur le bouchon. J'ai pensé : « C'est peut-être un rituel indien pour faire une pêche miraculeuse. Les poissons vont venir. » Ils ne sont pas venus. Mais comme j'espérais encore, les reflets du soleil sur l'eau m'ont ébloui. J'ai dit :

– Chura, c'est difficile, il faudrait que je bouge le bouchon, je ne le vois plus, ça scintille trop.

– Non, non, ne bouge pas, c'est peut-être dans le reflet que l'Autre va venir.

Je ne savais pas qui était l'Autre, mais j'avais sacrément envie qu'il vienne. Je me suis concentré aussi fort que j'ai pu. Après longtemps de silence, El Chura m'a dit :

– Tu sens l'eau ?

Je me suis entendu répondre :

– Bien sûr. Elle est terrible.

Et je me suis tout à coup rendu compte que je venais de faire connaissance avec l'eau. Jamais, jusque-là, je ne l'avais regardée. Je l'avais bue, je m'étais lavé, je m'étais baigné dans la mer, mais je n'avais jamais regardé l'eau. Pour la première fois j'ai senti sa force ondulante, maternelle, royale. A cet instant où je la découvrais elle n'était ni froide ni chaude, elle était un corps incroyablement vivant. Je venais d'entrevoir l'Autre.

Quelques jours plus tard, un matin (nous étions à nouveau au bord de la rivière), El Chura m'a pris par le bras et m'a soufflé à l'oreille :

– Aujourd'hui tu vas apprendre son langage. Elle a des choses à te dire.

– Comment apprendre le langage de l'eau, Chura ?

– Plonge ton visage dedans, et écoute.

– Mais, Chura, je vais m'étouffer.

– Cesse de te raconter des histoires. Fais ce que je te dis.

Il a tourné les talons, et il est parti. Il n'était pas loin de midi. J'ai hésité à m'agenouiller là, sur la berge de la rivière. Quelqu'un pouvait à tout instant venir. Je craignais de passer pour un jobard si j'étais surpris à plonger ma tête dans le courant, le cul en l'air, comme un flamant rose. J'ai décidé de grimper dans la montagne, où je connaissais un petit lac.

En haut du sentier, l'air était immobile, doux, simple. Je me suis arrêté. J'ai regardé l'eau, en bas, dans son creux volcanique. Sa lumière s'est faite aussitôt bienveillante. Un oiseau a piqué vers la surface bleue. L'eau s'est à peine émue. Je me suis dit : « Elle rit. » Je me suis laissé aller sur la pente. Mes pas ont réveillé des cailloux, ils sont partis devant en bondissant les uns par-dessus les autres, pareils à de petits êtres turbulents. Le soleil était là, suspendu sur ma tête, à rire lui aussi. Le cœur me battait fort. J'étais comme un enfant qui va vers un cadeau.

D'un moment, sur le rivage, une sorte de timidité sacrée m'a retenu. Je craignais de faire du bruit. J'étais seul dans le silence de la montagne. Je devais accomplir un rite, et je me sentais maladroit. J'ai regardé l'herbe. Elle m'a dit : « Va, ce n'est pas grave, c'est un jeu. » Je me suis accroupi, j'ai pris un grand coup d'air, j'ai enfoncé ma tête dans l'eau, lentement, et j'ai osé ouvrir les yeux. Le soleil, au fond, caressait le sable, et le sable scintillait. Des millions d'étoiles, au gré de la houle, naissaient, s'éteignaient, renaissaient ailleurs. Comme je contemplais cela, je me suis senti soudain prodigieusement vaste, sans questions, sans espoir, sans peur aucune, tranquille comme un dieu veillant sur l'univers. L'eau faisait à mes oreilles une rumeur d'océan. J'ai eu un instant la sensation que des mains amoureuses palpaient ma figure, mon cou, mon crâne. J'ai relevé la tête. J'ai retrouvé l'air du jour, le soleil. J'ai vu mon reflet tourmenté par la pluie de gouttelettes qui retombaient à l'eau. Je n'étais plus qu'un petit homme. Presque rien. Je me suis frotté les yeux. La montagne, le ciel, l'herbe m'ont paru tout proches, complices, attentifs. J'ai plongé à nouveau et j'ai plongé encore jusqu'à m'enivrer de cette découverte : au-dedans j'étais un dieu, au-dehors j'étais un nain. Au-dedans j'étais dans la vie, au-dehors dans sa banlieue. Au-dedans j'étais en paix, au-dehors j'étais en doute. Je suis redescendu vers le village. El Chura m'attendait devant ma cabane. Je lui ai raconté ce qui s'était passé. Il m'a dit :

– L'eau est une porte. Le vent, la pluie, la nuit, la neige, les pierres sont aussi des portes. Par n'importe laquelle de ces portes tu peux entrer dans la paix.

Le lendemain sur le coup de midi, comme je faisais la sieste dans sa barque, la main au fil du courant, je l'ai vu soudain paraître sur la rive, à deux pas de moi. Je ne l'avais pas entendu venir. Il m'a dit :

– Un jour tu plongeras tout habillé et tu ne te mouilleras même pas.

– Vous plaisantez, Chura !

Il n'aimait pas que je l'apostrophe ainsi. Il a froncé les sourcils. J'aurais dû me méfier, mais je n'avais même pas vingt ans, j'étais un chien fou. Je me suis assis dans la barque. J'ai insisté.

– Dites-moi, Chura, dites-moi comment cela peut-il se faire ?

Il m'a regardé droit dans les yeux, il s'est un peu courbé en avant et il a pété. Il a lancé un pet à ébranler la montagne. Après quoi il s'est retourné, et il est parti. J'en suis resté anéanti. Je me suis dit : « Mais pourquoi me fait-il ça ? Bon sang de Dieu, il me méprise ! » Ce n'était pas du mépris. Il avait simplement voulu me faire entendre que ma question était d'un voyeur, d'un imposteur, d'un homme qui voulait savoir avant d'avoir agi, avant d'avoir vécu ce qu'il y avait à vivre. Elle ne méritait pas de réponse, voilà tout. Elle méritait un bruit, parce qu'elle était un bruit.

Les premiers mois de mon apprentissage (de fait, jusqu'à ce que je parvienne à brider mes accès d'étourderie) j'ai eu souvent à affronter de ces tonitruants coups d'arrêt organiques. Chaque fois que je laissais échapper une question idiote, il pétait, ou crachait à mes pieds une mare verdie par la coca qu'il mâchouillait sans cesse, et il partait. Quand il s'en revenait, il parlait d'autre chose. Il semblait n'avoir aucun souvenir de ce qui s'était passé. C'était un autre Chura. C'était une autre vie. Et mieux valait alors ne pas lui rappeler l'incident de la veille. S'il m'arrivait de faire la moindre allusion à mon incartade, ne serait-ce que pour m'en excuser, il pétait derechef et s'en allait encore, pour me signifier clairement qu'il était indigne d'un homme véritable de retourner à ses excréments, et de se complaire à les renifler.

Rien n'était hasardeux dans son comportement. Même son mauvais goût, par des chemins bizarres, menait à un savoir qu'il me laissait le soin de découvrir tout seul. Parfois, il entrait chez moi, il s'asseyait dans un coin de la cabane et il regardait fixement le mur en face. Si je voulais parler, à peine me laissait-il le temps d'ouvrir la bouche. Il grognait :

– Ne me touche pas !

Je ne le touchais pas, j'étais à trois mètres de lui. Il restait là un moment, silencieux, renfrogné, et il s'en allait. A l'instant de passer la porte, il me disait :

– Tu m'as trop touché.

Parce que je l'avais regardé, ou que j'avais ruminé mon étonnement. Il fallait que j'apprenne seul, sans qu'il n'en ait rien à dire, que les pensées, les interrogations muettes, les regards sont des forces qui peuvent, aussi bien et mal que des mains, caresser, étouffer, palper, blesser. Quand enfin j'ai découvert cela, il m'a souri. Il n'a pas fait le moindre commentaire. A quoi bon les commentaires ?

Comme il m'avait présenté l'eau (les chamans, en vérité, sont des entremetteurs, de très habiles arrangeurs de mariages) il m'a fait entrer dans l'amitié des pierres, de la nuit, des herbes. J'avais coutume de travailler tous les matins devant ma cabane, à l'heure où la lumière est riche, et l'ombre franche. Et donc un jour, tandis que je m'appliquais à dessiner l'un de ces énormes monolithes qui peuplent Tiahuanaco, j'ai senti soudain un souffle chaud sur ma nuque. El Chura était là, penché sur mon ouvrage. Cette fois encore je ne l'avais pas entendu venir. Ce diable d'homme semblait parfois surgir de terre, ou sortir de l'air par une porte invisible. Il a frappé trois petits coups sur mon épaule, et désignant le roc dressé :

– Tu ferais mieux de foncer dedans, plutôt que de tourner autour.

Et il s'en est allé, le fusil à l'épaule, parmi les ruines. Une heure plus tard, il est revenu. Il m'a tendu un caillou. Il m'a dit :

– Tiens, ça t'aidera.

Mon œil s'est allumé, et mon théâtre aussi, sous mon chapeau de paille. Un caillou offert par El Chura ne pouvait être n'importe quel caillou, c'était forcément un talisman ! Je lui ai demandé si c'était une pierre rare. Il m'a répondu :

– Non, non, c'est pour que tu trouves l'Autre.

– L'Autre ? Mais je l'ai trouvé dans l'eau, je vous en ai parlé, Chura ! Cette lumière, vous vous souvenez ? Cet éclair dans la poitrine !

– Oui, je sais, mais dans la pierre se cache un autre Autre, plus renfrogné, plus rude. Cherche-le, ça te fera du bien.

– Comment donc savez-vous ce qu'il y a là-dedans ?

– Oh, moi je ne sais rien du tout. C'est ce qu'on dit.

Il ne disait jamais « je sais ». Il aimait plus que tout jouer les ignorants. Il m'a donc mis ce caillou dans la main comme il m'aurait donné une patate chaude. Je lui ai dit :

– Qu'est-ce que je dois faire avec ça ?

– Ne t'inquiète pas, tu verras bien. ¡ Adiós !

J'ai pensé : « Très bien. Il y a donc là quelque chose

qu'il est important de trouver. » Mes découvertes dans le petit lac avaient avivé mon avidité, et j'avais reçu cette pierre comme un défi. Je suis rentré chez moi, je l'ai posée sur une étagère, je me suis assis devant, et comme si le sort du monde était suspendu à mes trouvailles, je me suis enfoncé dans une méditation bovine.

J'ai passé des après-midi, des jours entiers à boire du café en face de ce caillou, sans cesser d'élucubrer, d'errer dans toutes sortes de théories, de suppositions, de labyrinthes ésotériques. Puis peu à peu mon bavardage mental s'est fatigué de lui-même. Il s'est tari, il s'est perdu comme une rivière dans les sables du désert. Il était tellement stupide ! Un jour, vers la fin de l'après-midi, il faisait déjà très froid, je venais de ranimer le feu et d'allumer la lampe à pétrole, j'ai posé le caillou sur la table, dans un rond de lumière. Comme je le regardais encore, sans plus rien espérer de lui, je l'ai vu environné d'un vague halo et j'ai perçu, dans ses dedans, une sorte de battement. Je me suis dit : « Bon Dieu ! Il est vivant ! » Et tandis qu'un étonnement jubilant montait dans ma poitrine, quelque chose de lui s'est approché de moi, quelque chose de lourd, de timide, d'heureux pourtant. C'était comme un regard sans visage, sans yeux, rien d'autre qu'une force aimante semblable à la chaleur d'un regard. Une prière muette m'a envahi le cœur. Et je n'ai plus rien pensé, Dieu garde ! C'était trop émouvant. J'ai salué, et j'ai goûté, c'est tout.

Pourquoi ne vit-on pas ces choses plus souvent ? Elles sont si simples ! Mais qui se soucie de regarder un caillou ? On pousse devant soi quelques idées distraites qu'on croit indiscutables. Un caillou ? C'est moins qu'une plante. C'est sans valeur. C'est chaotique. Et le passant va son chemin, cherchant un ami peut-être, ou le sens de la vie, ou la maison de Dieu. Tout était là pourtant, sur le bord de la route, dans ce morceau de roc effleuré d'un œil vague. Il aurait suffi de se pencher sur lui, et d'oser faire sa connaissance. Il aurait suffi de renoncer un instant à quelques certitudes, quelques suppositions. Il aurait suffi d'un peu d'oubli de soi, d'un rien d'amour. Si vous aimez les choses, elles viennent, elles vous parlent, elles se mettent d'elles-mêmes à votre service. L'amour que vous donnez à un caillou provoque l'éveil de l'amour endormi dans ce caillou, parce que dans toute chose il y a de l'amour endormi, du désir d'échange, des élans de gratitude qui n'attendent que d'être réveillés.

Après ce jour de découverte, je n'ai pas revu El Chura d'une semaine. Je me suis inquiété. J'ai demandé aux gens du village où il était allé. On m'a répondu qu'il n'était pas parti, qu'il était là, que tout à l'heure il était chez don Alfredo, ou chez doña Lula. Je suis allé chez l'un et l'autre. Je ne l'y ai pas trouvé. Il venait juste de s'en aller, ou il était ailleurs, peut-être chez don Jaime. Je me suis dit qu'il me fuyait, qu'il s'amusait de moi. De fait, il me laissait cuver. Le temps, pour les chamans, est aussi une force, comme l'eau, la terre ou le feu. Il me fallait apprendre à pénétrer en lui, comme je l'avais fait dans le lac, et m'allier à lui, et lui donner assez d'amitié pour qu'il me parle, pour qu'il me dise (car lui seul sait) : « Laisse mûrir », ou bien : « Le moment vient, attends encore », ou bien : « C'est l'heure. Va maintenant ! »

J'ai donc attendu. Un soir, à l'heure où d'ordinaire il s'en allait aux ruines, El Chura est entré chez moi avec du maïs et de ces petites pommes de terre fripées que les Indiens appellent « chuños ». Il ne m'a rien dit de son absence. Il a jeté un vague coup d'œil aux quelques estampes et aquarelles que j'avais accrochées aux murs et m'a simplement demandé si mon travail avançait bien. Comme nous mangions sous la lampe à pétrole, il m'a dit que les Indiens faisaient sécher ces chuños soit à la lumière de la lune, soit à la lumière du soleil.

– Pourquoi font-ils cela, Chura ?

– Parce que dans le jour et la nuit sont des puissances. Elles sont aussi nécessaires l'une que l'autre. Tu as besoin des deux si tu veux travailler dans la sorcellerie, dans la magie, dans l'articulation des choses.

– Chura, c'est quoi la puissance de la nuit ?

– C'est la femme en toi.

– La femme en moi ?

J'étais loin d'imaginer qu'il y avait une femme à l'intérieur de moi. J'ai cru qu'il plaisantait. J'ai ri, les yeux tout ronds. Il m'a dit :

– As-tu jamais aimé la nuit, quelque part dans ta vie ?

J'ai répondu :

– Oui, oui, j'aime bien la nuit.

– Je ne te demande pas si tu aimes bien la nuit, je te demande s'il t'est arrivé d'aimer la nuit, de passer une soirée d'amoureux avec elle.

– Non, Chura. Jamais.

– C'est dommage. Il faut que tu fasses l'amour avec la nuit.

– Mais, Chura, comment faire l'amour avec la nuit ?

– C'est facile. Il suffit de se laisser imprégner par la rosée.

J'ai vu, dans son œil, qu'il ne dirait pas un mot de plus. J'ai avalé un grand bol de café fort et je l'ai suivi dans les ruines. Il m'a désigné une pierre plate à l'entrée du temple de Pumapunco, il m'a dit de m'asseoir là, et il s'en est allé.

Le silence aussitôt m'est venu de partout, noir, gonflé de menaces. Le froid piquant, humide, a envahi mes pieds, mes jambes, mes épaules. Je me suis mis à grelotter. J'ai pensé : « Yayaï ! Je vais m'enrhumer, je vais attraper une bronchite ! » El Chura m'avait dit : « Laisse-toi imprégner. » J'ai fermé les yeux. Je m'en suis remis à Dieu, dans un grand élan mélodramatique. J'ai laissé la rosée faire ce qu'elle voulait. Alors j'ai entendu de petits bruits dans l'herbe, des froissements suspects, des craquements de roc. Après le froid, la peur. J'ai pensé : « Des scorpions, ou des serpents peut-être. S'ils me trouent les mollets, je risque d'en crever. Il n'y a ni pharmacie ni médecin ici. » A nouveau j'ai prié. « Laisse aller, calme-toi. Il n'y a ni médecin, ni serpents, ni scorpions. Tu n'en as jamais vu la queue d'un, ni à Tiahuanaco, ni dans la montagne. » Ma peur a reculé. Mais je passais mon temps à combattre, je ne faisais pas l'amour avec la nuit ! J'ai regardé autour de moi. J'ai vu, le long des murs, passer des formes sombres. J'ai pensé : « Il y a forcément des âmes en peine dans ces ruines. » Après les bêtes, les ombres. Les histoires de fantômes, de croque-mitaines, de « manos negras » que me racontaient autrefois les servantes de mon père m'ont aussitôt grimpé en tête comme des chats sauvages à la cime d'un arbre. Je les croyais mortes depuis longtemps, ces vieilles épouvantes, mais non, elles étaient toujours aussi vivantes, agiles, teigneuses ! Vers trois heures du matin, El Chura est revenu. Il m'a dit :

– Alors, comment va ton roman ?

Son œil riait. Il n'ignorait rien de ce qui se passait en moi. J'ai répondu :

– Il n'y a pas de roman, Chura, ça va, ça va très bien
– Tu as goûté la compagnie de la nuit ?
– Oui, oui. Extraordinaire !
Il savait que je mentais. Il m'a dit :
– C'est bien. Va te coucher, tu as besoin de repos.
Demain tu recommenceras.

Un mois durant, tous les soirs, au crépuscule il m'a
replanté là, sur ma pierre plate devant le temple de
Pumapunco. Et chaque soir, dès que je me retrouvais
seul, les scorpions, les vipères, les spectres, les sorciers
volants, les vieux Incas réincarnés en chiens errants
revenaient au galop et me grimpaient dessus. Je n'arrivais pas à venir à bout de mes fantasmagories. Elles
m'assaillaient de partout. Savez-vous ce qui m'a sauvé ?
Le désespoir.

Une nuit m'est venu un souvenir d'enfance. Je devais
avoir douze ou treize ans, c'était peu de temps après
que je fus sorti de mon brouillard amnésique. Je revenais de l'école, un soir d'hiver. Il n'était pas plus de
cinq heures, et le jour pâlissait déjà. Je m'étais arrêté
devant un magasin d'estampes religieuses. Dans la
vitrine était un visage du Christ. Sa douceur m'avait
ému. Je me suis souvenu de lui, dans la nuit de Tiahuanaco. J'ai fermé les yeux, je me suis plongé dans
ce visage, le cœur tout nu, sans crainte, sans théorie
d'aucune sorte, sans autre désir que de goûter à nouveau l'émouvante douceur que j'avais éprouvée devant
cette vitrine de magasin, un soir d'hiver, vers cinq heures. J'ai senti en moi une sorte de résonance, un air,
une mélodie infiniment légère. J'ai voulu respirer cette
musique. Pour la première fois j'ai senti l'air froid qui
pénétrait en moi. J'ai senti la différence de température
entre l'intérieur et l'extérieur de moi. J'ai senti cela

parce que je n'étais plus hors de moi, perdu dans mes broussailles romanesques. J'étais réellement à l'intérieur de moi, dans ce creux de moi où étaient de la tendresse, de la bonté, de l'amour. Je suis resté les yeux fermés, j'ai respiré tranquillement. Pour la première fois de ma vie, j'ai goûté l'air. J'ai senti une force vivifiante pénétrer dans mon corps. C'était comme un baptême. Le baptême de la nuit. Et tandis que je respirais cet air froid, m'est venu un immense sentiment de reconnaissance. J'inspirais, l'air vivifiait mon corps. J'expirais, des millions de petits « moi », dans mon souffle, sortaient émerveillés. C'était comme une danse. Le monde venait à moi dans sa grandeur, et moi, tout ébloui, j'allais à sa rencontre. J'ai fait ainsi quelques minutes, puis j'ai ouvert les yeux et j'ai regardé la nuit. C'était un corps. Un corps prodigieux, scintillant. Je me suis levé, et je suis parti.

J'ai marché dans le corps de la nuit jusqu'à ma cabane. J'ai fait un feu de bouses sèches. J'ai fait chauffer du café. J'étais dans un état d'intimité indescriptible avec l'obscurité, le feu, les objets, les odeurs, le goût du café, le bruit de la cuiller contre la tasse. El Chura est venu le lendemain matin, vers dix heures. Il a entrouvert la porte, il a passé la tête, il m'a lancé :

– ¡ Buenas noches, amigo !

Et il est parti. « Bonne nuit. » A dix heures du matin ! Qu'est-ce qu'il me disait là ? Il me disait : « Reste dans cet état, goûte-le, prolonge-le autant que tu pourras. » Je ne lui ai rien raconté, ni ce jour-là, ni jamais. On ne raconte pas comment on fait l'amour, même à son ami le plus proche.

Ainsi ont passé mes six premiers mois à Tiahuanaco, en découvertes aussi simples que des jeux et pourtant

bouleversantes comme autant de rencontres amoureuses. J'ai beaucoup peint aussi, et j'ai peu à peu oublié
de chercher ma mère. Alors elle est venue me visiter,
la nuit, de temps en temps. Il avait suffi que je renonce
à elle pour qu'elle vienne. J'ai découvert cela, aussi.
J'en ai parlé au Chura.

– Vous m'avez dit qu'un jour je la trouverais peut
être. Vous vous souvenez ?

Il m'a répondu :

– C'était simple, elle était là. Dès que tu as cessé de
gigoter, tu l'as vue, voilà tout.

Je n'étais, en ce temps-là, qu'un pauvre garçon
meurtri, perdu, errant partout, tant dehors que dedans,
mais j'aimais les étonnements que cet homme allumait
dans ma tête, dans mon cœur. Je lui ai dit (par malice
joyeuse, car ses paroles, à peine sorties, m'étaient appa-
rues évidentes) que les choses n'étaient pas aussi simples qu'il le prétendait. Il m'a répondu :

– Prends ton caillou.

Il est sorti. J'avais toujours mon caillou sur l'étagère.
Il était pour moi, désormais, un vrai talisman. Nous
sommes partis dans la montagne. El Chura semblait
content. Il s'est mis à me parler de choses sans importance, des gens du village, de don Pedro qui, à son
idée, avait au moins cent trente ans d'âge. Il m'a dit :

– Il est presque aussi vieux que moi.

Et me poussant du coude, tout à coup :

– Comment va ton caillou ?

Il était au creux de ma main, je promenais mon pouce
dans ses rugosités, le long de ses arêtes, de ses pentes
abruptes. L'attention somnolente que je lui portais s'est
trouvée brusquement ranimée par la question d'El
Chura. J'ai répondu :

– Attendez, j'ai l'impression qu'il me raconte son histoire.

Une sorte d'exaltation enfantine m'a envahi soudain. J'ai dit :

– Chura, c'est comme si je caressais les montagnes avec un doigt colossal !

– C'est bien, c'est bien, il te présente au monde.

– Chura, par-dessous, il est bombé. Et ce bombé est lisse, doux. Il est chaud. Il me rappelle quelque chose.

– Quoi ?

– Non, je n'ose pas.

– Dis-le, n'aie pas peur.

– Il me rappelle le cul d'une femme que j'ai connue.

– Et ça t'excite ?

– Oui, un peu.

– C'est bien. Reste dans ton corps avec ton caillou. Il t'aime.

J'ai ri, encore.

– Chura, l'amour dans le caillou, le sentir, toutes ces choses que j'ai faites depuis que je vous connais, à quoi ça sert ? C'est bien, mais ça n'a pas d'existence réelle. C'est de la pure invention, non ?

Il s'est arrêté au bord du sentier, il m'a examiné des pieds à la tête, l'air extrêmement étonné. Il m'a dit :

– Mais c'est pour ça que nous sommes au monde ! Pour inventer la vie !

Il s'est assis, il a arraché une herbe près de son pied, et il s'est mis lentement à broyer sa racine entre le pouce et l'index. Il a fait ainsi une minute, puis il a jeté la plante. Ses doigts étaient mouillés de suc jaune, luisant. Il a sorti une pièce de monnaie de sa poche, il l'a posée par terre.

– Regarde.

Ses doigts étaient aimantés. Ils attiraient le sou qui se collait au pouce comme un bout de ferraille se colle à un aimant. Il a arraché une plante semblable. Il me l'a tendue.

– A toi maintenant.

J'ai fait tout comme lui. Je n'ai rien aimanté. Il m'a dit :

– C'est normal. Cette herbe est ma petite sœur. C'est pour ça qu'elle m'a aidé. Si tu l'avais aimée comme ta petite sœur elle t'aurait aidé aussi. Écoute. Ce que je vais te dire là, c'est une fois pour toutes. Nous n'en parlerons plus. Viracocha a créé la vie. Nous sommes ses enfants. Nous devons poursuivre son œuvre. Nous devons créer, inventer sans cesse, comme il l'a fait. C'est la meilleure manière de le servir. L'important, ce n'est pas Viracocha, c'est ta capacité de capter sa puissance, qui seule permet de transformer les choses. Non pas pour te servir d'elles, mais pour les épanouir, pour les faire entrer dans la dignité de la vie, dans la jouissance de la vie, et pour y entrer avec elles. Mais toi, tu penses. Ce que tu crois être ton intelligence te dit ce qui est possible et ce qui est impossible. Mais ce n'est pas ta véritable intelligence qui te dit cela, c'est seulement la minuscule expérience que tu as du monde. Viracocha ne pense pas. Il n'est pas intelligent, il ne se perd pas dans des idées de monde, lui. Il donne la vie, et il jouit de cela. Il aime cela. Ne cherche pas Viracocha dans le ciel, dans les temples. Reste dans ton corps, dans ton sentir. C'est là qu'il est. Et permets-lui seulement de sortir, de temps en temps. Tu verras ce qu'il est capable de faire. Tu sais ce qu'il a fait pour moi ?

– Non, Chura. Dites.

– Il m'a donné un plumage de renard. Touche.

Il m'a tendu sa nuque, pour que je palpe son plumage de renard. Je suis resté la bouche ouverte, à ne savoir que faire  J'ai avancé la main et j'ai dit, bêtement :

– Mais, Chura, les renards n'ont pas de plumes.

Le coup d'œil qu'il m'a jeté m'a cloué contre le roc où nous étions assis. Il m'a dit :

– Qui es-tu, toi, pour décider de ce qui est ou de ce qui n'est pas ? Si tu avais été moins idiot, si tu avais eu ne serait-ce qu'une étincelle de sorcellerie, sais-tu ce que tu aurais dit ? Tu aurais dit : « Et si c'était vrai ? » Et tu aurais senti ta poitrine s'ouvrir, ton ventre rire, ton corps chanter jusqu'au bout des ongles. Imbécile, tu aurais fait plaisir à Viracocha, et Viracocha t'aurait lavé le cœur, il t'aurait donné de la joie, des forces toutes neuves. Sais-tu ce que disent les Indiens ? Ils disent qu'aux temps de famine, si l'on prie assez la Terre Mère, elle prend pitié, et elle dit aux bêtes : « Allons, il faut que quelques-unes d'entre vous aillent se faire tuer pour nourrir les enfants des hommes. » Et les bêtes obéissent, elles vont se sacrifier à la lisière des villages, simplement parce qu'il faut bien que les hommes vivent. Tu ne crois pas cela, n'est-ce pas ? Tu te dis : « C'est de la superstition. C'est absurde. » Et pourtant, si c'était vrai ? Ferme les yeux. Dis-toi cela. Dis, à l'intérieur de toi : « Je ne sais rien de l'amour. Je ne sais pas où il commence, je ne sais pas jusqu'où il va. Peut-être que parmi les millions de choses que j'ignore, parmi les millions d'êtres que je ne connais pas, il est des lièvres, des cerfs, des bisons, aux temps de famine, qui viennent se sacrifier à la lisière des villages, par amour des hommes. » Respire bien. « Et si c'était vrai ? » Goûte ces mots.

J'ai fait ce qu'il a dit. C'était trop fort, trop magnifique, trop terrible. Je ne pouvais pas contenir cela. Un sanglot est monté dans ma gorge. J'ai voulu retenir mes larmes, mais je n'ai pas pu. Elles ont débordé. Je suis resté un moment accoudé sur mes genoux, la tête basse. Quand enfin j'ai relevé le front, l'homme au plumage de renard n'était plus près de moi. Il avait disparu.

## 3

J'avais passé l'après-midi dans ma cabane, près de la lucarne ouverte, à reprendre quelques dessins esquissés au cours de mes promenades. A la tombée du jour je suis sorti sur le seuil, pour me dégourdir un peu. J'ai trouvé El Chura assis devant la porte, son fusil sur les genoux. Il m'attendait. Il ne m'a même pas regardé. Il s'est levé, et il s'est éloigné. Je le connaissais assez maintenant pour l'entendre sans qu'il ait à parler. J'ai pris ma veste et je l'ai suivi. Nous sommes entrés ensemble dans les ruines, sous les étoiles naissantes.

Ce que j'avais appris de ces lieux immémoriaux n'avait fait qu'accroître le désir confus, démesuré, inavouable qui me poussait à les fréquenter, et la crainte respectueuse que j'éprouvais à m'y aventurer. On disait (« le vent savait », selon les vieux Indiens) que Tiahuanaco, au sortir d'une vieille nuit, s'était autrefois dressé comme la borne du bout du monde devant Manco Cápac, le fils de Viracocha, le dieu Soleil. Ce conquérant insatiable avait bâti Machu Picchu, Huayna Picchu et Cuzco, les cités indestructibles de l'Empire inca. Il avait tracé des routes pavées au travers des montagnes, inventé l'astronomie et l'agriculture, domestiqué les fleuves et les cascades. « Il a mené ses guerriers quechuas jusqu'à mes plus hautes demeures », disait le

56

vent. Quand enfin il avait fait halte, son manteau recouvrait le tiers du continent, et devant sa figure cuivrée était cette cité où maintenant j'habitais seul, Tiahuanaco. Trois jours et trois nuits il était resté immobile et muet à contempler ses murailles qui lui faisaient de l'ombre et qui l'éblouissaient tandis que son père le Soleil traversait le ciel. A l'aube du quatrième jour il avait salué ce lieu comme celui où les ancêtres avaient inscrit les plus profonds secrets du monde. En vérité, il ignorait qui avait vécu là. Personne, aujourd'hui encore, ne sait quels hommes ont élevé ces monuments, tracé ces allées, dressé les blocs gigantesques dont sont bâtis ces murs. Parfois, cheminant seul vers le temple de Kalasasaya, il m'était arrivé de ressentir une émotion de vieux guerrier de retour dans son village, mais une sorte de pudeur sacrée m'avait toujours retenu d'avouer ce sentiment.

El Chura était le gardien de ces ruines. Il ne m'en avait pas dit davantage, le jour de mon arrivée. Je ne l'avais pas interrogé plus avant, mais je savais maintenant, de ce savoir de cœur inexplicable et simple, qu'en vérité il y avait là quelque chose à préserver, à nourrir peut-être, à protéger non point des atteintes des hommes ni des bêtes, mais des dégradations irrémédiables de l'oubli. Quelque chose, mais quoi ? Je le lui ai demandé, ce soir-là, tandis que nous cheminions parmi les géométries lunaires des murailles.

– Que gardons-nous, Chura ?

Il m'a répondu :

– Les pierres. Il y a des dieux dedans, des viracochas.

Nous avons marché encore un bon moment sans plus rien dire. Il y avait dans la nuit un silence de ciel que seuls troublaient mon souffle et les crissements de mes bottes. El Chura, lui, avançait si légèrement que j'éprouvais le besoin, de temps à autre, de pousser mon épaule contre la sienne pour m'assurer de sa présence. Comme nous parvenions à proximité de Pumapunco, le temple de la Lune, il s'est arrêté, il a flairé la brise, et il m'a dit soudain, en enfonçant son coude entre mes côtes :

– Baisse ton pantalon. Mets ton fourbi à l'air.

J'ai bafouillé :

– Ici ? Mon fourbi à l'air ? Chura, c'est impossible ! Que vont penser les viracochas ?

– Tu as peur de les offusquer ?

Il m'a regardé, l'air émerveillé, et il s'est mis à rire comme un enfant devant un pitre. Deux étoiles se sont allumées dans ses yeux.

– Mais, Chura, je vais crever de froid.

– Possible. Tu trembles déjà.

Il y avait, dans sa voix, du défi ironique. Je me suis débraillé. Il m'a tourné autour, puis il m'a poussé, du bout de son fusil, contre une colonne massive dont la cime se perdait dans du noir minéral. Elle était pailletée de grains d'or. Il m'a dit :

– Embrasse-la. Serre-toi fort contre elle, aussi fort que tu peux. Colle ton ventre, ta poitrine, ta bouche.

J'ai écrasé mon nez contre la pierre. Mes bras n'en faisaient pas le tour. Elle avait une odeur un peu âcre, mouillée.

– Qu'est-ce que tu sens ?

– Comment vous expliquer, Chura ? Elle est dure, mais j'aime sa peau. Elle commence à tiédir.

Comme je disais cela, une idée saugrenue m'a traversé l'esprit. Mon cœur s'est brusquement emballé. Mon sang s'est mis à tambouriner contre mes tempes.

– Chura, j'ai peur de la réveiller. Elle ne va pas se mettre à vivre, dites ?

Je l'ai entendu ricaner dans mon dos. Il a grogné :

– Hé, qui sait ?

J'ai fait un bond en arrière, j'ai remonté mon pantalon, je me suis rafistolé à la hâte. Je tremblais de partout comme si je sortais d'un torrent de montagne, mais j'étais content. J'ai ri avec lui de mon effroi subit. Il m'a dit :

– C'est bien. Elle t'a nourri.

Je n'ai pas osé le moindre commentaire. Je me sentais sous les étoiles comme dans une cathédrale infinie. Je lui ai enfin demandé, à voix basse, si c'était cette nourriture cachée dans les pierres que nous devions garder. Il m'a répondu que oui, que partout dans Tiahuanaco étaient des mémoires, mais qu'elles n'étaient pas toutes bénéfiques, que certaines étaient terrifiantes et qu'il y avait quelques bas-fonds, dans ces ruines, où je ne devais aller sous aucun prétexte.

– Ces mémoires, Chura, d'où viennent-elles ?

– De vieux humains, du ciel, de la terre, du temps.

– Pourquoi m'avez-vous dit qu'il y avait là des dieux, des viracochas ? Ce ne sont pas des dieux, si ce sont des mémoires.

– Les mémoires sont la chair, le sang et la parole des dieux.

– Pourquoi faut-il veiller sur les dieux, Chura ? Ils sont plus puissants que nous, ils pourraient bien se garder seuls.

Il m'a répondu que si j'écoutais plus souvent mon sentir je poserais moins de questions stupides et j'économiserais ma salive. Je me suis mis à inspirer à petits coups, à souffler à l'intérieur de moi, comme pour attiser un feu (il m'avait appris à faire ainsi pour allumer le « savoir sensitif »). Quelque chose a remué dans ma poitrine. J'ai dit :

– Les dieux ont besoin de nous pour vivre. Ils ont besoin de notre conscience, de notre état de veille.

Je l'ai entendu dire dans le noir (sa voix était méconnaissable, tendre, tranquille, on aurait dit que l'air parlait) :

– Il faut bien que quelqu'un, la nuit, ne dorme pas, sinon ce n'est pas la nuit qui règne, c'est le néant. Monte encore une marche, Luis.

– Les dieux sont comme la nuit, Chura. Ils ont besoin de notre sentir.

– Encore une, Luis, encore une marche.

– Les dieux sont nos pères, mais peut-être aussi nos fils. Il faut les nourrir. Ils sont fragiles.

Je me suis arrêté, le cœur poigné, la bouche ouverte. Je venais de penser : « Si on ne les aime pas, ils meurent. » Je n'ai pas pu le dire. J'ai dit, simplement :

– Chura, c'est vrai ?

– C'est vrai, Luis, si on les aime, ils se réveillent. Si on ne les aime pas ils restent seuls, dans le néant.

– Qu'est-ce que le néant, Chura ?

– Le néant, c'est le lieu de celui qui ne sent pas. Le néant, c'est l'oubli.

Et soudain, comme je m'emplissais l'esprit d'air vif, de nuit vaste et de joie forte, le pas accordé à celui de cet homme qui me semblait avoir pénétré tous les secrets du monde :

– Il te faudrait une femme pour faire un peu maigrir ta tête.

– Une femme ?

Je venais de retomber sur terre, dans l'herbe où le givre luisait.

J'ai ri, un peu gêné. Le fait est que depuis mon arrivée à Tiahuanaco je vivais chaste comme un saint François, et cela n'allait pas sans chagrins de bas-ventre.

– Mais, Chura, je n'en connais aucune ici. Celles qui ne sont pas mariées me regardent par en dessous et se moquent de moi entre elles. Comment les approcher ?

– C'est vrai, c'est difficile.

Il est resté un moment silencieux, puis il a risqué :

– A moins que.

– A moins que quoi, Chura ?

Il s'est mis tout à coup à faire des manières.

– C'est délicat, tu es un homme de la ville. Il faut que j'y pense.

Nous étions revenus au seuil de ma cabane. Il m'a planté là, et il est parti. Une femme ! Je ne pouvais tout de même pas tomber amoureux par décision subite ! J'avais certes des désirs parfois impérieux, mais ma maison était étroite, j'y vivais tranquille et je n'avais guère envie de m'encombrer d'une compagne avec qui je ne pourrais pas échanger trois mots. Je n'en ai pas dormi de la nuit.

Le lendemain, je l'ai attendu toute la matinée. Je savais bien qu'il avait son idée. J'en avais remué mille depuis que ce diable avait lancé sa ligne sous mon nez avec son « à moins que » au bout de l'hameçon. Vers l'heure de midi, je suis descendu au village. Je l'ai trouvé sur le chemin, qui s'en venait tranquillement. Il a joué les étonnés.

– Luis ! Comment vas-tu ? Tu te promènes ?

Il m'a pris par le bras, il m'a entraîné vers la montagne.

– Tu sais, j'ai réfléchi. J'ai un ami qui marie sa fille dans un hameau, Guaqui, au bord du Titicaca. C'est un homme important. Il y aura beaucoup de monde, et la fête sera longue. J'ai décidé de t'y amener. Tu y trouveras bien une fille qui te convienne, et tu l'épouseras.

– Mais, Chura, je vous l'ai dit, je ne connais pas ces gens, je ne parle pas leur langue.

– C'est mieux. Comme tu ne pourras pas bavarder, tu te concentreras sur l'essentiel.

– L'essentiel ?

– Eh, faire rire son ventre.

Je l'ai regardé, l'œil fixe, la bouche ouverte, tandis que galopaient en tous sens dans ma tête comme des rats dans un grenier des « impossible », des « il est fou », des « pourquoi pas », des sonneries d'alarme et des bouffées de rire. Je lui ai dit enfin :

– Vous plaisantez, Chura. Je ne peux pas arriver à un mariage les mains vides. Il faudrait que j'offre un cadeau à votre ami. Quant à ce que j'aurais à donner aux parents de la fille, si j'en trouvais une qui me plaise, n'en parlons pas ! Je suis plus pauvre qu'un Indien, je n'ai rien au monde que mes peintures, mes dessins.

Il a hoché la tête, il a marmonné, l'air grave :

– Évidemment.

Et il a attendu que je tombe de la branche où j'étais en train de mûrir. De fait, j'étais presque à point. Je suis resté comme un benêt à espérer un « à moins que ». Il n'a guère tardé à le lâcher.

– J'ai une idée, mais bah, elle ne te plaira pas.

– Dites toujours, Chura.

– Mon ami est un homme sensible aux belles choses. Tu pourrais lui offrir une chouette. Tu es peintre, tu connais bien la nuit maintenant, et tu sais que la chouette est l'esprit des ténèbres. C'est un oiseau de grand pouvoir. Je crois qu'une chouette en couleurs ferait un cadeau acceptable.

J'étais mûr. En un tournemain je me suis retrouvé cueilli, roulé dans la farine et frit comme un beignet.

J'ai donc peint une chouette à l'aquarelle bleue. Deux jours avant la fête, El Chura est entré chez moi de grand matin et m'a dit :

– Il serait bon que tu vives un peu en aveugle.

Cela ne m'a guère surpris. Nous vivions, lui et moi,

dans un jeu perpétuel, un jeu grave parfois, mais jamais encombré de règles contraignantes que d'ailleurs je n'aurais pas acceptées. Je crois avoir été depuis toujours rebelle à cette espèce de torture morne que l'on appelle ordinairement le travail. El Chura l'était aussi, lui qui considérait la souffrance comme un vice. Il inventait des défis. Je n'en comprenais pas toujours le sens, mais je les aimais d'autant plus qu'ils me paraissaient enfantins. Il a sorti un foulard crasseux de sa poche et il s'est approché pour me bander les yeux. Il faisait encore froid, le soleil se levait à peine. Je l'ai supplié de me laisser d'abord ranimer le feu.

– Après, si vous voulez, vous m'amènerez dans la montagne et je vous promets d'essayer de suivre le sentier, sans rien voir.

Lui savait courir à reculons (sans rien voir) au moins deux fois plus vite que je ne pouvais le faire de face. J'étais pourtant jeune et agile, mais de le voir trotter ainsi comme dans un film à l'envers, sans jamais trébucher ni se cogner aux rocs, me plongeait dans une telle stupeur que j'en perdais mes forces. Bref, il n'a rien voulu entendre.

– Le feu t'attend au mariage, le feu du dedans, le feu du dehors. Tu dois faire sa connaissance.

– Chura, pour approcher le feu, il vaut sûrement mieux avoir les yeux ouverts.

– Non, les aveugles sentent mieux.

– Je vais me brûler, c'est sûr.

Il m'a répondu :

– C'est sûr.

Et il s'est assis dans un coin de la cabane.


J'ai d'abord renversé la boîte d'allumettes. J'ai pesté comme un chauffard. Mon bourreau, loin derrière, s'est mis à chantonner. Je l'ai entendu dire :

– Il n'est pas encore allumé, et déjà il te taquine. Je crois que vous allez vivre une grande histoire d'amour, tous les deux.

Je me suis remis à tâtonner avec une maladresse exaspérante. Évidemment j'ai brûlé mes doigts et j'ai encore braillé comme si les mille misères de la terre s'étaient donné rendez-vous chez moi.

– Oh, il n'est pas méchant, a dit la voix d'El Chura. C'est sa nature, tu comprends ?

Il n'était pas moqueur, il parlait tendrement, non pas à moi, au feu. L'envie de rire a soudain défait ma colère. J'ai approché mon nez des flammes qui montaient. Leur odeur était d'une puissance de buffle. J'ai écouté les crépitements menus des brindilles. Elles m'ont parlé de joies d'enfance, d'innocence sainte. Des étincelles m'ont piqué, mais c'était pour jouer, bien sûr, non pas pour mordre. J'ai vu des rougeoiements à travers le bandeau. L'envie m'est venue d'embrasser cette chaleur mouvante, de me rouler avec elle sur la terre battue de la cabane, comme l'on fait avec un gros chien familier. J'ai grogné :

– C'est bon, Chura.

Je n'ai pas eu de réponse. J'ai arraché le foulard qui me couvrait les yeux, j'ai tourné partout la tête. El Chura avait disparu, et le feu voulait jouer encore. Il flambait joliment. Mais comme je me demandais où était passé le bonhomme, il est redevenu un bon feu, rien de plus.

De Tiahuanaco au Titicaca, la route est pénible mais simple. Elle suit la voie ferrée. Le renard (je l'appelais ainsi, parfois, quand je pensais à lui) s'en était allé seul. Vers l'heure de midi il était passé chez moi pour me dire qu'un ami lui avait proposé de lui prêter un costume convenable pour le mariage, et qu'il devait aller le chercher. A l'éclat de ses yeux, j'avais vu qu'il mentait. Je devais le retrouver à mi-chemin, après la nuit tombée, devant une cabane abandonnée qu'il m'avait vaguement décrite. Je suis donc parti au crépuscule en compagnie d'un garçon du village, Antonio Pesino, qui accompagnait souvent El Chura dans la montagne, quand il allait cueillir des herbes. La marche était longue, nous étions à près de vingt kilomètres du lac, mais je me sentais léger et l'âme aventureuse. Je n'imaginais pas qu'Antonio, à peine sorti du village, viendrait me grelotter dessus et me trébucher sans cesse dans les pieds. Il avait peur des ombres. Le moindre roc, au loin, à vague forme humaine le faisait tomber en arrêt, des incantations plein la bouche. Il m'affirmait en flairant l'air entendre des bruits redoutables et sentir alentour des esprits menaçants. Et moi qui étais parti tranquille je me suis bientôt retrouvé aussi tremblant que lui à marcher dans une foule de fantômes. Heureusement, la nuit était claire, et la lune semblait contente d'être là.

Nous avons cheminé ainsi un couple d'heures, cahin-caha. Or, comme nous arrivions tout essoufflés en haut d'une montée, nous nous sommes soudain arrêtés, fascinés, les bras tombés jusqu'aux genoux. La plaine, devant nous, s'ouvrait sur l'infini. Il n'y avait plus de terre, ni de ciel, ni d'étoiles. Les ténèbres étaient vertes. Des fils pourpres, à l'horizon, flambaient. Il y avait, au lointain, une sorte de monstre à la crinière rouge. Antonio a couiné deux ou trois « Madre de Dios », puis je l'ai vu lever le front et soudain partir de côté, en titubant, les mains sur le chapeau comme pour se garder d'une gifle céleste. J'ai jeté un coup d'œil au-dessus de nos têtes. Je suis resté béant, la figure en plein ciel. Une énorme boule de feu était suspendue au beau milieu de la nuit. Elle était si vaste que je n'en distinguais que le ventre. Je me suis cru un court moment plongé dans un rêve bizarre. Antonio, tout à coup débridé, s'est mis à courir comme s'il avait au cul tous les chiens de l'Apocalypse. Je l'ai entendu brailler, loin devant :

– Yayaï ! La lune tombe !

Je l'ai suivi, j'ai dévalé la colline en criant éperdument, moi aussi, à la fin du monde. Combien de temps avons-nous galopé dans cette nuit magnifique et terrible ? Je me souviens avoir aperçu, au bout du chemin, l'ombre d'une cabane. Nous avons foncé sur elle en redoublant d'appels à l'aide.

El Chura nous attendait là, assis contre le mur en ruine. Antonio s'est affalé à ses pieds, le front dans l'herbe, tandis que j'arrivais derrière en hurlant :

– Chura, la lune ! La lune !

Il a dit :

– Quoi, la lune ?

Il nous a regardés, l'œil faussement surpris, tandis que nous avalions l'air comme des rescapés de noyade, le souffle rauque, incapables d'articuler le moindre mot. Il a levé le nez. Nous aussi. La lune et les étoiles étaient à nouveau là, dans la nuit ordinaire et calme. Alors Antonio et moi nous nous sommes d'un coup débondés, et l'un parlant sur l'autre, nous lui avons raconté notre histoire. Il nous a écoutés en mâchonnant une herbe, puis il a dit :

– C'est bien, les enfants, vous avez vu le feu. C'est bien.

– Mais, Chura, vous l'avez vu aussi, dites ? Il est impossible que vous ne l'ayez pas vu !

– Oh moi, je le connais. Je n'ai pas besoin de le voir.

Il s'est mis sur ses pieds, il s'est épousseté les fesses

et il s'est éloigné. Antonio l'a rejoint sans rien dire. Il paraissait n'avoir plus peur de rien maintenant qu'il était avec le vieux. Moi je l'ai poursuivi, débordant de questions, scandalisé par sa désinvolture. Le ciel avait failli nous tomber sur la tête, et apparemment il trouvait ça tout ordinaire ! Il a fait semblant de ne pas entendre mes jérémiades. Il a parlé d'autre chose. Il a dit simplement qu'il était inutile de nous presser, et que tout compte fait nous aurions pu attendre le jour, Antonio et moi, pour nous mettre en route.

J'ai suivi une bonne heure à quelques pas derrière, rogneux, brumeux, fiévreux. Peu à peu, la fatigue et la monotonie du voyage m'ont apaisé. Alors une idée m'est venue. Elle était toute neuve, fringante. Elle semblait n'avoir attendu, pour m'apparaître, que la dissipation de mes vapeurs intimes. Elle m'a dit : « Si tu avais pu voir, au fond de la nuit, le footballeur cosmique qui a lancé ce prodigieux ballon sur ta tête, tu aurais sans doute reconnu la figure d'El Chura. » Je me suis étonné. J'ai pensé : « Impossible. El Chura est fort, mais il ne peut pas avoir inventé une lune pareille. » Mon idée m'a répondu : « Hé, qu'est-ce que tu en sais ? » Elle était émouvante, rassurante comme un soleil à l'aube. Elle m'a dit encore : « Et si c'était vrai ? » J'ai pensé : « Si c'était vrai, ce serait beau et ça me ferait rire. » Une coulée de vie puissante et chaude s'est aussitôt répandue dans mon corps. Je me suis mis à chantonner, tout à coup joyeux, délivré, pareil à un Lazare échappé du tombeau. El Chura s'est tourné vers moi, il m'a fait un clin d'œil. Il était l'auteur de ce prodige, cela m'est apparu tout à coup évident. Il m'a dit :

– Garde tes forces. Ce n'est pas avec des chansonnettes que tu feras jouir les femmes de Guaqui.

Nous avons ri ensemble. Je n'imaginais pas ce qui nous attendait.

A l'entrée du village quelques chiens jaunes erraient autour d'un petit mât peint à la chaux où flottaient des bannières délavées. Les maisons étaient en fête. Elles avaient pourtant quelque chose d'infiniment abandonné dans l'immensité cernée de montagnes aussi lointaines que les repaires des dieux. On avait orné les façades de fleurs sauvages. Devant la demeure des mariés était planté un faux arbuste où étaient accrochés, çà et là, en guise de feuilles, quelques menus billets de banque. C'étaient les dons des invités. J'ai agrafé ma chouette au bout d'une branche et je me suis discrètement éloigné. C'était une grande aquarelle, on ne voyait qu'elle parmi les billets chiffonnés. Tandis que le maître de maison me serrait dans ses bras pour me remercier, j'ai vu les gens s'agglutiner autour du petit arbre, puis venir à moi en bousculade avide. El Chura m'a dit :

– Ta chouette leur plaît. Ils veulent la même. Ne t'inquiète pas, je prends les commandes.

Il m'a fallu quelques semaines pour me rendre compte qu'il avait aussi prévu cela. Un soir que je peignais ma cinquantième chouette, longtemps après ce jour, il s'est penché sur mon épaule, il a murmuré en passant :

– Elle commence à t'aimer.

Et comme il s'en allait sans autre mot, son fusil à l'épaule, je me souviens avoir entendu un chant de flûte, au loin, dans le crépuscule, un aboiement de chien qui saluait la lune, et je me suis senti envahi d'une tendresse infinie et pourtant familière. C'était vrai. L'esprit de la nuit commençait à m'aimer.

Au crépuscule, parmi les banderoles, les bassines d'alcool, les feux où grillaient des piments, El Chura m'a expliqué comment il convenait d'agir avec les filles. Il m'a dit :

– D'abord, tu prends ton temps. Tu regardes. Quand l'une d'elles t'accroche l'œil, tu t'approches, tu fais un peu le brave et tu lui voles son chapeau. Si elle te court après en poussant des cris d'oiseau et en faisant des mines, c'est qu'elle veut de toi. Si elle fait la grimace et te jette des pierres, c'est que tu lui déplais. Dans ce cas, tu en cherches une autre.

Je l'ai écouté distraitement. J'étais déjà plus qu'à moitié saoul.

Les quenas, les tambours et les danseurs se sont mis en branle. Tandis que les femmes s'élançaient comme des toupies, leur melon sur la tête, leurs douze jupons tournoyant autour d'elles, il m'a semblé que les montagnes, l'air, le lac, le ciel étaient là, immobiles, à regarder naître un cyclone. Il n'y a pas que la Terre qui sache se laisser emporter dans une danse de cyclone. Il n'y a pas que les planètes qui sachent tourner autour des soleils, nous savons aussi, nous, les gens. Nous le savons par parenté, par héritage intime. Nous le savons parce que nous sommes les enfants de la Terre, des planètes, des soleils. J'ai regardé un moment les hommes et les femmes du village que les rythmes sourds et les musiques vertigineuses lançaient en tourbillons parfois maladroits, parfois magnifiques. Je ne sais quoi dans leur liberté, dans leur débridement, disait au ciel : « Regarde, nous aussi nous sommes des étoiles ! » Je me suis mis à danser avec eux. Combien de temps ai-je perdu l'esprit ? Dieu le sait sûrement, lui qui tient tous les comptes, mais moi, ivre d'alcool, de bruit, de tournoiements, que pouvais-je savoir ? J'ai bu sans cesse de danser pour éteindre le feu des viandes pimentées. J'ai mangé pour ne pas tomber raide, sans cesser de danser. J'ai sué toutes mes eaux, j'ai chanté jusqu'à rendre gorge, et sans que la terre cesse de danser j'ai fait l'amour avec Marguicha. Je n'ai pas eu à lui voler son chapeau. Elle s'est approchée de moi, et elle me l'a lancé sur la tête, fièrement. Elle n'avait guère plus de dix-huit ans mais c'était une fine mouche, elle savait regarder un homme dans les yeux. Nous n'avons pas dit un mot. J'ai voulu lui prendre la main. Elle m'a échappé. Je l'ai poursuivie jusque derrière les cabanes, je suis tombé sur elle, nous avons roulé ensemble sur la terre humide qui grondait sourdement comme une bête heureuse et tandis qu'elle me mordait la bouche comme une furie je me suis planté dans son ventre. Nous sommes revenus manger, boire, tourner encore, nous sommes repartis dix fois dans l'herbe noire nous dévorer l'un l'autre et nous jouir dedans. Nous n'étions pas les seuls, tous faisaient comme nous, sauf les vieux et les vieilles assis autour du grand feu du conseil des sages. Ceux-là parlaient famille, fumaient leur pipe ou reprisaient des hardes pendant que les autres à quelques pas d'eux ramaient sur l'océan des délices et s'en retournaient au bal en rajustant leurs fringues.

Je croyais que ces vieux-là ne pouvaient plus s'émouvoir de rien. Certains avaient plus de cent ans, ils semblaient papoter comme à la porte d'un cimetière. En vérité, ils étaient au cœur même de la danse. Ils étaient l'œil de notre cyclone. J'ai vu Antonio, au beau milieu de je ne sais quelle nuit, gesticuler autour d'eux. Il était saoul comme le vent, il n'avait plus de figure, il n'avait qu'un regard extasié dans une grimace baveuse. Je l'ai vu attraper le chapeau d'une ancêtre et s'en aller en trébuchant aux brins de paille. La bou-

gresse portait ses quatre-vingts ans sur le dos, elle avait
craché toutes ses dents dans son avant-dernière soupe
et ses mamelles lui ballottaient devant comme des
porte-monnaie de pauvresse. Elle lui a tout de même
trotté après, la figure pleine de minauderies énamou-
rées, elle l'a rattrapé, et elle l'a entraîné dans la danse.
Ils se sont mis à tourner ensemble en se poussant du
ventre. Je les ai perdus de vue un moment, puis j'ai
aperçu la vieille dans le pré, derrière les musiciens.
Elle avait empoigné Antonio par le bout du poncho et
elle le tirait vers une cabane. Elle était vaillante, la
biquette, elle n'avait pas l'intention d'en démordre.
Lui, le pauvre, résistait à peine, il tanguait comme un
cerf-volant. Elle a poussé la porte d'une cabane, ils ont
disparu dans l'ombre noire. J'ai pensé : « C'est impossible, Antonio ne va pas forniquer avec la mère de
Mathusalem ! Et elle, qui n'a même pas l'excuse d'être
saoule, elle ne peut tout de même pas ouvrir ses cuisses
à son arrière-petit-fils ! » Je me trompais. Elle a pu.
Lui aussi. Et je crois qu'à l'instant où ils ont roulé
ensemble sur leur paillasse, l'espace d'un éclair aussitôt oublié ils ont touché ensemble au secret de la vie.

Elle prend bien sa source quelque part, la vie. Mais
où ? D'où vient cette force qui donne au feu son imper-
tinence, à la terre son appétit d'ogresse, à tout être
vivant son désir de jouir du monde ? Demandez à la
tempête ce qu'elle pense des convenances, demandez-
lui ce qu'elle pense de la mort, demandez au feu, à
l'eau, à l'air, à la terre. Ils n'ont aucune mémoire de
ce qu'est la mort, ce mot n'existe pas dans la nature.
Un caillou peut vous parler de l'innocence, mais il ne
peut pas vous parler de la mort, pas plus que du bien,
du mal, de l'utile, de l'inutile. Il ne sait rien de tout
cela. Demandez à la vie à quoi elle sert. Elle ne vous

répondra pas. A sa manière, elle vous pétera peut-être à la figure, elle vous tournera le dos, et vous croirez qu'elle ne vous aime pas. Mais non, elle ignore tout de nos philosophies, elle ne sait pas ce que signifie le mot « néant », voilà tout. Ce mot, pour elle, n'est qu'un bruit. Comment pourrait-elle comprendre ? La vie vit pour vivre. Elle n'est qu'une force qui va, gratuite, sans questions et sans cesse donnée. Libre à vous de l'épouser, de la voir comme elle est, de l'aimer simplement pour le bonheur d'aimer. Et si vous ne voulez pas d'elle, que lui importe, elle passera sans vous ! Je suis sûr que la fête de Guaqui a fait plaisir à Dieu. Il a dû se dire, du haut de son Ciel : « Mes enfants sont des fous magnifiques. J'ai inventé la vie, ils se baignent dedans, ils n'ont pas peur de se mouiller, ils nagent, ils nagent bien ! S'ils continuent ainsi, ils ne vont pas tarder à grimper sur mes genoux, à prendre ma place. Quel bonheur ! »

Au matin, après avoir déjeuné d'un épi de maïs avec Marguicha, je suis allé à la cabane voir où en étaient Antonio et sa dulcinée précolombienne. Je vous ai dit qu'elle avait quatre-vingts ans ? Yayaï ! Je l'ai vue nue. Elle en avait huit cents ! Une momie qui aurait jeté ses bandelettes aux orties, voilà ce qu'elle était. Antonio avait fait l'amour toute la nuit avec une antiquité évadée d'un musée anthropologique. Elle était couchée sur lui, ils ronflaient tous les deux, mais elle n'avait pas lâché le rossignol de son compère, elle le tenait serré comme une fiole d'élixir d'immortalité dans les bouts de bois mort qui lui servaient de doigts. Je les ai réveillés. Antonio, hagard, a regardé son amoureuse, il a bondi hors du lit et il a couru dehors en appelant à l'aide la mère de Dieu, l'archange Michel, plus une bonne douzaine de saints pourfendeurs de dragons. La vieille ne

l'a pas poursuivi. Elle paraissait fatiguée mais contente.
Elle a enfilé son poncho, elle a coiffé son melon, elle
a ramassé son paquet de jupons et elle s'en est allée,
ses hardes sous le bras, en nous souhaitant le bonjour
avec une grande simplicité.

Je me suis mis en ménage avec Marguicha. Je n'ai
pas tardé à découvrir qu'elle n'était pas une apprentie.
Son savoir, malgré son jeune âge, était aussi aiguisé
que son œil. Elle connaissait intimement le corps de
l'homme. Assurément elle avait appris ce sentir-là sous
la conduite d'un guide. Qui l'avait instruite ? Quels
chemins l'avaient menée à ce savoir ? Je n'ai jamais
songé à le lui demander. J'étais faraud, naïf et fier de
ma jeunesse, je croyais qu'elle était éprise de moi, tout
simplement, et que son art d'aimer lui venait droit du
cœur. Le premier soir de notre vie commune, dès
qu'elle m'a vu couché elle s'est agenouillée contre ma
hanche, elle a ouvert mes vêtements et elle a laissé
aller ses doigts sur moi. Elle s'est mise à jouer de mon
corps comme d'un instrument de musique, en psalmodiant des incantations, à voix basse. Je lui ai demandé
ce qu'elle faisait là. Elle m'a répondu qu'elle réveillait
les démons et les anges, les forces obscures et les forces
lumineuses. Elle m'a dit :

– Il ne faut pas qu'elles se combattent, il ne faut pas
qu'elles s'ignorent non plus. Il faut les aider à faire
connaissance et à se marier ensemble. Si elles sont
toutes les deux dans ton corps comme dans leur maison,
elles te feront du bien, elles t'aideront à vivre.

Elle a fait ainsi tous les soirs. C'est devenu un jeu.
Nous commencions toujours par ce jeu-là quand nous
faisions l'amour, qui ne cessait jamais d'être lui-même
un jeu. Parfois, sans que je sache quelle idée la piquait

elle échappait brusquement à mon étreinte, agile et vive comme une renarde. Le temps que je reprenne mes esprits, je la voyais debout en train de se faire chauffer du café. Au début je ne comprenais pas. Je lui disais :

– Pourquoi fais-tu ça, Marguicha ? C'est un rituel ou quoi ?

– Non, non, c'est juste pour se tenir l'envie dedans, pour la goûter. Après, quand on recommence, c'est mieux.

Je ne comprenais toujours pas. J'étais habitué à l'érotisme grave, à l'amour droit devant, profond, bien enfermé sur lui-même, hors du monde. Marguicha en faisait une œuvre déconcertante, parfois étrangement savante, parfois d'une simplicité de fou rire. Dans l'amour de Marguicha on pouvait s'amuser, se chercher des poux dans les cheveux, manger, parler de nos sexes comme de vieux camarades imprévisibles, danser, inventer des caresses, aller chercher la jouissance chez les aigles ou chez les démons. Elle savait ralentir la nuit, faire d'une heure un instant bref ou une vie de petites choses. Elle avait dix-huit ans. Je n'ai jamais eu d'amoureuse qui sache ainsi jouer du temps.

Quelques jours après notre installation ses parents sont venus nous visiter. El Chura les accompagnait. Le père est resté silencieux, mais la mère s'est assise gravement devant moi, elle a posé une question en langue aymara et elle a attendu la réponse avec une raideur anxieuse. El Chura m'a dit :

– Elle veut savoir si sa fille te donne satisfaction.

Je lui ai répondu que la cuisine de Marguicha était un peu trop épicée à mon goût mais qu'elle était une excellente ménagère. Il s'est moqué de moi.

– Tu crois que ces gens ont fait vingt kilomètres à pied pour voir si ta maison est bien tenue ? Marguicha n'est pas une domestique ! Ce que sa mère veut savoir, c'est comment elle est avec toi au lit.

– Elle est bien, Chura, elle est très bien.

Il s'est mis à discuter avec la femme. Je n'ai pas compris ce qu'ils se sont dit, mais elle l'a beaucoup interrogé. Il lui a répondu longuement, avec une précision méticuleuse. Je les ai regardés bavarder. J'étais captivé. On aurait dit deux docteurs en conciliabule. J'ai pensé : « Que peut-il bien trouver à dire de ma vie amoureuse ? Il n'en connaît rien ! » Comme décidément la femme autant que lui paraissaient ne plus se soucier de moi j'ai voulu mettre mon grain de sel dans la conversation. Il a écarté ma timide tentative d'un revers de main, comme il aurait fait d'un insecte. Je me suis tourné vers Marguicha. Elle écoutait El Chura avec une attention qu'elle n'avait jamais manifestée à mon égard. Aurais-je été aveugle et sourd, j'aurais à cet instant perçu leur connivence, tant elle était évidente. Je me suis dit : « Ils ont parlé de moi à mon insu. Elle lui a raconté comment je la faisais jouir. » Une bouffée de rogne a envahi ma figure. Je me suis levé, et je suis sorti.

Je suis resté devant la porte à ruminer mon amertume jusqu'à ce que je les entende prendre congé. Tous les quatre m'ont rejoint sur le seuil. La mère de Marguicha s'est approchée de moi, elle a baisé ma main, puis elle a levé la tête et regardé mes yeux avec une tendresse si simple et si démunie que j'ai eu envie de la serrer dans mes bras, mais j'ai voulu rester digne et je l'ai froidement saluée. Elle a dit dans sa langue quelques mots qui ont fait sourire tout le monde. Le père aussi a souri, ce qui apparemment ne lui arrivait pas souvent. Marguicha a accompagné ses parents jusqu'au village. J'étais extrêmement fâché contre El Chura. Dès que je me suis trouvé seul avec lui je me suis collé sur la figure un masque de mélodrame et j'ai contemplé ostensiblement le lointain. Pendant mes quelques minutes de solitude devant la porte j'avais évidemment échafaudé deux ou trois histoires de traîtrise, un scénario de rupture sur fond de ruines antiques et un discours de réception à l'Académie des sciences morales sur le nécessaire respect de la vie privée. Je lui ai sèchement demandé ce que ma compagne lui avait confié de mes comportements intimes. Il n'a pas eu l'air surpris, juste songeur, un court moment, puis il a lâché avec une sorte de mélancolie tranquille :

— Tu vois, Luis, c'est ça un cerveau. Un vieux salaud qui te tient par les couilles et qui te raconte n'importe quoi pour t'empêcher de sortir de sa prison.

Je me suis laissé glisser le long du mur. Il m'a abandonné là, assis dans l'herbe, éberlué, avec ma tête sous le bras.

La honte qui m'est tombée dessus était si lourde que j'ai cru que le ciel s'asseyait sur ma nuque. Il avait raison. Mon cerveau m'avait bouclé dans sa maison sans âme. Mon cerveau m'avait dit : « Marguicha a forcément fait des confidences à ton Chura. » Forcément. Seul un cerveau, dans sa logique de soudard, est capable de vous faire prendre un « forcément » pour une évidence. La vie est plus vaste que lui ? Qu'importe, il la réduit à sa dimension de caserne. Ce qui vit hors de lui est nul, voilà sa loi. Que sait-il de l'amour, ton cerveau, pauvre Luis ? Rien. Il sait, par ouï-dire, que l'amour existe mais il ne sait pas le goûter. Que sait-il d'une pomme ? Son poids, sa couleur, sa chimie. La formule chimique d'une pomme nourrit-elle ? Non, mais le cerveau s'en moque. Il ne se nourrit pas de pommes, il se nourrit d'informations. Il les stocke, il

les accumule, il les empile, il les interprète, il s'en bâtit
des systèmes, des romans, des euphories et des angois-
ses. Il ne vit pas, il fonctionne. Comme si El Chura
avait besoin de questionner, pour savoir ! Il me répétait
tous les jours que je ne devais pas me laisser engluer
dans mon bavardage mental, que la seule connaissance
qui vaille était dans le vivant et que je devais aller l'y
chercher comme l'on joue, les yeux ouverts, les oreilles
dressées, les narines en éveil et la langue à l'affût. Une
bouffée de colère avait suffi pour que j'oublie tout cela,
et mon cerveau avait profité des fumées soulevées pour
me planter son « forcément » dans la bouche. Je suis
resté une bonne heure à me dire ces choses qui me
venaient du ciel ou peut-être du vent, dans la lumière
pâle de la fin d'après-midi. Quand El Chura est repassé
devant ma porte, au crépuscule, il m'a trouvé comme
il m'avait laissé, assis contre le mur de la cabane. Je
lui ai simplement demandé si je pouvais l'accompagner
dans les ruines. Il m'a tendu la main pour m'aider à
me lever.

Nous avons marché jusqu'à ce que la nuit soit tout
à fait venue. Alors il m'a dit, dans le silence noir :
– Le cerveau est un serviteur, pas un maître. Si tu
lui laisses le gouvernail, il ne te conduira pas où tu
veux aller, mais où son poids l'entraîne sans cesse. Et
tu sais bien où son poids l'entraîne.
– Non, Chura, je ne sais pas. Dites-moi.
– Tu le sais, mais tu es paresseux. Tu veux que je te
porte sur le dos. Tu veux rester un enfant.
Une étoile filante a traversé le ciel. Il s'est arrêté
pour la regarder et il a dit, le nez en l'air :
– A propos. La mère de Marguicha est contente.
Il s'est tu un instant, il a hoché la tête et il a ajouté :
– Plus contente que Marguicha.

Un coq s'est réveillé soudain dans ma poitrine. Il s'est ébouriffé, il a ouvert le bec, il m'a pincé le cœur. J'ai dit :

– Elle trouve que je ne lui fais pas bien l'amour ?

– Non, ce n'est pas ça.

Il s'est gratté le nez en faisant semblant de buter sur des mots difficiles. J'ai pensé : « Le bandit ! Il se moque de moi, et je me laisse mener comme une chèvre au bout d'une corde ! »

– Où voulez-vous en venir, Chura ?

– Moi ? Nulle part.

Il s'est mis à rire en silence. Je l'ai regardé. Il m'a regardé. Il y avait dans ses yeux une malice si entraînante que ma bouche s'est fendue, que mes yeux se sont écarquillés et que je suis parti avec lui à rire à grands éclats dans la nuit magnifique. Il a dit, entre deux hoquets :

– Tu le vois, maintenant, où son poids l'entraîne ? Tu le vois ?

– Oui, Chura, au néant. Le néant est le lieu de celui qui ne sent pas. Le cerveau ne sent pas.

Et de rire. Il s'est calmé d'un coup. Il a dit :

– N'empêche.

– N'empêche quoi, Chura ?

– N'empêche que Marguicha trouve que tu ne te laisses pas assez faire.

– Écoutez, Chura. La femme, c'est elle. Ce n'est pas à l'homme de se laisser faire, c'est à la femme.

– Je n'ai pas dit que tu devais te laisser faire par Marguicha.

– Par qui alors ?

Il s'est arrêté, étonné. Il m'a répondu, d'un ton d'évidence :

– Par l'amour.

Et il a repris sa marche tranquille. Comme nous

78

parvenions à une croisée d'allées, il a posé sa main sur mon épaule. Il m'a dit :

— Elle doit être rentrée maintenant. Avant de la rejoindre, reste un peu avec la nuit. Demande-lui de te préparer. N'aie pas peur, elle saura. Moi, j'ai à faire à Pumapunco. Adiós.

Un froissement d'envol à la cime d'une muraille m'a fait lever le front. Une aile a frôlé mes cheveux. J'ai entendu El Chura parler, au loin, je ne sais avec qui, peut-être avec l'oiseau, puis sa voix s'est éteinte et je suis resté seul sous les étoiles.

# 4

Tous les matins j'allais dessiner dans la montagne. Je partais seul, à l'heure tendre et forte où le jour sort des brumes. J'aimais cette heure-là. Je me sentais, dans la lumière triomphante et pourtant encore embarrassée des timidités de l'aube, comme à la naissance du monde. Mes rencontres étaient rares. Je ne croisais guère, de temps en temps, que des petits joueurs de quena qui menaient des lamas chargés de bottes d'herbes et quelques hommes qui me regardaient passer, la tête penchée de côté, la figure froissée par le soleil. Je leur souhaitais le bonjour avec toute la bonne humeur dont j'étais capable. J'avais tant envie de leur parler, d'être des leurs ! Mais ils me saluaient à peine.

C'est un de ces matins-là que j'ai rencontré l'homme de cuivre. J'escaladais la montagne, mon attirail en bandoulière. Je longeais un océan de nuages cotonneux d'où émergeaient des pics, des sommets déchirés où s'accrochait la neige. Par des trous de nuées on distinguait au loin, dans les profondeurs illuminées, une plaine infinie. J'avais l'impression de monter au ciel. Je pensais à Marguicha, à des choses quotidiennes. Je chantonnais. Il faisait doux. A la sortie d'une courbe du sentier je me suis soudain arrêté, les yeux aussi grands que la bouche, incapable de faire un pas de plus.

Au bord du chemin un Indien se tenait assis sur un rocher. Il regardait l'espace, fixement. Je n'ai pas pu passer. Mes pieds n'ont pas voulu. Il y avait là quelque chose d'infranchissable.

Je suis resté un moment la tête creuse, hésitant entre la fuite et la fascination. Cet être-là n'était pas un homme, c'était une statue calcinée. J'ai risqué quelques pas vers lui, circonspect comme un lézard au coin d'un mur. Il n'a pas bougé. Ses yeux étaient pareils à deux diamants noirs, sa face était vieille et magnifique, son corps était maigre, ses mains étaient posées à plat sur ses genoux. Il était d'une immobilité inhumaine. Une statue. Et pourtant, quel bloc de vie c'était ! Une telle force rayonnait de lui qu'elle en était presque palpable. Un éclair d'évidence m'a tout à coup traversé. Je me suis dit, ébahi, sans pouvoir ni me croire ni me débarrasser de cette idée, que cet être venait du fin fond du temps, que notre rencontre n'était pas fortuite, que nous avions rendez-vous, lui et moi. Je l'ai regardé encore. Une prière a pris son élan dans ma poitrine, je l'ai sentie sortir de ma bouche muette. Alors, dans le rayonnement de ce corps, une brèche s'est ouverte. Et dans cette apparence d'homme qu'il m'était donné d'approcher, j'ai vu en un instant des siècles de vie, des tourbillons de nuits austères, de jours glorieux, d'oasis, de déserts, de guerres, de voyages. Ce ne fut que le temps d'un éclair silencieux. Je me suis dit : « Tu deviens fou, tu délires ! » A peine avais-je pensé cela que tout s'est effacé. Je me suis retrouvé sur mon chemin matinal avec mon barda d'artiste et mes idées qui galopaient à nouveau en tous sens. J'ai tendu le cou, j'ai dit timidement :

– Monsieur, hé, monsieur !

Pas de réponse. Pas le moindre battement de paupières. Il ventait un peu. Son poncho aurait dû bouger.

Il était, lui aussi, d'une immobilité minérale. J'ai dit encore :

– Vous permettez que je vous dessine ?

Il ne respirait pas. Aucun souffle ne soulevait sa poitrine. J'ai pensé : « Il est peut-être mort, momifié, pétrifié, que sais-je ? » Je lui ai offert une cigarette. Je fumais des Particular, de ces cigarillos noirs qui puent comme une auberge de brigands. Pas un geste. Je me suis éloigné de quelques pas pour faire un croquis, puis je me suis encore approché, j'ai voulu lui montrer son portrait que je venais d'esquisser. J'ai touché son bras. Il était dur et froid. J'ai touché son épaule. J'ai osé tendre la main, enfin, vers sa figure. Alors sa tête s'est tournée vers moi. J'ai cru voir pivoter la cime d'une montagne. Le regard qu'il m'a jeté m'a cloué si rudement que j'en ai bondi en arrière. J'ai balbutié :

– Pardonnez-moi.

Je ne sais pas comment il s'est dressé. Il était assis, et je l'ai vu tout à coup debout sur le sentier, droit comme une flèche. C'était un vieillard, il avait bien quatre-vingts ans. Il ne s'est aucunement soucié de moi. Il m'a tourné le dos, et il s'en est allé. J'ai senti une sorte d'arrachement, comme s'il emportait avec lui cette force qui m'avait arrêté. Et tandis qu'il s'éloignait parmi les buissons bas, il m'a semblé que son corps était vaguement environné de brume, ou peut-être de cendre.

Je l'ai dit au Chura, au soir de ce jour-là. Il m'a répondu que j'avais bien vu. Ce n'était pas de la brume, mais de la cendre. Il m'a dit :

– On la voit sur tous ceux qui sont passés au four.

– Quel four, Chura ?

– Le four de la cuisson. Le maïs doit cuire pour être nourrissant. Les êtres aussi.

Nous étions assis contre le mur de ma cabane. Marguicha, à côté de nous, râpait des chuños pour le dîner.

– Vous connaissez cet homme ?

– Bien sûr. C'est le gardien du temps.

Il ne m'était jamais venu à l'idée que le temps avait besoin d'un gardien.

– C'est un sorcier ou quoi ? Que fait-il ? Il s'assied et il regarde les nuages ?

– Il garde le temps.

Je me suis dit : « C'est absurde. Autant veiller sur l'eau qui court, enfermer le vent dans des boîtes, arrêter le soleil au-dessus de nos têtes ! On ne peut être gardien de ce qui fuit sans cesse. A moins d'imaginer que le temps est un dieu. » Je suis resté pensif un bon moment. Ma compagne paraissait très affairée à user ses patates contre sa râpe à fromage, El Chura, lui, regardait naître les étoiles dans le ciel, et pourtant je sentais que l'un et l'autre m'observaient. J'ai dit :

– J'aimerais bien rencontrer le temps, Chura, mais je ne sais pas où il niche.

Marguicha a levé la tête, elle a jeté un coup d'œil au vieux renard. Elle m'a répondu :

– C'est facile. Il est ici !

Et tout à coup vive et moqueuse comme si quelque lièvre venait de me filer entre les jambes :

– Attrape-le, vite !

Je l'ai regardée sans comprendre. El Chura a soulevé une fesse, il a lâché un pet bref. Il a grogné :

– Trop tard.

Ils ont ri ensemble, à petits coups discrets. Je me suis renfrogné. Je n'aimais toujours pas la complicité de ces deux-là, surtout quand elle se compliquait d'excentricités humiliantes. J'ai dit :

– Oh, vous savez, moi aussi je sais faire le pitre.

Je me suis mis à grimacer, moitié rieur, moitié râlant.

Les yeux exorbités, les deux doigts dans les narines, la langue hors de la bouche, j'ai poussé le cri du diable, comme je le faisais autrefois pour jouer à effrayer ma mère. Je me suis soudain revu devant elle quand je faisais mine de lui bondir dessus. Le jeu finissait toujours en bercements infinis, mon nez entre ses seins. Une bouffée de vie venue de ces jours tendres et pauvres m'a brusquement envahi. J'en suis resté les yeux vagues, ma grimace enfuie, illuminé par une mélancolie si douce que je crois bien avoir gémi. La voix de Marguicha m'est parvenue au travers d'une brume où était ma mère au regard de feu doux. Elle contemplait son fils devant sa masure au bord de la rivière ensoleillée, dans la rumeur des arbres et le parfum de l'eau.

– Voyez comme il fait bien, Chura.

Et la voix d'El Chura :

– Oh, il n'est pas idiot.

J'ai haussé les épaules. J'ai bafouillé :

– C'est juste un souvenir.

El Chura a poussé un long soupir découragé, il m'a regardé, l'œil atone, et il a dit :

– Je me suis trompé, Marguicha. Il est idiot.

J'ai ri avec eux. Je n'avais plus aucune hargne. J'avais senti une grande tendresse dans la raillerie d'El Chura. J'ai dit :

– S'il m'était possible d'exprimer tout ce qui vient de me tomber dessus, là, à l'instant, je pourrais en écrire un livre.

Marguicha m'a répondu, avec une sorte de conviction admirative qui m'a fait bondir le cœur :

– Le temps t'aime beaucoup, Luisito.

Le temps était donc un dieu. J'ai soudain éprouvé de la reconnaissance pour ce fuyard perpétuel. D'un brin de passé que je croyais depuis longtemps fané il avait fait un bouquet frais cueilli, odorant, vivace, il me l'avait offert et il s'en était promptement retourné dans son puits de mystères. Aussitôt m'est venu un désir impatient et joyeux d'en savoir plus sur ce dieu-là et sur son gardien, mais comme je questionnais El Chura, il s'est avisé qu'il était l'heure d'aller tenir compagnie aux ruines. Il m'a dit, en partant :

– Laisse-le décider. Ne t'inquiète pas, il te fera signe. Il n'oublie rien, et il est toujours exact.

Il m'a semblé deviner qu'il parlait de l'homme de la montagne. J'en suis resté perplexe. Il me paraissait inimaginable que cette statue vivante puisse un jour me convoquer à un quelconque rendez-vous.

Une semaine plus tard, un soir (j'étais encore en train de peindre une des innombrables chouettes que m'avaient commandées les invités du mariage), il a poussé la porte, il est resté sur le seuil, son fusil à l'épaule, et il m'a dit :

– Le vieux veut te voir.

– Quel vieux, Chura ?

Il ne m'a pas répondu. Il a simplement ajouté :

– Je viendrai te chercher demain matin à cinq heures moins le quart. Tiens-toi prêt.

Et il est parti. Je ne sais pas pourquoi ses rendez-vous étaient toujours à la demie, à moins le quart, au quart, jamais à l'heure juste. J'en ai fait la réflexion à Marguicha. Elle m'a dit :

– C'est une sorte de politesse. El Chura sait que le temps aime avoir les coudées franches. Il ne faut pas être trop sec avec lui, tu comprends ?

Je n'ai rien compris du tout, mais je n'ai pas insisté.

Donc le lendemain matin à l'aube nous sommes partis pour le Titicaca. En chemin, je l'ai évidemment interrogé sur ce vieux qu'il semblait considérer comme un homme extrêmement important. Je lui ai demandé pourquoi le gardien du temps m'était apparu sur le sentier de la montagne, et pourquoi il ne m'avait pas parlé.

– Il n'avait rien à te dire. Il t'a préparé, c'est tout.

Préparé à quoi ? J'ai aussitôt imaginé je ne sais quelle cérémonie secrète, peut-être dangereuse. J'ai voulu savoir s'il vivait à Guaqui, le village de Margui-cha. Il m'a répondu que non.

– Il habite entre le ciel et la terre.

Mon excitation est repartie de plus belle. Avait-il sa maison dans les nuages, parmi les oiseaux ? Comment donc arriverions-nous jusque chez lui ? Je l'ai questionné encore. Ma mine l'a fait rire. El Chura se moquait souvent de mes emballements et de mes saouleries de rêves qu'il jugeait indignes d'un sorcier véritable. Il m'a flanqué une tape sur l'épaule. Il m'a dit :

– Marche droit, ivrogne ! Hé, qu'est-ce que tu es lourd !


De fait, le vieux était un Uru, et il vivait sur l'eau. Le peuple uru est le plus ancien de tous ceux qui occupent les abords du Titicaca. Il est celui des ancêtres. Avant les Aymaras, avant les Quechuas, les Urus étaient déjà sur l'île de la Lune et l'île du Soleil. Quelques-uns demeuraient encore sur de vastes radeaux de roseaux et de terre, à proximité de la rive du lac. Le vieux habitait un de ces radeaux. Il avait là son jardin et sa cabane. C'était un « jilicato », un homme de savoir. Une femme vivait auprès de lui. Elle était chargée de veiller sur sa tranquillité. Quiconque voulait approcher le « jilicato » devait d'abord se présenter à elle et la convaincre de ses bonnes intentions. C'était une guérisseuse, une femme chaman, une doña Gimenez (on appelait ainsi, allez savoir pourquoi, toutes les sorcières du pays). Elle avait un enfant. Était-il de son ventre ? Qu'importe, il habitait avec elle et le vieux, et cette trinité n'était pas hasardeuse. La sorcière et l'enfant étaient nécessaires au « jilicato ». Pourquoi ? « Il a besoin des deux », m'avait dit El Chura, tandis que nous ramions vers le radeau de paille brillant comme un soleil dans le matin naissant.

La femme est venue nous aider à aborder. Elle était boulotte, lourdement vêtue et de mine sévère. Elle paraissait connaître El Chura depuis longtemps. Ils se sont salués brièvement, comme auraient fait des gens qui se voient tous les jours. Nous sommes entrés dans la cabane. Elle était simplement meublée, elle ressemblait à la mienne. Le vieux était occupé à attiser le feu, au fond de la pénombre. Il s'est redressé, il est venu vers nous, les bras ouverts, il a pris les mains d'El Chura, il l'a accueilli longuement, comme un fils. Il m'a regardé enfin. Il avait dans les yeux de la bonté distraite et de la flamme gaie. Ses gestes étaient d'une grâce étrange, légère. Il paraissait infiniment plus âgé que l'homme de la montagne, il n'avait rien de cette force insurmontable qui m'avait arrêté sur le sentier, et pourtant c'était lui. La statue calcinée était cet homme-là. J'en ai douté. Mais je l'ai su à l'évidence à l'instant où il m'a lancé un clin d'œil en esquissant un mouvement vif dans l'air pour me rappeler le croquis que j'avais fait de son visage. Nous sommes sortis devant la porte. Des volailles picoraient çà et là. Nous nous sommes assis à l'ombre du mur, et il s'est mis à parler.

Nous n'avons pas bougé de la journée. Sa compagne, la doña Gimenez, est une fois venue nous porter de la soupe et des chuños, mais il y a goûté à peine. Il était trop occupé à me jardiner, à travailler ma terre. Si je n'ai retenu que peu de choses de tout ce qu'il m'a dit, c'est qu'il l'a voulu ainsi. Sa voix était d'une égalité de litanie. Il s'arrêtait parfois au détour d'une phrase. Il aiguisait son regard et levait l'index devant son nez, le temps d'un cri d'oiseau lointain ou d'un éclat de soleil, puis il reprenait son fil monotone. En vérité, il ne m'a pas parlé pour remplir mon grenier d'informations, de principes ou de conseils d'ami, mais pour m'ensemencer. Il a planté partout, ce jour-là, dans mon corps, des mémoires. Je le sais parce qu'elles n'ont pas cessé de germer, tout au long de ma vie, toujours à l'heure juste. De temps en temps encore me vient un savoir-faire, une intuition, une évidence. Je me dis, étonné : « Mais d'où sors-tu cela ? » Et je revois le vieux, et j'entends ses paroles. Il me parle partout.

Comment s'y est-il pris pour inscrire cette infinité de lumières au-dedans de ma peau ? Je l'ignore. Si j'imagine, si je ferme les yeux et me retrouve assis, devant lui, sur la paille chaude du radeau, je vois mon corps ouvert à deux battants, je vois, au-dedans, un autre corps, je vois le vieux occupé à incruster des fragments de couleur, de-ci de-là, sur ma peau secrète. Et je pressens qu'il ne me parle que pour me distraire, pour que je ne bouge pas, pour que je ne le dérange pas trop pendant son ouvrage. Il aurait pu aussi bien se taire. Quand je repense à lui, je me souviens surtout de son regard tranquille, sans souci d'aucune sorte et pourtant attentif. Il disait, ce regard : « Vois, je fais mon travail parce qu'il ne faut pas que se perde ce qui m'a été donné. Tu comprendras plus tard, tu oublieras peut-être. Certaines graines que je dépose en toi ne pousseront jamais, qu'importe, tu n'es pas le premier que j'ensemence ainsi, tu n'es pas le dernier, elles pousseront chez d'autres. » Pourtant, quel espoir il y avait dans la lumière de ses yeux ! Avez-vous déjà vu un regard d'enfant qui espère ? Le sien était celui d'un enfant qui espère, comme celui de Dieu, peut-être, quand il a créé l'homme. « Va, je te donne tout, il n'est pas un atome de ton corps où je n'aie inscrit ce qu'il te faut pour explorer l'univers. Je te donne mon savoir et la liberté d'en user. Je ne garde que l'espérance. » Il ne m'a rien demandé. Je ne l'ai jamais revu après cette poignée d'heures. Il fut mon père un jour pour ma vie tout entière.

Comme nous retournions dans la cabane, à la nuit tombée, je me souviens qu'il m'a dit :

– Évite la tiédeur. Brûle-toi si tu veux, gèle si ça te chante, mais choisis. Si tu te brûles, sois la braise. Si tu te gèles, sois la glace.

Il s'est assis au bord du feu et il a plongé sa main parmi les tisons, pour les raviver. Je m'en suis effrayé, je lui ai demandé s'il n'avait pas mal. Il m'a dit :

– Au début il te chatouille, ensuite il t'aime parce que tu es le feu avec lui.

Il m'a dit aussi :

– Diminue la douleur de la distance. Travaille à cela tous les jours.

J'ai pensé (il faisait nuit, j'étais fatigué, j'avais de la peine à ne pas m'endormir devant la flamme de la lampe) : « Diminuer la douleur de la distance ? Qu'est-ce que cela peut bien signifier ? Il faudra que je demande au Chura. » Je l'ai interrogé sur le chemin du retour. Il a refusé de me donner la moindre explication. Il m'a dit :

– Les mots ne sont que des lueurs, des signes. Ils sont les portes des mémoires. Les choses derrière les mots, voilà l'important. Le vieux a inscrit dans ton corps tout ce dont tu auras besoin jusqu'à ta mort, et au-delà. C'est en toi maintenant que tu dois chercher tes réponses.

– Mais comment les trouver, Chura ?

– Par le sentir. Et t'apprendre le sentir, c'est mon affaire, ne t'inquiète pas.

Un jour, j'ai poussé la porte où était inscrit : « Diminue la douleur de la distance », et je suis entré dans une salle du palais de la mémoire. Il y avait partout des livres vivants. Entre mille autres de ces livres vivants j'ai choisi d'explorer la douleur de l'absence d'un être aimé. Il m'est aussitôt apparu que cette douleur était une maladie guérissable. Je me suis aventuré plus avant dans la salle. Entre mille autres voix, j'ai entendu ceci : « Plutôt que de t'enfermer dans le chagrin ou l'indifférence, cultive les sensations que l'être aimé a laissées en toi, redonne vie, dans tes dedans, à la tendresse, à la douceur. Si tu revivifies ces instants de bonheur passés, si tu les aides à pousser, à s'épanouir, à envahir ton être, la distance peu à peu se réduira, la douleur peu à peu s'estompera. Tu peux recréer ce que l'oubli a usé. » Je me suis émerveillé de ce pouvoir et de mes capacités à explorer cette vaste bibliothèque que j'avais en moi. Alors j'ai choisi, entre mille autres choses, une journée d'amour éblouissante et douce. Elle était là, elle n'avait jamais servi à personne. Je suis entré dedans. Ses couleurs, ses senteurs, sa foisonnante plénitude se sont aussitôt réanimées. J'ai pensé : « Pourquoi ne ferais-je pas de ce jour-là, de temps en temps, ma prière du matin ? » Et soudain m'est venu : « Cette jubilation, cette gloire innocente, si cela était Dieu ? » Il y avait aussi cette question, cet emportement du cœur, entre mille autres choses, derrière la porte où était inscrit : « Diminue la douleur de la distance ! »

Oh certes j'étais loin de tout cela tandis que le vieux me parlait et que mes yeux se fermaient inexorablement dans la pénombre de la cabane. Il m'a dit :

– Les pierres te nourrissent bien. Elles ne t'ont pas encore tout donné. Reste encore quelque temps près d'elles, mais n'oublie pas que tu devras partir un jour. Tu entends ? Tu devras partir loin, loin de Tiahuanaco !

Il m'a semblé entendre s'égrener un petit rire dans la chaleur tremblante qui m'environnait. Je me suis endormi.

Je me suis réveillé sous une couverture, devant le foyer tiède où luisaient quelques braises parmi les cendres. La doña Gimenez triait des légumes épars sur la table. Elle m'a souhaité le bonjour avec une amitié rugueuse. Je suis sorti. Le soleil se levait. Je suis allé me débarbouiller au bord du radeau. El Chura et le vieux parlaient devant la porte. Je me suis approché. Tous deux m'ont regardé venir, l'œil amusé, vaguement mystérieux. El Chura m'a pris par l'épaule, il a penché vers moi le front et il m'a dit, en désignant notre hôte :

– Il veut te faire un cadeau.

J'ai balbutié :

– Un cadeau ?

Il m'avait déjà tant donné ! Les secrets de la mort, de la vie, de la terre, du feu, de l'air, de l'eau, du temps et des planètes, il m'avait offert tout cela. Que pouvais-je vouloir d'autre ? Le vieux a hoché la tête. Ses yeux souriaient doucement. Il m'a dit :

– Qu'est-ce qui te ferait plaisir, Luisito ?

Personne, d'aussi loin qu'il me souvienne, n'avait pris soin de moi avec une bonté si simple et si aimante. Personne, sauf ma mère. Une bouffée de nostalgie m'a envahi le cœur, la gorge, le visage. J'ai détourné les yeux. Il y avait, à l'horizon de l'est, de la poudre d'or rouge, et sur le lac flottait de la brume argentée. J'ai entendu la voix du vieux qui disait :

– C'est elle que tu veux, Luis ?

J'ai répondu :

– Oh non, je sais bien que ce n'est pas possible, elle est morte.

Je l'ai regardé à nouveau à travers les larmes que je ne pouvais retenir. Il souriait toujours. Je l'ai vu, tout à coup, fixer mon côté gauche. Un espace d'un demi-mètre me séparait du bord du radeau. J'ai tourné la tête, pour voir ce qui avait attiré son regard. Ma mère était là, debout, près de moi, vêtue comme autrefois. Son visage, Seigneur Dieu, était celui de l'amour même. Elle était si évidemment vivante dans cette gloire de matin que mon premier élan, curieusement, fut pour lui demander où elle était passée, tout ce temps. J'ai dit :

– Mais, mama.

La voix du vieux a retenu mes mains.

– Ne touche pas, Luis, ça brûle.

J'ai voulu le prendre à témoin de ce que je voyais, mais ses yeux contemplaient je ne sais quoi au-delà de moi, ils me traversaient comme si j'avais été transparent. El Chura a murmuré près de mon oreille :

– Elle ne te quittera plus maintenant.

J'ai eu l'impression de sortir d'un vertige. J'ai palpé l'air, à ma gauche, comme un aveugle qui cherche son bâton. Ma mère avait disparu. Pas sa présence. Le vieux m'a dit :

– Vaya con Dios. Que Dieu t'accompagne.

Il s'est détourné, il s'en est allé tranquillement au jardinet où l'enfant jouait parmi les volailles. Et moi, titubant comme un ivrogne, j'ai rejoint El Chura. Il s'affairait déjà à dénouer la corde qui tenait la barque amarrée.

Je n'ai parlé de rien. Je savais que les mots ne pouvaient qu'abîmer ce miracle que je venais de vivre. El Chura n'y a pas fait la moindre allusion, au contraire, il s'est mis à siffloter entre ses dents pour me détourner de mes pensées. Il a mis le cap sur l'île de la Lune. Je m'en suis étonné. Je lui ai demandé ce que nous allions y faire. Il m'a répondu :
– Prendre notre petit déjeuner. Tu n'as pas faim ?
Il m'avait dit qu'il n'y avait rien sur cette île. J'ai cru qu'il avait emporté un casse-croûte dans son sac et qu'il voulait m'offrir un moment de solitude en sa compagnie. Cette idée m'a plu. J'étais encore dans mon brouillard éblouissant. Je n'ai pas cherché plus loin. De fait, il y avait un homme sur la plage herbue où nous avons abordé.

C'était un Indien assez jeune, haillonneux, d'une maigreur étrange. Il était accroupi devant un feu où des poissons grillaient. Il paraissait nous attendre. Il a levé la tête tandis que nous nous approchions. Son regard m'a paru presque fou, tant il était vif. Il nous a invités d'un geste à partager son repas. Nous nous sommes assis en face de lui. J'ai cru qu'il était un ami d'El Chura, mais ils ne se sont rien dit. Je ne savais plus que penser. Notre rencontre, notre silence, ce déjeuner juste prêt pour notre arrivée, tout cela semblait baigner dans une évidence limpide. Je ne connaissais pas cet homme, El Chura, apparemment, ne le connaissait pas non plus et pourtant nous étions là, sur cette île inconnue, pareils à de vieux compagnons à la parole usée par trop de vie commune. J'ai un moment balancé entre le fou rire et l'éberluement, j'ai retenu les deux et je me suis mis à manger, moi aussi, puisque nous étions là pour ça. Comme je me brûlais les doigts à essayer d'attraper des morceaux de chair calcinée parmi les braises, le bonhomme a dit enfin, en poussant vers moi sa friture, du bout d'un bâton :

– Continue de peindre tes images. Les pierres n'ont pas encore fini leur travail. Tiahuanaco est inscrit sur ton chemin pour cinq mois encore. Après, tu voyageras. Ne t'inquiète pas, El Chura t'accompagnera. Tu iras jusqu'au-delà de la grande mer. Tu verras de nombreux pays.

Il venait de préciser les dernières paroles que le vieux m'avait dites sur son radeau avant que je m'endorme, et cela m'a paru naturel. Plus rien, ce matin-là, ne pouvait me surprendre. Un coyote serait venu me demander de lui peindre une chouette, je l'aurais accueilli du même cœur égal. Je l'ai remercié en lui tapotant aimablement l'épaule. Il m'a fait un grand sourire. Tandis qu'El Chura se lavait les mains au bord de l'eau, il a eu l'air d'attendre que je l'interroge, mais je ne savais que lui demander. Je lui ai serré la main et je m'en suis allé. Il est resté planté devant les pierres de son foyer à regarder s'éloigner notre barque.


A Guaqui, c'était jour de marché. Comme nous déambulions parmi les parfums puissants des étalages, les piaillements des femmes, les bêtes et les braseros où grillaient des piments, des galettes, des viandes, j'ai senti à nouveau la présence de ma mère auprès de moi. J'ai penché la tête vers mon compagnon, dans la bousculade, et je lui ai dit, l'œil aux aguets, à voix presque basse :

– Elle est là, Chura.

Il m'a répondu, sur le même ton de conspirateur :

– Elle est toujours là, Luis.

– Non, parfois elle me quitte. Elle s'évapore.

– Elle est là, mais tu ne la sens pas.
– Pourquoi ?

Il a désigné sa poitrine d'un coup de pouce.

– Parce que ta petite sœur, là-dedans, ne peut pas l'accueillir. Et elle ne peut pas l'accueillir parce que tes couilles encombrent la porte.

Il m'avait déjà dit que je devais réveiller une femme dans mon corps et la mener au jour si je voulais capter, sentir, percevoir l'invisible. Les armes masculines effraient l'âme des choses, je savais cela. J'avais appris qu'en moi était un homme fort qui voulait posséder, mais ne voulait pas croître, qui voulait pénétrer de force les secrets et qui refusait de s'abandonner à l'infini parce qu'il avait peur de s'y perdre. Celui-là savait certes mener ma barque dans les vicissitudes du monde, mais pour explorer le dedans des choses, il était aussi inadéquat qu'un cheval fou dans un grand magasin. J'avais appris aussi que derrière cet homme était une petite sœur à l'affût, tous sens en éveil, toutes fenêtres ouvertes. La pauvre ne se nourrissait que de choses senties, que d'impressions captées, mais elle ne pouvait rien dire ni rien faire de ce qu'elle percevait si l'autre, devant elle, ne s'effaçait jamais. C'était cet être-là qui savait entrer dans l'intimité des pierres, des arbres, de l'eau, du feu, et qui savait aussi que ma mère était là, à côté de son fils. El Chura ne m'avait rien expliqué de ces mystères, Dieu garde ! Il n'était pas homme à s'imaginer qu'une conférence sur l'eau de source peut désaltérer un assoiffé ! Il n'avait fait que me pousser sans cesse à la découverte, à la rencontre des biens qui m'étaient accessibles. Mais j'étais étourdi, je me perdais souvent et j'oubliais beaucoup.

Il m'a dit tout à coup, en m'attirant vers un étalage :
– Viens, on va faire grandir ta petite sœur.

La maraîchère le connaissait. Elle lui a fait un clin d'œil, sans cesser d'éventer sa grosse face avec son chapeau. Il lui a pris un avocat et il m'a poussé dans un recoin de mur où était une ruine de chariot. Là, sans souci des gens qui allaient et venaient, il a posé le fruit dans le creux de sa main, il l'a élevé comme un saint sacrement jusqu'au bout de mon nez et il s'est mis à chantonner à voix basse en caressant son écorce, du bout de l'index :

– Regarde, regarde.

Je n'ai plus vu soudain que l'avocat luisant dans la main ouverte entre nos deux figures. Le marché avait disparu, les bruits s'étaient éteints, nous étions comme dans une bulle insonore, brumeuse. Nous sommes restés un moment presque front contre front, penchés sur cette sorte d'œuf vert, espérant l'éclosion de je ne sais quel miracle. Il m'a dit :

– Touche la peau.

J'ai risqué un doigt. Il a dit, comme un mendiant aveugle demanderait la couleur d'une obole :

– C'est comment ?

J'avais chaud, mon cœur battait fort, mes tempes aussi. Je ressentais soudain, inexplicablement, une tension extrême. J'ai répondu :

– C'est sec. C'est lisse. C'est un peu dur, mais on sent du moelleux dessous. Par endroits, c'est grumeleux, c'est rêche.

– C'est l'homme.

Il a sorti de sa poche une lame de roseau. Il a entaillé l'écorce, et tandis qu'il écartait la blessure avec une délicatesse d'entomologiste il s'est mis à psalmodier à voix nasillarde et à parler à l'avocat. Il lui a dit :

– N'aie pas peur, petit, là, ouvre-toi, ce n'est pas pour ton mal, c'est pour le bien de l'Autre.

Il a prélevé, du bout de son bambou, un copeau de

chair. Il l'a tendu à ma bouche. Il m'a regardé savourer la cuillerée minuscule avec une question grave dans les yeux. J'ai dit :

– C'est bon, Chura, c'est tendre, ça me fait saliver.

– C'est la femme, Luis. Respire. Savoure-la aussi avec ton nez.

– Elle fond. Elle se mélange à la salive.

– Non, Luis, elle fait l'amour. Elle fait l'amour avec toi.

Il a déposé l'avocat dans l'angle du mur, il m'a pris par l'épaule et nous avons quitté le marché sur la pointe des pieds, en hâte, comme des voleurs.

Ma mère m'a accompagné jusqu'à Tiahuanaco, invisible et pourtant si présente que j'entendais parfois son pas à mon côté. Elle m'a parlé de l'amour. Elle m'a dit qu'il était aussi éternel que l'herbe, et que même en son absence je ne devais jamais succomber au désenchantement. El Chura a marché sans cesse à quelques pas devant. Il savait que j'étais avec elle. Il a voulu nous laisser seuls. Nous nous sommes arrêtés une fois pour prendre quelque repos. Il s'est assis loin de moi, sur un rocher, et il a évité de me regarder. Je ne l'avais jamais vu ainsi, distant et pourtant proche, attentif et discret, comme un homme veillant sur les amours d'un frère. Vers la fin de l'après-midi il a fait halte en haut du sentier et il m'a attendu. Nous étions parvenus en vue des ruines. Il m'a souri, il a contemplé le chemin que nous venions de parcourir, il a désigné l'horizon et il m'a dit :

– Regarde.

– Quoi, Chura ?

– Le Titicaca.

Nous étions à vingt kilomètres du lac. A perte de vue, devant nous, s'étendait le haut plateau. J'ai ri.

– Mais, Chura, on ne peut pas le voir, d'ici.

– Regarde bien.

J'ai regardé, un long moment. Au fond du ciel l'air vibrait, rouge et mauve.

– Chura, ce que vous me demandez est impossible. Je ne vois rien.

– Tes yeux sont des fenêtres, Luis, rien d'autre. Des fenêtres. L'œil véritable est dedans. Regarde avec l'œil du dedans.

Je ne sais combien de temps je me suis escrimé à m'imaginer dans une tour, à regarder fixement par une lucarne. Un moment est venu où le monde m'a semblé s'épaissir, devenir plus présent, plus vivant, plus intense. Je suis resté bouche bée, les yeux brûlants, à chercher je ne sais quoi au-delà de ces brumes tremblantes. Alors au fond de l'horizon j'ai vu un cercle naître. Il était pareil à un rond sur l'eau, sauf qu'il était dans l'air, vertical, transparent. J'ai vu soudain ce rond se déployer en cercles concentriques et s'approcher de moi. J'en ai été si surpris que je me suis mis à haleter, et que j'ai voulu dire au Chura ce qui m'arrivait. Je l'ai entendu gronder dans mon dos :

– Tiens-toi, Luis, tu t'agites trop.

J'ai respiré un grand coup, je me suis efforcé au calme et je me suis abandonné à ma vision. Alors j'ai vu des ondes sortir de moi et aller à la rencontre de celles qui me venaient du lointain. Je les ai vues se joindre, se marier ensemble. J'ai pensé : « Bon sang de Dieu, l'air me regarde ! » Je ne savais plus où j'étais. L'horizon me regardait autant que je le regardais. L'horizon était tout regard ! Et tandis que je m'émerveillais de ce prodige, le lac m'est venu d'un coup, comme s'ouvre un barrage. J'ai vu le ciel en eau, l'herbe aussi, les rochers. La brillance de l'eau, sa rumeur, ses ondulations lentes m'ont submergé. Et tandis que je la goûtais, la palpais, la flairais, m'est tout à coup revenu ce que m'avait dit El Chura, des mois avant ce jour : « Tu te baigneras, et tu ne seras même pas mouillé. » J'ai crié, en riant, en sanglotant aussi :

– Je me baigne, Chura !

J'ai regardé la terre, c'est le ciel que j'ai vu, l'air, les nuages, l'infini. J'ai regardé le ciel, la force de la terre m'a déferlé dessus. Alors je n'ai plus su où finissait mon corps, où commençait le monde. Je me suis retrouvé assis dans l'herbe humide sans savoir comment j'étais tombé. Je me suis ébroué, j'ai regardé autour de moi. Les choses avaient repris leur apparence ordinaire. J'ai dit :

– Chura, c'était magnifique.

Il a haussé les épaules et il s'est éloigné sur le sentier en grommelant que je m'étais encore laissé aller à mon ivrognerie coutumière. Je lui ai couru après, je lui ai tiré la manche.

– C'est la première fois qu'une chose pareille m'arrive, vous vous rendez compte ? J'ai vu le Titicaca à vingt kilomètres !

– Bien sûr, bien sûr, mais tu t'es emballé, et tu n'aurais pas dû.

– Comment ai-je pu voir, Chura ?

– C'est le deuxième cadeau du vieux. Tu aurais dû l'accueillir avec plus de dignité. Un vrai sorcier doit savoir se tenir droit et dire merci simplement, sans s'ébouriffer les méninges.

Il m'a regardé avec dans l'œil une lueur moqueuse, il a pointé le doigt sur ma poitrine et il m'a dit :

– Je me demande parfois si ta petite sœur est une vraie femme.

– Hé, que pourrait-elle être d'autre ?

Il a fait une moue ambiguë, ironique. Nous avons ri ensemble. Je savais qu'au fond il était content.

Après ce jour, El Chura m'est apparu aussi neuf qu'un arbre sortant des brumes de la nuit. Son allure s'est faite plus déliée, ses paroles plus libres et joyeuses, son regard plus amical. Il m'a semblé qu'il me laissait voir enfin la belle lumière qui brûlait à l'intérieur de lui. Peut-être en vérité était-ce moi qui avais changé. J'avais appris à m'approcher des choses, à vivre dans l'intimité de l'eau, des pierres, du feu, de l'air, à regarder enfin le monde d'un œil propre. Tout cela, et l'opération probablement décisive que j'avais subie sur le radeau du Titicaca, avait brisé la coquille qui m'empêchait de naître. Je percevais mieux les êtres dans la mesure où je ne les regardais plus à travers l'épaisse fumée de mes peurs, de mes espoirs, de mes fantasmagories. Je n'étais plus un œuf à deux pattes.

J'avais cessé de vivre enclos dans ma propre histoire, dans l'idée que je m'en faisais, dans les « moi je » perpétuellement dressés entre l'air libre et moi. Qu'est-ce qui empêche de voir les gens comme ils sont, sinon ces écrans-là, qui embrument l'espace ? On se construit des opinions comme autant de prisons où l'on s'enferme avec des images. Untel me fait rêver, un autre est malveillant, celui-ci m'est utile et j'envie celui-là, c'est dit, n'en parlons plus. Et l'on ne voit jamais vraiment ceux qu'on regarde. Aux premiers temps de mon séjour à Tiahuanaco j'avais espéré d'El Chura qu'il m'aide, et j'avais craint qu'il ne m'abandonne. Ma peur et mon espoir avaient donc fait de lui un père malcommode. Désormais je le voyais comme un ami infiniment précieux, indulgent et joueur. Joueur, surtout. Quoi qu'il fasse (et il faisait tout avec un soin méticuleux) sans cesse était perceptible en lui le bonheur secret du joueur. Non pas du gagneur, celui-là ne connaît que des plaisirs féroces, mais de celui qui joue avec toutes les choses comme avec des vivants, qui joue pour partager le plaisir de jouer, comme font les enfants voluptueux, quand ils se créent des mondes.

Je savais maintenant que je devrais bientôt quitter Tiahuanaco où je me trouvais plus paisible et plus content de vivre que je ne l'avais jamais été. Mes tableaux s'entassaient partout dans la cabane, je rêvais de les exposer, d'être enfin reconnu par mes contemporains comme un artiste véritable, mais avant notre voyage au Titicaca je n'avais jamais pensé à ce jour où il me faudrait retourner en ville. Je ne m'imaginais pas avec Marguicha dans le tohu-bohu de La Paz. Je n'avais pourtant aucune envie de me séparer d'elle. Je lui ai dit, un soir, le cœur battant, que je ne savais pas quand je partirais, mais qu'il me faudrait partir bientôt. J'ai attendu sa réaction avec inquiétude, en la regardant par en dessous, tandis que je m'occupais à dessiner dans la lueur de la lampe. Elle ne m'a pas répondu. Elle est venue vers moi, elle a déboutonné ma chemise et elle s'est déshabillée. Nous avons fait l'amour devant le feu. Puis elle s'est agenouillée à côté du matelas où j'étais couché et elle s'est courbée vers moi. Sa présence m'a envahi si puissamment que je m'en suis trouvé incapable de bouger. Elle était belle comme une femme d'or. Ses épaules, ses seins, ses hanches luisaient dans la lumière des flammes. Je ne voyais de son visage que l'éclat de ses yeux derrière sa chevelure tombée de sa tête penchée. Elle s'est mise à caresser l'air à quelques centimètres au-dessus de mon corps et elle m'a raconté ma vie à venir, toute ma vie, comme une histoire. Je n'ai pas cru un mot de ce qu'elle m'a dit.

C'était trop terrible, trop triste, trop exaltant aussi. J'ai voulu la rassurer. Je lui ai dit que j'irais quelque temps à La Paz pour y exposer mes peintures et que je reviendrais, parce que ici étaient ma maison et les seuls êtres que j'aimais. Elle m'a dit :

– C'est ce que tu crois.

C'était ce que je souhaitais, en effet. J'ai voulu lui promettre qu'il en serait ainsi, mais elle a mis la main sur ma bouche, elle s'est allongée sur moi, elle a niché la tête au creux de mon cou et elle s'est endormie.

## 5

Le vent, ce matin-là, soufflait en tempête. Entre les convois de nuages qui traversaient le ciel en lourdes bouffées sombres, le soleil printanier éblouissait la terre, disparaissait sans cesse, revenait par éclats raviver la grisaille. Nous étions assis, El Chura et moi, à l'abri d'un mur près du temple de Kalasasaya. Il me parlait des contes, des légendes, des aventures plus ou moins vécues que l'on se racontait dans les villages. Il me disait :

– Il y a d'abord les contes, les vieux récits qui viennent du temps des premiers hommes de la Terre. Les premiers hommes de la Terre ne vivaient que dans le sentir, ils ne connaissaient pas la conscience carrée. Leurs histoires disent donc les vérités du sentir. Il y a aussi celles qui occupent les gens, l'espace d'une nuit, devant le feu, et qui s'en vont dès le matin levé. Les unes comme les autres sont des êtres vivants, Luis, aussi vivants que nous.

Je m'émerveillais de l'entendre parler ainsi. J'avais le sentiment d'oser goûter enfin à un savoir présent depuis toujours en moi. J'ai dit :

– Chura, à quoi ressemblent les histoires ?

– Elles sont comme des formes lumineuses de couleur différente selon qu'elles sont vieilles ou jeunes, passagères ou durables. Parfois des oiseaux les portent,

parfois des feuilles mortes. Parfois elles voyagent simplement dans le bruit du vent. Elles volent au-dessus
des villages. Toutes recherchent notre compagnie.
Quand l'une d'elles repère un homme qui lui plaît, elle
vient se percher sur son épaule et elle essaie de le
séduire. L'homme la chasse ou la raconte. S'il la
chasse, elle s'inquiète. Elle s'en va, elle erre çà et là,
elle ne sait pas où aller, elle est en danger de se perdre.
S'il la raconte, il croit qu'il invente, ou qu'il se souvient. En vérité, c'est elle qui parle par sa bouche.
Quand elle a fini, elle laisse sa trace en lui, comme
tous les êtres qui ont croisé sa route l'ont fait avant
elle, et elle s'envole vers d'autres villages. Les histoires
ont besoin de nous pour vivre. Sans la force que nous
leur donnons, elles se déferaient dans le ciel, comme
des fumées.

J'ai levé le nez, j'ai dit :

– Chura, y en a-t-il aujourd'hui, dans l'air, autour de
nous ?

– Il y a beaucoup de choses, des histoires, des informations sur l'humeur des gens, des nouvelles des amis
éloignés.

J'ai dit, le cœur piqué tout à coup :

– J'espère que j'en aurai de vous, quand je serai
parti.

El Chura a fait comme s'il ne m'avait pas entendu.
J'ai guetté son visage, du coin de l'œil, espérant lui
voir au moins de la mélancolie, mais non, il rêvassait.
Il regardait les nuages.

Mon départ était décidé. Je n'avais plus qu'une
semaine à vivre à Tiahuanaco. Le vieux renard aurait
pu me garder près de lui longtemps encore, peut-être
toute ma vie, avec la complicité de Marguicha. Mais
l'un et l'autre, ces derniers temps, s'étaient au contraire

ingéniés à me pousser au large, par petites bourrades moqueuses. Marguicha s'était mise à m'appeler « Luisito », ou « pobrecito », le pauvret, et El Chura « el niño », le petit, quand il lui parlait de moi en ma présence. Je m'étais étonné. Je leur avais fait remarquer que je n'étais plus un enfant. Ils l'avaient admis, mais n'en avaient pas moins redoublé de prévenances railleuses. Un soir que leurs simagrées m'avaient mis de mauvaise humeur je m'en étais allé marcher seul dans la nuit. La solitude m'avait fait du bien. Tandis que j'arpentais les ruines, ma rogne s'était peu à peu éteinte. Je m'étais assis contre une haute pierre. Il m'était aussitôt apparu que si Marguicha et El Chura me provoquaient ainsi c'était pour me faire entendre ce que je savais en vérité depuis mon voyage au Titicaca, mais que j'avais fait semblant, par pure paresse, d'oublier. Mon temps d'apprentissage parmi eux était fini. Je devais sortir de cette vie féconde mais trop paisible où je m'étais installé. Il me fallait décidément grandir, et la seule façon de le faire était de remettre le chemin sous mes pieds. J'avais donc pris la ferme décision de quitter Tiahuanaco. Ce soir-là, à peine rentré dans la cabane, je les avais informés, avec une fierté tremblante, de mon prochain départ pour La Paz. Marguicha avait baissé la tête et s'était occupée à faire chauffer du café. El Chura n'avait rien dit. Mais de ce jour, ils avaient cessé de m'accabler de diminutifs puérils.

Comme je me laissais envahir par la tempête dans mon encoignure de muraille, mon compagnon m'a poussé du coude, il a désigné le ciel, et il m'a dit :
– Regarde.
Un aigle planait sous les nuages. Son vol semblait erratique. J'avais l'impression qu'il se laissait porter par les courants.

– Quand tu seras venu au monde, chaque fois que le vent soufflera, pense à lui.

– Chura, pourquoi me dites-vous : « quand tu seras venu au monde » ? Ce n'est pas la première fois que vous me parlez ainsi. J'ai déjà beaucoup vécu, vous savez. Je ne vais pas venir mais revenir au monde, et je saurai m'y battre.

Il m'a répondu distraitement, sans cesser de suivre le vol du grand oiseau dans le ciel gris :

– Entrer dans l'âge adulte est une naissance. C'est un passage difficile. Beaucoup le refusent parce qu'ils ne veulent affronter ni la souffrance d'être seuls, ni la liberté d'inventer leur propre vie. Jusqu'à ta mort et même au-delà tu devras grandir, grandir encore, devenir toujours plus adulte. Ne jamais prendre racine dans une communauté, dans une foi collective, dans un quelconque confort, voilà la loi du sorcier. Ne l'oublie pas, Luis. Si un jour tu te sens protégé, méfie-toi, le risque sera grand que tu retombes en enfance. Regarde l'aigle, et apprends la liberté.

– Il va au hasard, Chura.

– Non, il se laisse porter par la force du vent. Je vais te donner un secret.

Il m'a lancé un coup d'œil si jubilant que je suis parti d'un petit rire. Son air me faisait croire à une confidence de vieux complice plus qu'à une révélation importante. Mais comme je me pelotonnais à l'abri du mur pour écouter à l'aise, je l'ai vu soudain se dresser et s'en aller à grandes enjambées dans la bourrasque. Il m'a fait signe de le suivre. Je l'ai rejoint. Le vent furibond m'a aussitôt pris par le travers. Il était si violent que j'en ai titubé. El Chura m'a empoigné par le bras, et m'attirant dans les rugissements des rafales il s'est mis à me parler de ce secret de l'aigle qu'il voulait me révéler. Je n'en ai perçu que des bribes. La tempête dévorait presque tout. Ses mots à peine sortis de sa bouche fuyaient de-ci de-là, emportés par les sifflements exaspérés qui traversaient le monde. J'ai crié :

– Chura, je ne comprends rien à ce que vous dites. Pourquoi ne voulez-vous pas aller sous la muraille, là-bas ? Nous y serions tranquilles !

Il m'a répondu :

– Non, non, marchons, ça fait du bien, il fait un temps magnifique !

J'ai cheminé ainsi à son côté une heure, tenant mon poncho au col, hurlant fiévreusement des questions infinies aussitôt avalées par le vacarme qui me trouait les oreilles, m'agrippant aux réponses à peine dites déjà perdues, désespéré que le vent me les vole, réduit à ne grignoter que des miettes. Il m'a laissé à la porte de ma cabane. Il m'a lancé :

– A demain !

Et il a disparu dans une bouffée de terre soulevée.

J'ai passé la journée à tenter de mettre en ordre les pièces du puzzle que j'avais pu sauver. Le soir venu, la bourrasque secouait encore rudement la cabane, tandis que je tentais d'expliquer à Marguicha ce que j'avais cru comprendre. Elle m'a répondu qu'elle ne savait rien de l'art de l'aigle, que c'était sûrement une affaire d'hommes. Elle s'est couchée près de moi, elle a posé l'oreille sur mon cœur. Elle m'a dit :

– Parle-moi, j'aime écouter le bruit que fait ta voix dans ta poitrine.

– Marguicha, un aigle niche au sommet de mon crâne. Je peux lui donner l'ordre de s'élever au-dessus de moi. Son regard est une part de moi-même. Je dois faire en sorte de rester relié à lui par un fil de lumière, ou un fil invisible, peu importe.

– Tu l'as fait ?

– Oui.

– Tu l'as senti, là-haut, cet aigle ?

– Je le sens. A l'instant même je le sens.

– Qu'est-ce qu'il voit ?

– Je ne sais pas, c'est confus.

– Le vent le sait. Écoute-le.

– Comment pourrait-il savoir ?

– El Chura lui a tout dit. Ta poitrine sait aussi. Elle gronde, le vent la traverse. Demande-lui. Si tu savais ce que j'entends !

J'ai soufflé la chandelle, j'ai serré ma compagne contre moi et je me suis abandonné à la rumeur violente qui nous environnait. Tout est venu d'un coup, dans un flot d'évidence.

El Chura m'avait dit : « Imagine, là-haut, au-dessus de ta tête, un aigle à l'œil aigu, attentif, précis, froid. Tiens-toi lié à lui par un fil lumineux. L'aigle te voit. Il voit aussi ce qui t'entoure. Il voit ce que tu es, un être parmi d'autres, un être sur son chemin, charriant son histoire, ses peurs, ses croyances, son cœur, ses soleils et ses brumes, un être et sa version du monde ni plus ni moins tordue, ni plus ni moins exacte que celle des vivants qui bougent autour de toi. Chacun a sa façon de voir, de ressentir, d'interpréter les choses. Souviens-toi de l'histoire du moine, du brigand, du peintre et de l'avare qui voyageaient ensemble. Ils ont trouvé refuge, un soir, dans une grotte. Le moine a murmuré : "La paix de cet endroit me rapproche de Dieu." Le brigand, lui, a dit : "Quel repaire idéal pour des malfaisants de ma sorte !" "Ces ombres, ces lueurs, ces teintes sont l'expression de l'art le plus parfait qui soit", a pensé le peintre. Et l'avare : "Voici le lieu que je cherchais pour cacher mon trésor." Aucun n'avait un aigle au-dessus de la tête. Si l'un d'eux avait eu ce veilleur attentif, il aurait pu se voir parmi ses compagnons, il aurait pu sortir de lui-même, il aurait pu rencontrer vraiment la grotte, son savoir, son histoire et ses rêves profonds. L'œil de l'aigle voit tout ce que tu ne peux pas voir, en bas, au ras des herbes. Il te décolle de toi-même. Il voit ce que tu penses, il voit aussi au-delà de ce que tu penses. Il voit, par exemple, que ton histoire dans ce monde n'est pas seulement celle que raconte ta tête. Elle sait beaucoup, ta tête, mais pas tout ! Ton corps sait autant qu'elle. Tu peux aussi demander à ton corps de te raconter sa propre version de ta vie. »

Je l'ai fait. J'ai demandé à l'aigle d'interroger mon corps. Et savez-vous ce que mon corps a répondu ? Il a dit : « Quelle sottise d'imaginer l'âme séparée de moi ! L'âme est le temple de la mémoire. Comment entrer dans l'âme, sinon par le sentir ? Et comment entrer dans le sentir, sinon par les portes du corps ? » Voilà ce que mon corps a dit à l'aigle. Et moi, ce jour-là, j'ai appris où était le vrai secret : dans l'attention de l'aigle. Elle seule permet de percevoir les choses dans leur nudité simple, de se nourrir de tout, d'entrer en amitié avec tout ce qui vient, avec tout ce qui est, les herbes, les poissons, les montagnes, la terre. Eux aussi ont leurs joies et leurs douleurs, leur histoire, leur idée de Dieu, leur version du monde. Qui peut être assez fou pour penser que la Terre est une boule inerte ? Elle est vivante, elle a ses espérances et ses poussées de fièvre, elle parle, il suffit de vouloir l'écouter pour l'entendre. Demandez à l'aigle de prendre assez de hauteur pour embrasser la Terre, et demandez à la Terre de vous raconter son histoire depuis que les hommes bougent sur elle. Peut-être l'entendrez-vous se soucier de nous, s'effrayer de nos guerres et pleurer de ne pas

savoir quel mal elle nous a fait pour que nous l'aimions
si peu.

Tout cela m'est venu en cascade, en pagaille, avec
mille autres choses dans le vent noir qui secouait les
murs, tandis que Marguicha dormait sur ma poitrine.
Chaque accalmie, dehors, apaisait mes pensées. Chaque nouvelle rafale m'emportait vers de nouvelles
découvertes. Il en fut ainsi jusque vers le milieu de la
nuit, puis la tempête a faibli, peu à peu. Elle ne m'est
plus venue que par longs frissons tendres. J'ai entendu
enfin un bout de brise murmurer : « Je t'ai tout dit.
Salut. » J'ai senti un souffle d'air frais sur mon visage.
J'ai cru que la lucarne s'était ouverte, mais non, le volet
était bien accroché. C'était l'au revoir du vent. Le
silence, soudain, s'est fait assourdissant. Je me suis
endormi.

Le lendemain matin, quand j'ai ouvert les yeux, Marguicha était déjà dans la montagne à ramasser des bouses et de l'herbe sèche pour le feu. Comme je me faisais
chauffer du café, El Chura est venu frapper à ma porte.
Nous avons déjeuné ensemble, puis je lui ai fait part
de mes découvertes. Je n'en étais pas peu fier. Il m'a
répondu :
– Tu as su écouter. C'est bien. Mais c'était facile.
Le vent adore les histoires de liberté, il leur donne toute
sa force. Il aurait vraiment fallu que tu sois sourd pour
ne pas entendre celle-là.
Nous sommes partis dans les ruines. Je ne les quittais
plus, depuis quelques jours. Chaque fois qu'El Chura
venait à la cabane, c'était pour m'y entraîner. Si je me
trouvais seul, mes pas m'y conduisaient. J'y étais attiré
comme par un aimant. Il avait suffi que je décide de
reprendre ma route pour que la poussière des habitudes

s'efface et pour que je ressente plus vivement que jamais la puissance des pierres, leur vie muette, lourde et pourtant exaltante. Je découvrais à chaque pas que l'imminence de la séparation ravivait étrangement l'amour que j'éprouvais pour les êtres et les choses, et réveillait en moi un chant profond, d'une force si douce et si abandonnée qu'elle en était presque insupportable. J'ai tenté d'expliquer cela à mon compagnon, tandis que nous marchions. Il m'a répondu :

– Je t'ai déjà dit qu'il faut sans cesse s'efforcer de vivre l'heure qui vient comme si c'était la dernière. Tu sais pourquoi maintenant.

J'avais remarqué qu'il m'observait du coin de l'œil, au cours de nos promenades. Il ne me parlait plus des pierres mais il m'incitait parfois d'un geste à caresser tel roc, à prendre dans la main tel caillou anonyme, à me coucher sur telle dalle, sous prétexte de repos. Ce jour-là, il paraissait d'excellente humeur. Il m'a dit, en désignant l'air bleu au-dessus de son crâne :

– Je ne vois pas ton aigle.

– Je l'ai laissé à la maison.

– Dommage. Tu devrais l'emmener quand nous marchons ensemble. Ainsi tu pourrais être ce que tu veux, tu pourrais habiter un moment mon chapeau, ou un buisson, ou, pourquoi pas, un arbre, bien qu'il n'y en ait aucun par ici. Tu pourrais dire : « Aujourd'hui, voilà, je suis un arbre. Donc, si je suis un arbre, je ne peux pas être affecté par les bavardages de Marguicha, ou par mes propres jérémiades, tout ça me passe au travers du feuillage, comme un brouillard, et si par hasard ça s'accroche, j'appelle le vent, et hop, de l'air ! »

J'ai ri, un peu gêné. Il me paraissait qu'il réduisait ces choses, que j'estimais importantes, en amusement puéril. Je lui en ai fait la remarque. Il a claqué des doigts sous mon nez.

– Mais c'est exactement ça, Luis, un jeu d'enfant ! Un jeu, rien d'autre, un jeu qui te permet de fuir les combats inutiles. Et pourquoi dois-tu fuir les combats inutiles ? Non pas parce que tu es un homme de paix, mais parce que tu veux avoir la paix. Si tu étais un homme de paix, tu chercherais à convaincre l'autre de vivre en paix, ce qui te conduirait tout droit à de nouvelles bagarres. Non, tu veux avoir la paix parce que tu as besoin de forces. Et tu as besoin de forces parce qu'il en faut beaucoup pour voyager dans les mystères de la vie. Les émotions, les discussions, les colères, les convictions même, pour peu qu'on se laisse aller à les défendre, sont de redoutables dévoreuses d'énergie. Elles te sucent le sang, elles t'épuisent en pure perte. Il est indispensable que tu les voies pour ce qu'elles sont : des vampires.

Il m'a semblé pour le coup qu'il faisait trop peu de cas des passions humaines. Je me suis rebiffé.

– Mais, Chura, l'affrontement est parfois nécessaire. Il y a tout de même des choses qu'on ne peut pas laisser dire, sinon les gens vous prennent pour un idiot.

Il s'est brusquement absorbé dans la contemplation du ciel, et d'un ton si distrait que je n'ai pu savoir s'il me répondait ou s'il découvrait tout à coup, dans l'air, je ne sais quelle évidence, il a lâché :

– Bien sûr, bien sûr.

– Alors ?

– Alors quoi ?

Il a escaladé un mur éboulé, il est allé s'asseoir à trois mètres de haut, les jambes pendantes, et il s'est mis à astiquer son fusil. Comme je faisais mine de le rejoindre sur son perchoir, il m'a dit tranquillement :

– Reste en bas, il n'y a pas de place pour deux là où je suis.

Je m'en suis trouvé tout décontenancé. J'avais envie de renouer la conversation qu'il avait étrangement interrompue, mais je ne savais comment m'y prendre. J'ai levé la tête, j'ai risqué :

– Vous êtes fâché ?

Il m'a répondu, sans cesser de faire reluire le canon de son tromblon, à longs jets de salive et grands coups de pan de chemise :

– Pourquoi serais-je fâché ? Je t'aime beaucoup, Luis.

– Moi aussi, Chura, je vous aime beaucoup. Il m'en coûtera de vous quitter.

– Je t'apprendrai à voyager avant que tu t'en ailles. Tu veux bien ?

– Oui, Chura. Merci.

Il s'est laissé tomber devant moi, d'un bond léger, comme un oiseau se pose, il m'a pris aux épaules, il m'a dit doucement :

– Garde ton merci et permets que je te donne le mien, amigo mío.

Il m'a regardé avec un air de gratitude si heureusement simple que je m'en suis trouvé au bord des larmes. Je ne le reconnaissais plus. Je le savais rigoureux, capable d'une extrême attention aux choses. Je le découvrais tout à coup aussi vulnérable qu'un saint vagabond, sans rien en lui que de l'amour illuminant. J'ai balbutié :

– Chura, pourquoi me diriez-vous merci, vous qui me donnez tant ?

Il a repris son pas de promenade vers le soleil qui rougeoyait au fond de l'ouest. Il m'a dit :

– Quand un mendiant te tend la main pour te demander un sou, tu lui donnes un sou, et il te dit merci. Tu crois que cela va de soi, que c'est l'ordre naturel du monde. Mais en vérité, quand un mendiant te tend la main, c'est pour t'aider à sortir de quelque part. C'est donc à toi de lui dire merci.

– A sortir d'où, Chura ?

– De ton trou d'indifférence, de ton sommeil, de ta misère intime. Les mendiants sont des donateurs invisibles, souviens-toi de cela. Tu m'aides beaucoup, Luis. Sans toi, j'aurais du mal à rester éveillé. Heureusement, tu me tends sans cesse la main. Je suis idiot, non ?

J'ai ri dans un sanglot.

– Idiot, vous ? Mon Dieu, Chura, comment pouvez-vous dire une chose pareille ?

Je tremblais de partout. Mon cœur dansait, j'avais envie d'étreindre ce vieux père de toutes mes forces, de lui jurer fidélité éternelle, de marcher près de lui jusqu'au bout de ma vie. Il s'est arrêté. Il m'a lancé un coup d'œil joyeux, vif, moqueur, comme s'il venait de me jouer un tour d'illusionniste. Il m'a dit :

– Ne crains jamais de passer pour un idiot, Luis. Ce n'est pas l'aveuglement des autres qui importe, c'est l'œil de l'aigle.

Nous n'avons plus parlé de la soirée, mais cela ne m'a pas troublé. Quand nous nous sommes quittés j'ai eu l'étrange sentiment, à le voir s'éloigner sur le sentier, qu'un invisible Luis s'en allait avec lui, et qu'un Chura fantomatique, près de moi, les regardait partir.

La veille de mon départ, il est venu me chercher à la cabane. Il m'a trouvé assis par terre, le crâne en bataille, parmi mes paquets, mes cartons à dessin, mes livres et mille objets hétéroclites entassés au fil des jours. Marguicha m'aidait à faire mes bagages. Nous avions tous les deux le cœur si lourd que nous n'osions pas nous regarder. El Chura m'a fait signe de le suivre.

Je me suis donc extirpé de mon bric-à-brac et je suis
sorti avec lui. Il faisait un temps paresseux et tendre.
L'air était limpide, il n'y avait çà et là que quelques
flocons de nuages. El Chura est parti devant à grandes
enjambées, sans rien me dire. Il paraissait préoccupé.
Je l'ai suivi. Il m'a mené droit au cœur des ruines, sous
la porte du temple de Kalasasaya où est le grand calen-
drier solaire. Il m'a fait asseoir dans l'ombre de l'arc
de pierre, il s'est assis en face de moi et il est resté
silencieux, à regarder mes pieds. Je me sentais pesant,
oppressé par la présence entre nous de cette sorte de
brume vaguement vivante qui apparaît toujours à
l'approche d'un départ. Si j'avais été sûr de le revoir
bientôt, nous aurions pu parler sans encombre, mais lui
et moi savions que je m'en allais sans retour, et que
notre séparation devait rester simple comme une
source, sans la moindre parole qui puisse la troubler ni
entraver son cours. Je me suis donc tenu muet jusqu'à
ce qu'il me dise enfin ces mots, avec une simplicité si
quotidienne que je me suis trouvé aussitôt délivré :

– J'espère que cette fois tu vas lâcher d'un coup,
parce que je ne t'attendrai pas.

– Où allons-nous, Chura ?

– Dans le sentir.

Il m'a demandé de fermer les yeux. Je me suis
retrouvé dans mon corps comme dans une maison à la
pénombre accueillante, familière, grouillante de mille
vies. La voix d'El Chura m'est parvenue lointaine, il
m'a semblé que je l'entendais au travers de ma peau.

– Plus profond, Luis. Descends encore.

J'ai eu l'impression de lâcher une rampe. Je me suis
senti glisser comme sur un toboggan. Peut-être ai-je
traversé un bref instant d'appréhension, mais ce ne fut
guère qu'un cahot. Une allégresse soudaine m'a envahi.

Je me suis laissé aller à la grâce de Dieu, sans peur, sans armes, sans questions.

– Avance vers tes frontières. C'est bien. Attention, tu entres dans l'herbe. Tu sens l'air ?

– Oui, Chura, je suis dehors.

Une ivresse légère m'a pris. Je me sentais flotter. Je ne voyais pas mon compagnon, je ne voyais rien, mais je n'étais plus enfermé nulle part. J'ai eu envie de rire. J'ai dit :

– Chura, ne me lâchez pas !

C'était tout à coup comme si j'apprenais à marcher, ou à monter à bicyclette, ou à nager dans l'air. Je découvrais en aveugle un monde sans formes, mystérieux, mais que je sentais infiniment vivace et amical.

– On va vers la montagne.

Un brusque coup de vent m'a emporté. J'ai entendu, au loin :

– Doucement, ivrogne !

Je ne sais pas comment cela s'est fait. La montagne s'est trouvée là, sous des mains immenses, les miennes, imaginaires sans doute, et pourtant indiscutables. Je sentais les aspérités des rocs sous mes doigts, l'humidité de la terre, la pauvreté des herbes. La voix d'El Chura m'a paru incongrue, tant elle était calme.

– Épouse la montagne. Enveloppe-la.

– Je peux la serrer tout entière dans mes bras, je lui caresse la tête, il fait du vent, Chura, je suis grand, je suis un géant !

– Ne t'attarde pas. Glisse vers la vallée. Tranquille, Luis, pas trop vite, tu vas te casser la gueule. Attention aux rochers ! Comment elle est, la vallée ?

– Elle est sombre. Il fait frais.

J'ai senti l'eau soudain, ses scintillements, sa course vive. J'ai dit :

– Chura, on suit la rivière ?

– On suit la rivière jusqu'à l'océan. Ouvre, ouvre encore.

Le monde s'est ouvert. Je n'ai plus ressenti qu'un silence d'oiseau, une paix de haut vol.

– Chura, je suis en plein ciel !

– Descends. Laisse-toi aller. Tombe tout doux, comme une feuille morte. Entre dans la terre. N'aie pas peur, entre simplement, elle ne te fera pas de mal.

– J'entre, Chura, ça y est.

Je me suis enfoncé dans un tissu moelleux, obscur, stupéfiant, tant il était familier. J'ai ri, j'ai dit :

– Mon Dieu, Chura, c'est comme si j'étais dans mon corps !

– Respire. Prends ton souffle. Expire. Tu es dans la respiration de la terre. Tiens-toi tranquille, ne t'emballe pas.

J'ai fait comme il me disait. La terre a semblé lentement s'ouvrir, m'offrir des espaces, des échappées, des creux de cavernes. Son épaisseur a paru se dissoudre jusqu'à ce que je ne perçoive plus, autour de moi, ni bornes ni parois.

– Chura, je suis dans le vide, je ne sens ni ciel ni terre, je sens des planètes.

– Tu es sorti de la chaleur de la Pachamama. Tu es libre. Plus rien ne frotte, plus rien ne lutte, plus rien ne s'oppose à toi. Fais attention.

– Mais, Chura, je ne me sens pas en danger.

– C'est maintenant que tu es le plus vulnérable. Prends garde, protège-toi.

– Me protéger de qui, Chura ? Tout est si simple ! Me protéger comment ?

– Tu trouveras tout seul. Il nous faut revenir maintenant.

Je me suis retrouvé comme un œuf dans la terre. La voix d'El Chura m'en a fait sortir. La rivière, la vallée, la montagne, les ruines de Tiahuanaco, l'herbe à mes pieds, la maison de mon corps, tout cela m'a traversé comme autant de bouffées de souvenirs. Quand j'ai ouvert les yeux j'ai vu le ciel, des pans de pierre grise et devant moi la figure de mon compagnon penchée, dans l'ombre de son chapeau, sur la flamme de son briquet. Il allumait une cigarette. Il m'a regardé par en dessous. Il m'a dit :

– C'est bien. Mais tu es encore trop impétueux.

– Chura, j'ai eu l'impression de voir le monde avec mon corps. Non pas avec mes yeux, avec mon corps.

– Tu étais éveillé.

– Je ne le suis plus ?

– Non. La lumière vient de s'éteindre.

– Chura, que s'est-il passé ?

– Quand tu es sorti de ta conscience carrée, tout à l'heure, ton corps a rencontré le monde, et le monde a rencontré ton corps. Tu es entré dans cette belle histoire d'amour que tu m'as racontée un jour, tu te souviens ? Le monde a dit à ton corps : « Qui est là ? » et ton corps ne lui a pas répondu : « C'est moi. » Il lui a répondu : « C'est toi-même. » Ton corps a reconnu les frémissements de la Terre, parce que les frémissements de la Terre sont aussi les siens. Ton corps a reconnu la danse des atomes de la Terre, parce que les atomes dansent en lui pareillement. Ton corps a rejoint sa famille, Luis.

– C'est cela, le sentir ?

– Oui. Il ne peut s'allumer que si la conscience carrée se repose.

– Pourquoi la conscience carrée est-elle l'ennemie du sentir, Chura ?

– Elle n'est pas son ennemie. Elle est simplement un autre lieu de nous-mêmes. Elle est d'un autre usage. La conscience carrée est très utile pour fabriquer des

trains, des routes, des avions, des villes, des médica-
ments, des canapés, des systèmes increvables. Mais elle
est ainsi faite qu'elle ne veut pas goûter, elle veut comprendre. Elle ne veut pas jouer, elle veut travailler. Elle
ne veut pas de l'inexprimable, elle veut des preuves.
Elle ne veut pas être libre, elle veut être sûre. Elle doit
être respectée, elle a des droits, et des pouvoirs. Mais
veille à ne pas lui laisser tous les droits, ni tous les
pouvoirs. Veille à ce qu'une porte reste toujours ouverte
dans un coin de ta conscience carrée. Il faut que tu
puisses sortir dans le jardin. C'est là qu'on se retrouvera, Luis, quand tu auras envie de ma compagnie.
Dans le jardin.

Il s'est levé, et nous sommes allés parmi les ruines,
comme nous le faisions tous les soirs.

Nous avons marché en silence tranquille jusqu'à ce
que les étoiles soient toutes allumées dans le ciel. Or,
comme je cheminais à son côté, les mains aux poches,
perdu dans de vagues pensées, El Chura s'est brusquement arrêté au milieu d'une place déserte où n'étaient
que des herbes rares entre les cailloux, et il m'a empoigné par la manche. Il est resté aux aguets, comme s'il
flairait un danger, puis il m'a attiré dans l'épaisseur de
la nuit. J'ai murmuré, craintif, l'œil soudain aiguisé :
– Chura, qu'avez-vous vu ?

Il m'a répondu d'une grimace dubitative et il s'en
est allé devant, le dos courbe, le long d'un mur. De cet
instant, il n'a plus cessé de me conduire d'ombre en
ombre. S'il lui fallait franchir un espace baigné par la
clarté lunaire il faisait mine d'hésiter, puis trottinait
comiquement sur la pointe des pieds, comme un chat
dégoûté dans une flaque d'eau, et rejoignait en hâte les
ténèbres. J'ai bien vu qu'il jouait. Alors je me suis
efforcé de le suivre en singeant ses gestes, en riant sous

cape. Il m'importait peu de ne rien comprendre à ses simagrées. Je m'amusais beaucoup, il semblait s'amuser aussi, nous étions tous les deux pareils à des enfants qui s'inventent des peurs, des ennemis fantômes.

Les choses ont duré ainsi jusqu'à ce qu'El Chura disparaisse. La nuit, tout à coup, l'a absorbé. Je le croyais juste devant moi, nous avons contourné une pierre dressée, et je ne l'ai plus vu. Je l'ai cherché à droite, à gauche, j'ai pensé : « Il me fait une farce. » Je l'ai appelé. Comme je commençais à m'inquiéter, j'ai failli trébucher contre son pied. Il était adossé à cette pierre haute dont je venais de faire trois ou quatre fois le tour. Il mangeait du fromage avec une galette. Je lui ai dit :

– Chura, où étiez-vous passé ?

Il m'a fait signe de me taire, puis il s'est penché vers moi et il a murmuré :

– L'ombre veut te faire un cadeau d'adieu. Ne l'effraie pas, tiens-toi tranquille.

Il a rangé son couteau dans sa poche et il est reparti comme un voleur. Je l'ai à nouveau poursuivi. Je l'ai à nouveau perdu. J'ai erré un long moment, l'esprit en désordre. J'étais sûr qu'il me guettait, je le sentais proche, mais chaque fois que je croyais l'apercevoir, je butais sur une illusion, un oiseau de nuit, un bruissement de bête dans l'herbe, un pan de mur effleuré par la lune. J'ai fini par perdre patience. Je me suis assis sur un gros caillou et j'ai lancé d'une voix forte :

– Si vous voulez revenir, vous savez où me trouver. Moi, je ne bouge plus.

Il n'est pas revenu. Il m'a laissé seul. Je n'ai pas attendu longtemps. J'avais à peine abandonné mon désir de le retrouver que l'ombre s'est approchée avec son cadeau. Seigneur Dieu, j'étais tout à coup comme un enfant à Noël ! Le souffle court, le cœur battant, les yeux grands ouverts je l'ai accueillie. Je ne sais combien de temps (des heures peut-être, peut-être un bref instant) je suis resté dans le silence amoureux de l'ombre. « Ne cours pas après la connaissance, Luis, la connaissance est toujours là où tu es. » Ce n'est pas El Chura qui m'a dit cela, c'est l'ombre. Elle était vraiment comme une femme amoureuse. Elle m'a dit : « Désire-moi, Luis. Chaque fois que tu me désireras, je viendrai. J'obscurcirai tes contours. Je ferai de toi un homme inaperçu, je protégerai ton travail, tes plaisirs, ton être. Je t'aiderai aussi à te tenir éveillé. La lumière endort la vigilance. Moi, l'ombre, je la ravive sans cesse. La lumière efface la profondeur. Moi, l'ombre, je suis sans fond. N'oublie pas, Luis. Quand tu es en moi, la lumière, c'est toi. Chaque fois que tu le voudras je te laverai de tes certitudes paresseuses, je t'apprendrai à dire "encore, encore, encore", et je t'entraînerai toujours plus loin dans les mystères de la vie. » Elle a parlé ainsi à mon corps, à l'air que je respirais, à ma cervelle offerte. Quand je suis parti, j'étais en paix avec le monde et j'étais propre comme un sou neuf.

Le lendemain matin, El Chura et Marguicha m'ont accompagné jusqu'à la petite gare de Tiahuanaco. El Chura, en chemin, m'a donné le nom d'un employé de la préfecture de police que je devais aller voir de sa part, à La Paz. Il s'appelait José Cortès. Il m'a affirmé que cet homme était commissaire, qu'il me trouverait un logement et qu'il m'obtiendrait facilement le passeport dont j'avais besoin pour vivre en ville sans risquer d'ennuis majeurs. J'ai voulu savoir s'il était sorcier, comme lui. Il m'a répondu :

– C'est un « borrado », un effacé. Il est sur le chemin.

J'étais triste, je me sentais comme un chien perdu.
J'ignorais qu'il connaissait des gens à La Paz. J'ignorais aussi ce qu'était un « effacé », mais je n'ai pas eu
le cœur de lui demander plus. Il a fait halte derrière la
baraque qui servait de gare, exactement à l'endroit où
je l'avais rencontré le jour de mon arrivée. Il a déposé
mes bagages contre le mur de planches, il s'est
redressé, il a passé le pouce dans la bretelle de son
fusil et il m'a regardé. Nous avions du soleil entre nous,
de la brise. Je lui ai dit bêtement :

– Vous ne serez pas seul, je crois que Marguicha a
envie de vivre avec vous.

Il m'a répondu :

– Toujours seul, jamais seul. Tu comprends, petit
sorcier ?

– Je comprends, Chura.

– J'ai balisé ta route, j'ai prévenu des gens. Tu ne te
perdras pas.

Il a pointé le doigt sur ma poitrine. Il a dit encore :

– N'oublie pas l'Autre. Je suis content de l'avoir
planté là-dedans.

– C'est vous, Chura, que j'emporte là-dedans.

– Non. Moi je reste avec les pierres. Je reste avec
l'absence. C'est une bonne compagne, elle sait beaucoup.

J'ai eu envie de pleurer tout à coup. J'ai dit :

– Pardonnez-moi, Chura.

– De quoi ?

– De vous abandonner.

Il m'a répondu sèchement :

– Ne t'excuse jamais devant personne, Luis. Jamais.

– Pourquoi, Chura ?

Il s'est éloigné de quelques pas, puis il s'est retourné,
et à nouveau rieur :

– Parce que ton Créateur, là-haut, ne t'a jamais accusé de rien. Vaya con Dios, amigo.

Nous l'avons regardé s'éloigner, Marguicha et moi. Elle a attendu que le train arrive. Peut-être avait-elle espéré que je ne le prendrais pas après m'avoir sournoisement poussé à partir. Quand elle m'a vu ramasser mes paquets elle n'a plus rien espéré du tout. J'ai voulu l'embrasser, mais elle a tout à coup reculé d'un bond de bête fauve, elle a empoigné son ventre à deux mains avec une impudeur magnifique et elle m'a grondé en pleine figure :

– Il est là-dedans, mon Luis. Il ne me quittera pas, lui. Tu peux t'en aller avec ton Chura, tu peux t'en aller, ne crains pas pour moi, je garde le meilleur.

J'étais trop bouleversé pour comprendre ce qu'elle me disait là. Je suis monté dans le train, je me suis mis à la portière pour lui faire un dernier signe d'adieu, mais je ne l'ai plus vue. J'ai crié son nom. Le train s'est ébranlé. C'est alors que ses paroles me sont revenues. J'en suis resté hébété. Marguicha était enceinte. Je lui avais donné un enfant que je ne connaîtrais jamais.

## 6

J'étais pauvre comme un Indien, vêtu comme un Indien, perdu comme un Indien. Des sandales au chapeau je me sentais indien. J'avais oublié le désordre de la ville, je craignais de ne plus pouvoir m'accoutumer au bruit, de ne plus savoir parler aux gens, d'apparaître ridicule. Et pourtant, tandis que le petit train descendait des nuages, je m'exaltais autant que je m'effrayais de l'espace ouvert devant moi, de ma liberté toute neuve, des mille découvertes qui m'attendaient. Les cahots du wagon, les voyageurs, le paysage qui fuyait, la force du présent et de l'avenir proche m'ont absorbé au point que ma cabane et les ruines de Tiahuanaco se sont bientôt à demi effacées derrière moi dans des brumes du jour à peine passé, déjà lointain. Circonspect mais affamé de tout, c'est ainsi que je suis arrivé à La Paz. El Chura m'avait dit que j'allais vers une naissance. C'était vrai. Je me vois encore descendre du train comme un nouveau-né héroïque qui sort d'un ventre montagnard, frais émoulu, l'œil dévorant, et qui part fièrement à la découverte du monde. J'ai plongé dans la bousculade avec un appétit jubilant. Un jeune homme oublié m'attendait au bout du quai : moi-même. Ma débrouillardise d'enfant des rues s'est à l'instant réveillée et je me suis retrouvé au seuil de la grande gare convaincu, dans mon innocence insolente, que la capitale de la Bolivie n'allait pas tarder à entendre parler de moi.

Comme je n'avais nulle part où aller, je me suis rendu droit à la Brasserie du Commerce avec mon chargement de sacs et de cartons. C'était le lieu de rendez-vous de la jeunesse bourgeoise de la ville et j'avais quelques chances, d'après ce que m'avait dit El Chura, d'y rencontrer José Cortès, ce mirifique commissaire dont j'espérais tout, et d'abord qu'il me trouverait un logement gratuit où passer mes premières nuits citadines. Il n'était pas là, mais un garçon de café m'a dit qu'il venait presque tous les jours après le déjeuner. Il avait sa place réservée à la terrasse. Je me suis assis à un guéridon proche de celui qu'il avait coutume d'occuper, et je l'ai attendu. Je l'ai reconnu dès que je l'ai vu s'approcher sur le trottoir. C'était un grand bonhomme empâté, un peu lent, aux yeux tristes. Je me suis présenté, je lui ai parlé d'El Chura. Il n'a pas eu l'air spécialement intéressé. Il m'a répondu, tout en commandant son café :

– Ah oui, le gardien des ruines.

Il a dit cela comme il aurait parlé d'une vague connaissance. J'ai d'abord pensé qu'il ignorait tout des véritables activités de cet homme qui m'avait fait entrer dans l'intimité de la vie. Après un moment de conversation, je n'en étais plus si sûr. Je lui ai confié que j'avais vécu longtemps à Tiahuanaco, que j'avais été l'apprenti d'El Chura et qu'il m'avait révélé quelques secrets de sorcellerie. Il m'a aussitôt regardé d'un œil un peu plus vif mais j'ai bien vu qu'il répugnait à parler de ces choses qu'il semblait considérer comme peu convenables, sinon illégales. Il m'a paru qu'il se sentait contraint de m'aider. Il l'a fait avec une sorte de lassitude rechignée, mais peut-être était-ce sa manière de jouer les grands seigneurs. Cortès était un homme important. En tout cas, il se considérait comme tel. Il m'a royalement prêté trois cents pesos, il m'a donné l'adresse d'une pension de famille où je devais aller de sa part, et m'a promis un passeport qu'il m'a proposé de venir chercher quand je voudrais à la préfecture. Après quoi il s'est mis à converser avec quelques nouveaux venus, et il m'a oublié.

J'ai emménagé le soir même à la pension, où je n'ai pas eu à payer un centime d'avance. C'est là, le lendemain matin, que j'ai fait la connaissance de Flora. Elle était brune, avenante, elle ressemblait à son nom. Je le lui ai dit. J'ai ajouté, pour plaisanter :

– Vous êtes fleuriste, bien sûr.

C'était vrai. Flora était fleuriste. Elle a ri, et nous sommes devenus amis. Non pas amants, elle était la maîtresse de Cortès. Elle fréquentait une bande d'artistes et de jeunes écrivains qu'elle retrouvait de temps en temps à la Brasserie du Commerce. Elle me les a présentés. Ils m'ont accueilli avec un respect fraternel. J'étais peintre, j'arrivais de l'Altiplano, j'étais jour et nuit vêtu des mêmes oripeaux d'Indien, j'étais donc, à leurs yeux, un révolutionnaire. Parmi eux était Barbosa, un journaliste qui avait publié quelques recueils de poésie. C'est lui, quelques semaines après mon arrivée, qui a parlé de moi au directeur de la galerie d'art la plus renommée de La Paz. Ce n'était en fait qu'une vaste boutique où l'on vendait très cher des objets fabriqués par de faux artisans. Il y avait là une salle d'exposition. Cortès, qui connaissait tout le monde en ville, a fait en sorte qu'elle me soit prêtée. J'y ai donc accroché mes tableaux et j'ai organisé avec l'aide de mes nouveaux amis un vernissage qui, selon mes estimations les plus modestes, devait changer radicalement le cours non-chalant de la peinture sud-américaine.

En vérité, il n'a bouleversé que ma pauvre existence. J'avais invité le Christ à mon exposition. Il figurait sur la plus haute toile de la galerie, à la meilleure place, en face de l'entrée. Or, il n'était ni blond ni barbu comme tout Christ fréquentable doit l'être, ni coiffé d'épines honnêtes, ni dignement crucifié sur une croix de beau bois lisse. Il était indien. On ne voyait au fond d'un grand ciel tourmenté que sa tête arrachée du corps, couronnée de fil de fer barbelé et suspendue par les cheveux à un vieux clou fiché au sommet d'un poteau. Tous mes tableaux étaient d'inspiration semblable. Je n'avais exposé, dans ce lieu chic voué à l'artisanat d'art, qu'Indiens déchiquetés, conquistadors sanglants et moines démoniaques. De plus, pour faire bonne mesure, j'avais invité tous les mendigots et les traîne-savates que j'avais pu trouver en ville à se mêler à la foule des rombières endiamantées et des critiques à monocle qui peuplent, d'ordinaire, ce genre de céré-monie mondaine. J'étais sûr, ce jour-là, de frapper un grand coup. Un grand coup fut frappé, ça, c'est indé-niable. Mais ce fut moi qu'il assomma.

Il n'y avait guère plus d'une heure que le maître de maison avait ouvert les portes (l'assemblée était déjà nombreuse, les scandalisés et les enthousiastes com-mençaient à s'insulter, je m'installais à peine dans ma réjouissante importance) quand une escouade de poli-ciers conduite par un inspecteur en civil s'est brusque-ment répandue dans la salle. Des gardes armés se sont postés à l'entrée, l'œil mauvais. Les autres, sous les ordres brefs et les gestes de sémaphore de leur chef, ont aussitôt couru aux quatre coins. Ils sont restés là, les jambes écartées, les mains ouvertes sur leurs étuis à revolver, tandis que l'inspecteur me venait droit dessus et me demandait, en désignant mes tableaux d'un index circulaire, si c'était moi l'auteur de « ça ». J'ai répondu que oui. J'ai bombé le torse. J'ai voulu protester. Mais si l'on veut, dans ces cas-là, faire bonne figure, mieux vaut avoir dûment préparé son discours d'intronisation au panthéon des martyrs. Or, j'étais pris de court. Je n'ai su que bégayer des rodomontades bientôt couvertes par la rumeur des gens qui vidaient prudemment les lieux. Deux flics m'ont empoigné, ils m'ont poussé dehors et m'ont jeté tête première dans leur camionnette. J'ai reçu sur le dos mes œuvres complètes, balancées derrière moi comme des emballages désaffectés dans une remorque d'éboueurs. J'avais au moins battu un record, celui de l'exposition la plus brève de l'histoire de l'art contemporain.

Je ne suis descendu du panier à salade que pour entrer dans une cellule grillagée du commissariat central de La Paz. J'y suis resté deux jours en compagnie de quelques fantômes de trottoir. On ne m'a pas interrogé, on ne m'a rien demandé. J'ai attendu Cortès. Je savais qu'il viendrait me délivrer. C'est sa voix qui m'a réveillé, à l'aube du troisième jour. Il avait l'air, comme à son habitude, vaguement lointain. Cet homme m'a toujours paru insaisissable. Il était de ces gens qui regardent sans cesse ailleurs, quand ils vous parlent. J'avais l'impression de n'être pour lui qu'un embarras, qu'une fatigue. La rue sortait à peine de la nuit, il faisait gris, j'avais froid. Cortès m'a pris par l'épaule, il m'a mené au bistrot le plus proche et il m'a offert un café. Il avait un journal dans la poche de la veste. Il me l'a tendu. Il m'a dit :

– Regarde.

Au bas de la première page un article dénonçait le scandale. On y parlait de moi comme d'un agitateur apatride. Il était dit que j'avais non seulement bafoué la morale publique mais aussi gravement diffamé la sainte Église et que pour ce double méfait les autorités ecclésiastiques avaient décidé de me chasser de la communauté catholique. J'étais excommunié. Cortès m'a laissé lire jusqu'au bout puis il a lâché :

– C'est grave. Tu ne peux pas retourner à la pension. La logeuse m'a fait porter tes affaires. Elles sont chez le concierge de la préfecture. Tu passeras les prendre quand tu voudras.

– Et mes tableaux ?

– Les flics les ont brûlés. J'en ai aperçu quelques-uns qui dépassaient d'un placard. Je crois qu'ils les ont conservés pour remplacer des vitres cassées. Je ne peux plus grand-chose pour toi. Tu ferais mieux de quitter le pays. Si tu as besoin d'argent, viens me voir.

Il avait des rendez-vous urgents. Cortès avait toujours des rendez-vous urgents, ce qui d'ailleurs n'affectait pas sa lenteur naturelle. Il s'est levé, et il est parti. Je suis resté un moment hébété au bord du trottoir, puis je m'en suis allé au hasard.

Être excommunié, en ce temps-là, en Bolivie, n'allait pas sans conséquences pénibles. Je ne pouvais plus travailler ni loger nulle part. Les hôtels, les pensions et les lieux d'embauche où j'aurais à dire mon nom m'étaient formellement interdits. Je ne pouvais pas davantage demander l'hospitalité à mes amis, j'étais désormais trop encombrant. Et des trois cents pesos que Cortès m'avait prêtés il ne me restait plus rien. J'ai marché jusqu'au faubourg de la ville où s'entassaient à l'infini des cabanes de tôle adossées à des ruines, des bâtisses de torchis, des terrasses encombrées de carcasses de voitures. Je ne me suis pas perdu. El Chura m'avait appris à me laisser conduire par ce guide impalpable qu'il appelait l'Autre. Je savais que c'était là que je devais aller, dans ce fourmillement de misère, et nulle part ailleurs. J'avais une boule de larmes et d'effroi dans la gorge mais à chaque pas, à chaque coup de talon dans la poussière, à chaque souffle dans l'air puant et les criaillements qui m'environnaient une voix sourde me répétait : « Aime ta vie, aime ta vie, aime ta vie. » J'ai mendié une tanière auprès de quelques vieilles femmes assises devant une porte. Elles étaient sales mais secourables. Elles m'ont offert de leur soupe, puis elles m'ont indiqué, au fond d'une ruelle, une sorte de réduit dont le dernier occupant venait de mourir. Je me suis installé là.

C'était un trou à rats. Il n'était pas plus grand qu'une cabane à outils, mais il m'a paru vivable. Il s'ouvrait sur une cour humide, étroite et cabossée d'où l'on voyait un bout de ciel. En face de ma porte, quelques marches grimpaient à un logis aussi misérable que le mien. Il était mal fermé par un rideau de toile. Au soir de mon premier jour dans ce lieu, j'ai découvert que j'avais une voisine. Elle est arrivée chez elle au crépuscule avec un sac à provisions. Elle était jeune. Elle semblait fatiguée. Elle n'a même pas lancé un coup d'œil à ma porte. J'étais assis par terre au fond de mon antre à ne savoir que faire, à prier, à ruminer mes malheurs. Je l'ai observée, de l'ombre où j'étais. Quatre pas, guère plus, me séparaient d'elle. Son ombre immense bougeait dans la lumière de sa lampe à pétrole. Entre les pans du rideau j'ai volé quelques images fugaces de son corps. Plus tard, je l'ai vue courbée sur sa soupe, elle était vêtue d'un tablier bleu à peine boutonné devant. J'ai aperçu une cuisse opulente qu'elle ne se souciait pas de couvrir. A son insu, je me suis bientôt trouvé avec elle dans cette sorte d'intimité animale et puissante que seule autorise l'indulgence de la mère Misère, partout où elle veille sur ses enfants. La nuit était étrangement silencieuse. J'ai traversé la cour.

J'ai soulevé le rideau. Je l'ai trouvée accroupie devant une bassine où elle lavait son assiette. Elle me tournait le dos. Son logement était petit, et pourtant la lueur de la lampe atteignait à peine les murs où étaient des photos de chanteurs punaisées sur des reliefs de plâtre. J'étais tant ému que le cœur me battait partout, dans les tempes, dans la poitrine, dans le ventre. Je suis resté bouche bée à contempler cette fille au grand cul arrogant qui m'apparaissait soudain aussi mystérieuse qu'une déesse clandestine occupée à je ne sais quelle célébration dans le secret d'une crypte. Elle m'a lancé un coup d'œil à peine apeuré. Je lui ai dit que j'étais son voisin. Elle s'est redressée, elle s'est essuyé les mains contre ses hanches et elle s'est aussitôt détendue. Elle m'a offert à boire. Elle s'appelait Magda. Elle avait des senteurs à saouler une horde de loups. Nous avons fait l'amour avec l'impudeur prodigieuse des êtres qu'aucun savoir ne borne.

Le lendemain je suis allé chercher mes affaires à la préfecture, et je me suis improvisé portraitiste ambulant. A tracer le profil des gens qui le voulaient, dans les jardins publics, aux terrasses des cafés, j'ai récolté de quoi ne pas mourir de faim. Ainsi ma vie s'est installée dans un dénuement d'autant plus supportable que mes rêves de gloire ne m'embarrassaient plus. Le soir, de temps en temps, je retrouvais Magda. Un dimanche matin, comme nous nous baisions sans souci des marmots qui traversaient la cour, une prodigieuse matrone est tout à coup apparue sur le seuil de notre tanière. J'ai bondi en arrière, je me suis collé contre le mur. Ce n'était pas une femme que je voyais là, c'était une montagne de viande ! On aurait dit qu'elle trimballait un sac de ballons de football dans son corsage. Ses petits yeux luisaient comme deux pierres noires au milieu de sa figure aussi mafflue qu'une paire de fesses. Elle s'est plantée devant nous, les poings aux hanches, elle a poussé un sifflement admiratif entre ses dents jaunes et elle a dit à Magda, en me désignant d'un coup de triple menton :

– Yayaï ! C'est un beau couillu que tu as là, petite !

Elle est partie d'un grand éclat de rire. J'ai cru entendre hurler un porc égorgé. Elle a lancé dans l'air trois coups de doigt obscènes et elle est repartie. J'ai demandé à Magda qui était cette effrayante créature. Elle m'a répondu :

– C'est la Guzmana. Elle est sorcière. Cette pute a le mauvais œil.

Elle a craché vers la porte en faisant la grimace et elle s'est habillée à la hâte, comme si un grand coup de froid venait de lui tomber dessus.

Quelques semaines plus tard j'ai rencontré Flora, par hasard, en ville. Je l'avais perdue de vue depuis mes malheurs d'artiste. Elle a paru si contente de me revoir que je l'ai invitée au restaurant. Nous avons passé la journée ensemble. Elle s'était séparée de Cortès. J'avais trouvé une baraque moins exiguë à quelques ruelles du logis de Magda, que je ne voyais plus guère. Le soir venu, nous n'avons pas eu envie de nous quitter. Ce fut une nuit miraculeuse. Nous avons marché par les rues jusqu'à l'aube, la main dans la main. Flora est bientôt venue habiter chez moi. Sa beauté, sa tendresse rieuse et la confiance qu'elle avait en la vie ne cessaient de m'émerveiller. Pour la première fois, le désir m'est venu de vouer mon existence au bonheur d'une femme et de lui donner des enfants. J'avais revu la Guzmana. Mon nouveau logement n'était guère éloigné du sien. Chaque fois que je la rencontrais elle me faisait un clin d'œil et un signe faussement discret, comme si nous étions de vieux complices. Je lui répondais à contre-cœur. Mes réticences paraissaient l'amuser beaucoup.

A ce que l'on disait, elle devinait tout. Les gens venaient à elle pour s'entendre annoncer ce qui leur faisait peur ou ce qu'ils espéraient, leurs maladies futures, le sort de leurs amours, la mort de leur grand-père ou comment escroquer proprement leur patron. Elle recevait beaucoup de monde, et pas seulement des voisins, des riches aussi qui se faisaient conduire en voiture jusqu'au bout de la rue. Ceux-là n'aimaient pas être vus. Ils parcouraient la centaine de mètres qu'il leur fallait faire à pied comme s'ils avaient la colique, le dos courbé, sans regarder personne. Ceux qui la connaissaient depuis longtemps murmuraient dans son dos qu'il lui arrivait, quand l'envie la prenait, d'enfoncer entre ses énormes cuisses quatre ou cinq hommes dans la journée. On en voyait certains, de temps en temps, se retrouver dehors aussi hébétés, titubants et débraillés que s'ils venaient de traverser un ouragan. Les voisines, sur le pas des portes, se poussaient du coude et se désignaient ces rescapés en ricanant comme des oies derrière leur chapeau. Aucune ne risqua le moindre commentaire désobligeant. De fait, elles admiraient les audaces de cette ogresse autant qu'elles craignaient ses mauvais tours. Sa lampe restait souvent allumée, tard dans la nuit. On l'entendait psalmodier des incantations bizarres dans le secret de sa bicoque.

Elle disparaissait parfois plusieurs jours sans que personne puisse dire où elle était allée. Autant de signes qui ne trompaient pas. La monumentale matrone qui venait de temps en temps papoter en leur compagnie était douée de pouvoirs redoutables.

Or un soir, comme je venais de m'endormir, des bruits de voix m'ont brusquement réveillé. La porte était entrebâillée. Flora n'était pas encore couchée, elle repassait des vêtements. Elle est venue jusqu'au lit. Elle m'a secoué. Elle m'a dit .

– Luis, quelqu'un te demande.

– Qui est-ce ?

– Je ne sais pas. C'est un garçon. Il dit qu'il vient de la part de la sorcière.

Je me suis levé, tout empêtré de sommeil, j'ai passé la tête dehors. Il y avait là, au milieu de la rue, un enfant d'une dizaine d'années. Je connaissais sa tête, il était du quartier. Il avait l'air extrêmement inquiet, il ne tenait pas en place. Il m'a dit :

– La Guzmana te réclame. Elle est en train d'accoucher. Il faut que tu viennes l'aider.

Il m'aurait annoncé que l'avion privé de la femme du diable venait de s'écraser sur le terrain vague voisin que je n'aurais pas été plus éberlué.

– Moi ? Tu es fou ! C'est un médecin qu'il lui faut. Tu t'es trompé d'adresse.

– Non, non, c'est toi qu'elle veut, personne d'autre. Viens vite, c'est grave.

Il m'a pris par la manche et il m'a entraîné dans la nuit. Je n'ai même pas eu le temps de fourrer ma chemise dans le pantalon. Je l'ai suivi pieds nus, en bouclant ma ceinture. Il y avait de la lumière chez la Guzmana. Sa lampe était posée sur le rebord de la lucarne.

Il a ouvert la porte, il m'a poussé dedans et il s'est enfui.

Elle était couchée sur sa paillasse. La sueur inondait sa figure. On voyait à peine luire ses yeux au milieu de ses boursouflures. Elle tenait son ventre à deux mains. Il était rond, énorme comme un monde. Elle a tourné la tête vers moi. Elle m'a dit :

– Il faut que tu m'aides à le sortir, Luis.

Nous n'avions jamais parlé ensemble avant cette nuit-là, j'ignorais qu'elle connaissait mon prénom, mais je n'ai pas pensé à m'en étonner. J'étais trop bouleversé. Je n'osais pas m'approcher d'elle. Je me tenais contre l'embrasure de l'entrée, aussi loin que possible du matelas où elle était. J'ai balbutié :

– Je ne peux pas, Guzmana, comprenez-moi, je ne suis pas docteur, je ne connais rien à ces choses. Il vous faudrait au moins une sage-femme.

– Ne t'inquiète pas. Je vais pousser, et quand tu verras sortir le petit, tu le tireras doucement.

Elle s'est hissée sur le coude, elle a relevé sa jupe jusque sous le menton, elle a ouvert ses cuisses gigantesques, blafardes. Elle m'a dit :

– Pose deux chaises sous mes pieds, que j'y cale les talons. Et passe-moi la lumière.

J'ai pris la lampe sur le rebord de la lucarne. J'ai failli la laisser tomber. Elle s'est mise à cliqueter dans ma main, à grelotter comme une pauvre bête. Guzmana l'a empoignée, elle a voulu la poser entre ses jambes mais elle n'a pas pu. Elle m'a fait signe de l'aider. Je me suis approché, et j'ai vu son sexe de face, tout cru, illuminé, palpitant, traversé de lueurs fuyantes. Misère de mes os ! J'en suis resté les bras ballants, le menton pendant sur la poitrine, abasourdi comme un singe devant le vagin de la lune dans les brumes de l'infini.

Aussi loin que remontent mes souvenirs, Dieu sait que le corps féminin me fut toujours la plus mystérieuse et la plus accueillante des merveilles du monde. Rien ne surpasse à mes yeux l'émouvante fragilité d'un ventre de femme, et je ne crois pas avoir jamais contemplé la nudité d'une amante, chaque fois qu'elle me fut offerte, sans une sorte de gratitude exaltée. Mais là, l'air m'a manqué. J'étais hypnotisé. Je me suis entendu ronfler du nez, les yeux grands ouverts. Cette chose qui me fascinait, ce n'était pas un sexe, c'était un gouffre, une caverne molle, une fosse sans fond, une béance affamée. C'était la gueule du tunnel qui aspire les morts ! Pas le moindre soupçon de miséricorde amoureuse là-dedans, pas la moindre trace d'humanité, même primitive. C'était l'œil vorace du Chaos qui me regardait fixement, dans son fouillis de chair et de broussailles. J'ai tendu les mains pour me préserver de la brutalité de ce spectacle autant que de l'inimaginable petit monstre qui allait forcément me bondir à la figure. Et Flora qui n'était pas là ! Me laisser tomber dans un moment pareil ! Je me suis mis à sangloter, à agiter mes mains devant ma figure. J'ai entendu gémir dans mon vertige, de l'autre côté de la remuante montagne entre les hanches que trituraient les pognes de la Guzmana.

— Ahi ! Je le sens qui vient, je le sens !

— Qu'est-ce que je fais, señora, qu'est-ce que je fais ?

Elle a poussé un rugissement si terrible que j'ai cru que l'enfant lui sortait par la gorge. Presque aussitôt une petite boule chevelue est apparue entre ses cuisses, puis une face fripée, puis une épaule gluante. Je l'ai tirée à moi, le corps est venu, il m'a échappé, il fuyait comme un poisson, je l'ai rattrapé par la jambe, j'ai voulu soutenir la tête mais ça glissait partout, et ça puait la chair, le sang, la merde, la sueur, la marée,

mais que m'importait maintenant, j'étais prêt à m'engouffrer tête première dans ces entrailles pour amener
au jour le cordon du nombril qui n'en finissait pas. Je
me sentais des mains étrangement agiles et pourtant
énormes. Elles savaient tout faire, grâce à Dieu je
n'avais plus à penser. Savez-vous ce que me répétait
une voix jubilante tandis que je haletais dans ce magma
de commencement du monde ? « Je ne pense pas, donc
je suis ! Je ne pense pas, donc je suis ! » Le placenta
m'a déferlé dessus comme une lave bouillonnante. J'ai
ouvert ma chemise, j'ai fourré le petit dedans. Alors il
a jeté brusquement la figure en arrière, il a couiné un
petit coup, il a ouvert la bouche et il a lancé au plafond
une sorte de mélopée rogneuse. J'ai hurlé, moi aussi.
Mais c'est le gueulement de la Guzmana qui a claironné
le plus haut. Il a fait trembler l'air. J'ai cru entendre
une lionne à voix humaine.

– Il est vivant, couillon, il est vivant ! Montre-moi
ce fils de pute, montre-le !

Elle s'est redressée, elle a pris le petit et elle a noué
le cordon ombilical tandis que je tombais à genoux et
que je joignais mes mains ruisselantes de morve rouge,
et que je sanglotais, et que je bafouillais :

– Dieu soit béni, Dieu soit béni, me voilà accoucheur
maintenant !

Elle s'est assise contre le mur avec son fils dans les
plis de son ventre. Quand le souffle lui est revenu, elle
m'a dit :

– Rallume le feu et fais bouillir l'eau qui est dans la
bassine. Il faut que tu le laves, que tu te laves aussi, et
que tu nettoies la maison.

Je me suis affairé. J'ai couché l'enfant dans le panier
qu'elle avait préparé. Quand tout fut fait elle a inspecté
l'alentour d'un coup d'œil, puis elle a dit :

– Maintenant, laisse-moi tranquille.

J'étais pressé de partir, de respirer l'air du dehors. J'ai répondu :

– Le petit dort. Reposez-vous, Guzmana, je reviendrai demain.

– Qu'est-ce que tu me chantes là ? Tu ne reviendras pas demain. Tu restes ici.

– Mais pour quoi faire ?

– Rien. Tu nous regardes. Tu veilles.

Elle a fermé les yeux. J'ai pensé qu'en effet je ne pouvais pas la laisser seule. Je me suis assis, je l'ai regardée, et je me suis senti fier, paisible, puissant. J'avais sorti d'un ventre un enfant bien vivant, j'avais accouché une femme, et cette femme, maintenant, me confiait le soin de la conduire jusqu'au prochain matin. J'avais charge d'âme. Je n'étais plus un apprenti désormais, j'étais un homme véritable. Je découvrais en moi une terre insoupçonnée, une Amérique intime. Je me suis penché sur le panier où j'avais couché le nouveau-né. Et comme je dégageais du bout du doigt sa figure à demi enfouie sous le drap je me suis senti tout à coup aussi vierge, aussi neuf que lui. Moi aussi je venais de franchir une porte étroite, moi aussi je respirais un air de nouveau monde, moi aussi j'avais devant moi une vie inconnue où n'était encore aucune empreinte de pas.

Sa mère paraissait dormir. C'est peut-être pour cela que j'ai osé lui parler. Je lui ai dit :

– Merci, Guzmana, vous m'avez fait un grand cadeau.

Elle a poussé un grognement fatigué. Elle ne dormait pas, elle m'avait entendu. Alors je me suis risqué à lui demander, à voix basse :

– Guzmana, pourquoi m'avez-vous choisi ?

Elle a levé péniblement la main, elle a posé l'index sur le bout de son nez.

– J'ai senti. Je sens beaucoup de choses.

Elle a laissé retomber le bras le long de son corps et elle s'est mise à ronfler doucement.

– Qu'avez-vous senti ?

Elle a ouvert les yeux, elle a murmuré :

– Tu n'étais pas seul tout à l'heure quand le petit est sorti.

– Je ne comprends pas, Guzmana, personne n'est venu.

– Quelqu'un était là. Tu sais bien qui.

Mon cœur s'est emballé soudain. Des larmes bien-heureuses me sont montées aux yeux.

– Je n'ai qu'un ami, Guzmana, c'est El Chura, le gardien des pierres de Tiahuanaco.

– Il était assis sous la lucarne.

J'ai pris mon souffle pour la questionner encore, mais elle a laissé aller sa tête sur le côté et elle s'est endormie. J'ai attendu l'aube, près du lit, sans bouger. La lueur de la lampe se perdait dans des profondeurs obscures où l'on distinguait, parmi les cendres de la cheminée, des points de braise. J'ai écouté le silence. Il était humble, il était saint, à peine traversé par des craquements de bûches qui finissaient de s'éteindre et des aboiements de chiens, au loin, dans la nuit. Le jour est venu, à pas de loup, imperceptiblement. Une lumière grise, à peine bleutée, s'est insinuée dans l'ombre pesante, révélant peu à peu alentour des objets, une table, une cruche, un placard entrouvert, un cha-peau suspendu à un clou dans le mur. Guzmana som-meillait au milieu de ces choses, pâle, innocente, aban-donnée, la bouche ouverte. La vie nouvelle entrait par la lucarne, les fentes de la porte, les brèches dans le toit. Elle venait de partout inonder cette femme. Et moi, devant elle, dans cette pauvre lumière matinale, j'étais tant ému que j'avais envie de prier, de lui rendre grâces comme à la première mère de la Création. Elle était belle, ainsi offerte à la tendresse mélancolique de l'aube, belle comme la terre au sortir de la nuit, quand les yeux de Dieu s'ouvrent.

J'ai entendu chanter un coq. Puis, comme le dehors commençait à bruisser, j'ai tout à coup senti l'odeur de la soupe de maïs qui cuisait dans la maison à côté. J'ai pris une écuelle sur la table, j'ai à peine entrebâillé la porte pour ne pas la réveiller et je me suis glissé dehors. L'air était piquant et gris. La voisine n'a même pas pris le temps de me souhaiter le bonjour. Elle m'a dit, les yeux grands :

– Alors, comment est-elle ?

– Bien, bien, elle dort encore, mais quand elle se réveillera, je crois qu'elle aura faim.

– C'est sûr. Et le petit ?

– C'est un garçon.

Elle s'est mise à rire en hochant la tête, l'air émerveillé. Elle a rempli l'écuelle en trois coups de louche et je m'en suis retourné avec ma soupe fumante. Je me suis approché du lit. Je me suis penché. J'ai dit :

– Guzmana.

Elle a ouvert les yeux. Toute la lumière du matin était entrée en elle pendant son sommeil. Toute la lumière du matin a brillé dans son premier regard. Je l'ai aidée à s'asseoir. Je lui ai donné à manger, une cuillerée après l'autre. Avant de se rallonger elle m'a tendu les mains, elle m'a pris la figure et elle m'a dit :

– Va ton chemin maintenant.

– Vous n'avez plus besoin de moi ?

– Non.

– Je peux revenir ce soir si vous voulez.

– Adiós, Luis.

Elle s'est détournée et elle s'est occupée de son fils.

Je l'ai rencontrée une dizaine de jours plus tard, je passais devant chez elle, elle était assise sur le pas de sa porte à parler fort avec des femmes. Elle m'a fait un grand signe. Elle m'a lancé :

– Ho, Luisito !

Je me suis approché. Elle a attiré mon visage contre sa bouche et elle m'a dit ce mot terrible, en confidence :

– Il te ressemble.

Nous avons eu ensemble le même rire doux, l'espace d'un clin d'œil, puis sans plus se soucier de moi elle est revenue à ses grandes palabres. Je ne l'ai plus revue qu'au hasard des ruelles.

Peu de temps après ce jour j'ai épousé Flora. Elle y tenait beaucoup, et je l'aimais assez pour la vouloir contente. Nous avons invité tous les gens du quartier. Nous nous sommes empiffrés de ces beignets farcis de viande, d'oignons, d'œufs durs pilés, de raisins secs, d'olives qu'on appelle « empanadas » et qui font, par chez nous, les délices du peuple, nous avons fait griller des kilos de piments, nous avons séché des dizaines de cruches d'eau-de-vie du Pérou. Nous avons chanté, nous avons dansé en habit des dimanches devant chez nous, dans la ruelle. Ce fut une fête glorieuse. Cortès y est venu. Il s'est saoulé abondamment, et quand il n'a plus pu distinguer le devant du derrière il s'est mis à sangloter contre ma poitrine en me répétant, le nez morveux, la bouche tremblante :

– Tu m'as volé ma femme, salaud, tu m'as volé El Chura, bandit, tu m'as volé le meilleur de moi, mais je t'aime, Luis, je t'aime !

C'était vraiment un homme étrange. Au petit matin

je l'ai raccompagné chez lui. Je lui ai dit adieu. Je ne l'ai plus jamais revu.

Le mariage n'a rien changé à ma vie auprès de Flora. Elle était généreuse autant que délurée, elle gagnait peu à vendre des fleurs, moi guère plus à portraiturer les désœuvrés aux terrasses des cafés, mais nous nous retrouvions le soir, à la maison, heureux comme des pauvres à qui rien ne manque. Comme les autorités policières paraissaient m'avoir oublié et que mon cœur allait sa route sans encombre, je me suis risqué à revoir quelques amis de mes premiers temps en ville. Je me suis ainsi trouvé, un après-midi, à la terrasse de la brasserie La Paz en compagnie de Barbosa, le journaliste poète qui m'avait aidé à organiser le tempétueux vernissage où ma vie d'artiste avait fait naufrage. Il avait commandé, pour faire de nos retrouvailles un événement mémorable, une vingtaine d'empanadas et deux caisses de bière. Douze litres. J'avais levé les bras au ciel, je lui avais dit qu'il était fou. Il me paraissait impossible de sortir vivant d'une pareille bombance. Nous nous étions pourtant bravement mis à l'ouvrage, en bavardant à grand bruit. A la table voisine était un homme sec, aux yeux noirs et malins, au col de chemise trop grand. Il buvait et mangeait abondamment, lui aussi, quoique plus dignement que nous. J'avais remarqué qu'il me lançait de temps en temps des regards de travers extrêmement pointus. Nous n'avons pas tardé à le mêler à notre conversation. Il s'appelait don Benito. C'est ce qu'il nous a dit en décollant ensemble son chapeau de sa tête et son cul de la chaise. Après que nous eûmes fait plus ample connaissance il a sorti de sa poche quelques petites sculptures de pierre qu'il vendait aux touristes. Elles étaient d'un art assez fruste, mais certaines d'entre elles me paraissaient étrangement familières, sans que je puisse m'expliquer en quoi. Je lui ai demandé s'il les avait lui-même sculptées. Il m'a répondu que oui, d'un hochement de tête. Il m'a dit :

– Je fais des choses de toutes sortes, avec les cailloux, l'eau, les herbes, les arbres.

Et désignant sa table encombrée de mangeaille :

- Avec les empanadas aussi.

Nous avons ri ensemble. Il m'a demandé d'où je venais.

– De Tiahuanaco.

– Ah, Tiahuanaco.

Il a ajouté, l'air faussement lointain :

– El Chura.

– Vous le connaissez ?

– C'est un de mes cousins.

J'avais beaucoup bu, mais son regard m'a d'un coup dégrisé. Il ne m'a pas dit qu'il était chaman. Cet homme-là, comme tous les gens de sa sorte, était d'une pudeur à refroidir les braises. Il s'est occupé de ses empanadas, le temps que j'entende son silence, il en a englouti deux ou trois, puis il m'a dit :

– Est-ce qu'El Chura t'a circoncis ?

– Circoncis ? Dieu du Ciel ! Pourquoi l'aurait-il fait ?

Il s'est mis à rire. Il s'est empoigné l'entrejambe.

– Pas là.

Et cognant son front de l'index :

– Ici !

J'étais trop déconcerté pour savoir répondre. Comment pouvait-on circoncire la tête ? Barbosa s'est esclaffé, et nous avons fini la soirée à plaisanter interminablement. Avant de nous séparer, j'ai demandé à don Benito s'il voulait bien m'apprendre à sculpter les cailloux. Il a accepté de bon cœur, et il m'a dit que j'avais de grandes chances de le trouver à cette même terrasse, quand j'aurais envie de le voir.

Je me souviens être rentré chez moi passé minuit en marchant comme une virgule, un pas devant, l'autre à côté. Le lendemain j'ai parlé à Flora de cette rencontre que j'estimais, dans mon enthousiasme, miraculeuse. Elle m'a écouté gravement, puis elle a haussé les épaules, elle m'a dit :

– C'est normal.

Elle m'a embrassé et elle est partie à son travail sans autre commentaire. Elle avait raison, je n'avais pas à m'étonner. El Chura m'avait prévenu, quand je l'avais quitté, que j'allais à de multiples rendez-vous dont les lieux et les heures étaient décidés depuis longtemps, peut-être même, à ce qu'il m'avait dit, depuis le temps d'avant ma venue au monde. Je ne l'avais pas vraiment cru. L'idée d'être conduit par je ne sais quel guide invisible et bienveillant m'apparaissait poétique, mais improbable. Il m'a fallu pourtant accepter l'évidence que ma volonté consciente n'était pour rien dans mes cheminements et qu'un veilleur malicieux, en moi ou hors de moi, s'obstinait à ridiculiser le hasard. J'ai aujourd'hui la certitude apaisante, quoique déraisonnable, d'avoir été mené sans cesse où je devais aller. Non point que j'aie été l'objet d'une attention particulière de la part de mon Créateur. Chacun en lui a sa boussole qui l'attire à ce qu'il lui faut. Tous les ânes vont aux chardons, tous les chiots à la mamelle. Les hommes, eux, vont au savoir. Leur destin est de découvrir, d'éclore toujours plus amplement, de déployer sans fin leur esprit, leur conscience. Leur chemin est obscur, étrange, tortueux. Ils peuvent certes s'égarer, s'embourber dans l'absurde et maudire leur vie. Il m'est arrivé de me perdre, comme à tout voyageur. Mais Dieu merci, même au plus noir des marécages je n'ai jamais désespéré jusqu'à nier l'existence des routes.

J'ai donc revu don Benito, un matin, à la terrasse de la brasserie La Paz où j'allais désormais tous les jours. Nous avons bu quelques bières ensemble, puis il m'a désigné la montagne qui domine la ville et il m'a proposé d'aller avec lui ramasser de ces cailloux dont il faisait des figurines. En chemin, je lui ai demandé ce que signifiait son histoire de circoncision mentale. L'allusion qu'il avait faite à cette déroutante opération, lors de notre première rencontre, m'avait durablement intrigué. Il ne m'a pas répondu. Il a préféré me parler de la pierre que l'on appelle « sapo », et qu'il affectionnait plus que toute autre parce qu'elle était tendre et qu'elle aimait se laisser faire. Comme nous parvenions à quelques pas des nuages il s'est arrêté sur le sentier, il s'est retourné, il a contemplé la terre à nos pieds, au-delà des fumées de la ville, et il m'a dit :

– Tu vois, le monde, lui, n'a pas de capuchon. Il capte tout du ciel, du soleil, des étoiles. Si ton crâne était circoncis, il pourrait accueillir mille choses qu'il ne peut pas percevoir parce qu'il est couvert, comme ton sifflet. Ton trou est tout petit, et ce qui vient d'en haut a du mal à passer.

– J'aimerais être grand ouvert, don Benito, comme le monde. Dites-moi comment faire.

– Oublie tes peurs, tes opinions. Sens les choses et laisse venir. Accueille tout, ne pense pas.

De ce jour-là, il n'a cessé de jouer à décapuchonner ma tête, d'agrandir une ouverture dans mon crâne, à petits coups semblables à ses creusements vifs, quand il sculptait ses personnages. Parfois, chez lui, comme il m'apprenait à graver les pierres, il levait tout à coup le front, il me disait :

– Regarde-moi. Qu'est-ce que tu vois ?

– Votre visage.

– Pas mon visage. Un autre dessin du tien. Oublie tes peurs, oublie tes encombrements, oublie tout de toi, et peut-être tu me verras.

Ou bien, sans cesser de ciseler ses cailloux :

– Jouons à échanger nos têtes. A partir de maintenant tu es moi, je suis toi.

Il attrapait son chapeau, il s'en coiffait jusqu'aux sourcils, et courbant le dos sur sa chaise, il faisait le simple d'esprit. Je riais. Je lui demandais à quoi rimaient ses pitreries. Il me disait :

– J'ai peur.

– De quoi ?

– Du Ciel. Je crois qu'il m'en veut. J'ai baisé deux fois ma femme hier soir. Peut-être s'en est-il fâché.

– Ne dites pas de sottises. Pourquoi le Ciel se soucierait-il de vos paillardises ?

– Si Dieu observe et juge le moindre de mes gestes, ce doit être parce que je suis l'homme le plus important du monde, non ?

– Soyez sérieux, don Benito.

– Je ne peux pas. Je ne suis pas moi, je suis toi.

– Je ne suis pas aussi fou que vous le dites.

– Je n'ai pas aussi peur que tu le crois. J'éprouve simplement l'absolue nécessité de me rendre intéressant, parce que mon désir le plus constant est que l'on s'occupe de moi. Voilà.

Je n'aimais pas son jeu. J'y perdais chaque fois la veste et la chemise. Je me vexais. Je lui disais :

– Vous êtes injuste. Vous me traitez comme un enfant idiot.

Alors il soulevait son chapeau, et le tenant en l'air au bout de son bras maigre :

– Ouvre ta rogne, plutôt que de t'y enfermer, ouvre, ouvre ! Il fait si bon dehors !

Et ses yeux noirs brillaient. Et nous buvions des bières.

Un soir, il m'a donné rendez-vous dans un café pouilleux du faubourg. Je l'ai attendu jusque tard dans la nuit. Il n'est pas venu. Je l'ai retrouvé deux jours après à la brasserie La Paz. Je lui ai dit que je m'étais inquiété de lui. Il a joué les stupéfaits. Il m'a répondu :

– Tu m'étonnes. J'étais là pourtant, juste au-dessus de ta tête. Ah, tu étais resté sous ton capuchon, voilà pourquoi tu ne m'as pas vu ! Tu as perdu une belle occasion. Il y avait tant de choses nourrissantes dans ce bistrot ! Des Indiens, des putains, des esprits, des mémoires. C'est dommage. Tu n'aurais pas dû t'emprisonner dans l'attente. Quand on attend, rien ne vient. D'ailleurs, qu'est-ce qui pourrait venir ? Tout est là, toujours ! Il suffit d'ouvrir et de capter, c'est tout.

J'ai eu le temps d'apprendre à sculpter la pierre « sapo » avant que Cortès me fasse savoir, par Flora qui le voyait de temps en temps, que l'administration bolivienne, au terme de je ne sais quel cheminement judiciaire, m'avait jugé indésirable. Je devais donc quitter le pays au plus vite. La veille de mon départ, don Benito m'a mené dans la montagne où nous étions allés parfois cueillir des cailloux. J'étais désespéré. Je ne pouvais plus décoller le menton de la poitrine tellement la vie me pesait lourd. Il ne s'est pas attardé à me plaindre. Nous nous sommes assis face à face dans l'herbe. La ville grondait en bas. Près de nous n'étaient qu'une chèvre et son petit. Il m'a dit :

– Décapsule ton crâne, je vais te donner un secret. Prends-le comme une provision de route. Quand tu adresses une demande à ton Dieu sache qu'elle est à l'instant même accordée. A l'instant même. La seule difficulté est d'accepter ce fait. L'aide te vient à la seconde où le souffle qui l'appelle lui ouvre la porte. Fais confiance. N'espère rien de ta tête à petit trou. Celle-là ne voit rien, n'entend rien, elle est trop occupée à attendre des réponses, à exiger des preuves. N'attends pas. Ta prière à peine dite, agis en tout comme si elle était exaucée, car elle l'est, même si tu n'en vois aucun signe.

– Je ne veux rien d'autre que la paix, don Benito, et pourtant voyez, elle me fuit.

– C'est qu'il y a en toi une exigence plus forte que celle-là, Luis.

– Laquelle ?

– Apprendre, apprendre, apprendre. Va à Cuzco. Là est un homme à qui tu porteras mon salut. Il s'appelle El Chipès. C'est aussi un cousin de ton Chura.

Le lendemain, Flora m'a accompagné à la gare. Nous avons convenu qu'elle me rejoindrait dès que j'aurais trouvé du travail. J'ai pris le train de Tiahuanaco, mais je me suis arrêté à Guaqui, au bord du Titicaca. En vérité, j'avais grande envie de revoir El Chura, mais j'avais peur de rencontrer Marguicha. J'ai pris le bateau jusqu'à Puno, de l'autre côté du lac, et de Puno un camion m'a conduit à Cuzco, la ville aux pierres vivantes.

## 7

A Cuzco sont des rues sans maisons ni boutiques. Elles longent des murs aux pierres inamovibles, aux ombres raides, aux jointures semblables à des paupières fermées. On y rencontre des Indiens sortis on ne sait d'où, peut-être de portes invisibles dans l'épaisseur du temps. Car le temps n'est pas passé sur cette ville. Il s'est assis sur elle et il s'est endormi. On y sent partout la présence de la Pachamama, la Terre nourricière. Les Espagnols n'ont pas effacé son règne. Ils ont posé sur son dos leurs résidences, leurs églises, leurs ornements, leurs misères bruyantes, mais la vieille Mère est toujours là, somnolente sous le poids de ses savoirs impossibles à dire, mais vivante. Elle baigne Cuzco comme un soleil secret. Les Quechuas qui peuplent ses ruelles paraissent tous sortis des plis de ses habits, de ses mains, de son souffle. La couleur de leur peau, leurs tissus, leurs sculptures rugueuses, leur voix traînante aussi, leur lenteur sensuelle, tout en eux semble d'elle.

Je me suis installé dans un hôtel sans portes (le tenancier m'a dit qu'on les lui avait volées), et j'ai repris mes petits travaux d'artiste de trottoir. Un soir après avoir dîné de quelques empanadas je suis allé voir El Chipès, ce « cousin » que don Benito m'avait recommandé. Il habitait une baraque de terre, à l'extrême lisière d'un faubourg. Elle s'ouvrait sur l'herbe sale d'un début de campagne encombrée d'ordures et de ferrailles éparses que les marées montantes de la ville avaient amenées là. El Chipès était un grand vieillard à la crinière lisse et blanche. Il ne bougeait plus guère de chez lui que pour aller au potager qu'il cultivait sous sa lucarne. Il était tout en os et en nerfs mais il portait haut sa tête et son regard ne s'éteignait jamais. Il faisait tout sans hâte, attentif aux détails, même insignifiants. Il m'a accueilli aimablement, mais sans jamais cesser de m'observer avec une acuité de chasseur à l'affût. C'était un homme retenu, il n'était certes pas ouvert à tous les vents. Je lui ai parlé de mes apprentissages et de mon séjour à Tiahuanaco. Il m'a répondu qu'il connaissait El Chura, qu'il était, lui aussi, un de ses lointains parents, puis il m'a demandé ce que je venais faire à Cuzco. Je lui ai raconté les malheurs qui m'avaient forcé à l'exil. Il a bientôt remué la main comme pour chasser des mouches et il m'a dit :

– Tu ne dois pas rester ici.

– Pourquoi ? J'aime bien cette ville, elle a quelque chose qui me rappelle ma mère. Je crois que je peux y gagner ma vie.

– Tu peux y gagner de quoi manger, de quoi t'habiller, mais ta vie, non.

– J'ai laissé ma femme à La Paz, señor Chipès, et j'espère qu'elle me rejoindra dès que j'aurai l'argent du voyage. Où voulez-vous que j'aille ? A Lima ? C'est trop loin !

Il a réfléchi un instant. Il m'a dit :

– Non, non, à Machu Picchu.

– A Machu Picchu ? Mais pour quoi faire ? Je n'y connais personne !

– Il y a des ruines qui t'attendent.

Je lui ai demandé comment il savait que ces ruines m'attendaient, moi qu'elles ne connaissaient pas, et ce qu'elles avaient à me dire. Il ne m'a pas répondu. Il s'est contenté de m'examiner sans sourire, les sourcils à peine froncés, puis il s'est levé et il est allé regarder la nuit dans l'encadrement de la porte. J'ai pensé qu'il se désintéressait de moi, qu'il valait mieux que je m'en aille, mais son grand corps m'interdisait la sortie. Je n'osais pas le déranger. Il s'est tout de même décidé à faire quelques pas dans l'herbe. Je l'ai rejoint. Il m'a pris par l'épaule, il a désigné les ténèbres d'un coup de menton et il a murmuré :

– Machu Picchu. Il y a des mémoires magnifiques, là-haut.

– J'irai, señor Chipès, mais pas tout de suite. Il faut que je réfléchisse. Est-ce que je pourrai revenir vous voir ?

– La prochaine fois, porte de quoi manger, nous dînerons ensemble.

En vérité, je n'avais aucune envie de m'éloigner de Cuzco. Flora me manquait, elle était mon seul souci et je n'avais d'autre désir que de trouver un logement convenable où nous pourrions à nouveau vivre tranquilles. J'ai tout de même pris l'habitude d'aller dîner deux ou trois fois par semaine chez le vieux Chipès. Je n'attendais de lui rien de particulier, sauf peut-être, secrètement, qu'il me décide à entreprendre ce voyage à Machu Picchu. Ma tête résistait, elle était fatiguée de mes errances. Mon cœur, lui, me poussait, il me disait : « Sait-on jamais ? » Chaque fois que j'entrais dans sa petite turne, l'impressionnant bonhomme me toisait, l'air faussement surpris, et il grognait, en guise de bonjour :

– Tu n'es pas encore parti ?

Je vidais mon sac à provisions sur la table et je le poussais à me parler encore et encore de ces gens qu'il connaissait à Machu Picchu, don Rustino et doña María qui tenaient un hôtel, là-haut, au bord des ruines.

– En cette saison ils y sont seuls. Tu seras bien nourri, logé comme un touriste, traité comme un ami. Que demander de plus ?

– Je n'ai pas le temps de prendre des vacances, señor Chipès, j'ai besoin d'argent.

Chaque fois qu'il m'entendait protester ainsi il me regardait en grimaçant du nez, comme si j'avais lâché une obscénité. Il me disait :

– Cuzco ne te vaut rien. Tu crois que tu travailles ici ? Non, tu t'agites, tu perds ton temps. Ton vrai travail t'attend là-haut.

– Qu'y a-t-il de si important, là-haut, señor Chipès ?

– Il y a la force de l'œil de l'aigle. Elle te fera du bien si tu sais l'attraper. Doña María t'aidera. C'est une grande dame.

Il me parlait souvent de doña María. Il l'appelait « la belle chola », la belle métisse. Il paraissait l'aimer comme une fille aînée. Il me disait aussi que les pierres de Machu Picchu étaient les plus propres du monde, qu'elles n'avaient guère été salies par les crimes et les misères des hommes, qu'en elles étaient des mémoires très pures et très lointaines. Il me disait :

– El Chura t'a bien nettoyé. Tu es capable de capter ces mémoires, mais ne traîne pas, Luis, ne traîne pas ! Qu'as-tu fait depuis que tu es à Cuzco ?

– J'ai mangé des empanadas, j'ai bu de la bière, et j'ai parlé avec vous.

– Tu t'es encrassé, voilà tout. Va-t'en, je ne veux plus te voir.

Nos conversations finissaient toujours ainsi. Je m'en allais. Et quand je revenais, quelques soirées après :

– Tu n'es pas encore parti ?

Jusqu'au jour où j'ai cédé. Ma raison et ma paresse renâclaient encore. Je leur ai fait valoir que j'en avais assez de dormir dans une chambre sans porte. Elles ne m'ont rien répondu. Mon cœur s'en est trouvé tout à coup délivré. Le soir même j'ai confié mes affaires à la garde d'El Chipès, et le lendemain j'ai pris le petit train de la montagne verte.

Je me suis retrouvé de grand matin dans un wagon sans cloisons au toit bringuebalant au bout de perches indécises, aux bancs peuplés de paysans, de paquets informes, de poulets, de cochons, de chèvres. Le temps de m'étonner que Dieu soit assez grand pour maintenir cette arche hétéroclite en état d'encombrer le monde, et nous nous enfoncions déjà dans la forêt à l'allure d'un athlète en petite foulée. Ce fut un voyage quasiment onirique. Des gens montaient ou descendaient en marche, d'autres jouaient aux dés sur le plancher, sans souci du tangage et des tressautements, d'autres pissaient au vent, d'autres se repassaient des bouteilles de bière, assis au bord, les jambes dehors. La locomotive, devant, lançait de temps en temps des appels de clarinette dans le sous-bois troué de rayons de soleil pour saluer des oiseaux peut-être, pour effrayer un renard imprudent ou quelque muletier qui allait son chemin entre les rails avec sa bête. La voie ferrée longeait la rivière Urubamba. J'avais le sentiment de pénétrer au cœur du paradis terrestre à coups de pied au cul, tant les cahots étaient rudes. Je regardais partout, agrippé des deux mains aux montants de mon banc, j'essayais de parler avec les hommes autour de moi qui déjeunaient posément, comme sur le pas de leur porte.

– Vous connaissez Machu Picchu ?

– Oui, oui, Machu Picchu.

– Qu'est-ce qu'il y a là-haut ?

Ils me criaient :

– Aguilas. Des aigles. Les plus grands aigles du monde !

Et ils mimaient leur vol, et ils lançaient en langue quechua des mots que je ne comprenais pas, et ils riaient de mon air ahuri.

Ils m'ont offert de leurs galettes et de leur bière, puis ils ont voulu voir ce qu'il y avait dans les cartons à dessin que je tenais entre les jambes. Je leur ai montré des images. Le temps a passé ainsi. Vers l'heure de midi ils se sont dressés ensemble en remuant les bras. Ils m'ont dit :

– Machu Picchu. Dépêche-toi, c'est là que tu descends !

J'ai sauté sur un terre-plein où n'était rien qu'une pancarte, tandis qu'ils balançaient mes bagages à mes pieds. Le wagon s'est éloigné. Ils m'ont fait de grands signes, ils m'ont crié :

– ¡ Adiós !

Le train avait à peine ralenti. Il a disparu dans une courbe de la voie et je suis resté seul sur cet espace d'herbe cerné par la forêt. Devant moi était une haute falaise aux verdures mouillées, aux rochers ruisselants, à la cime perdue dans des brumes errantes. Les ruines de Machu Picchu étaient là-haut, dans ces nuages. Mais quel chemin y conduisait ? L'air était sombre, lourd, poisseux. La rivière, en contrebas, fumait. Des oiseaux criaillaient dans les arbres. Je suis allé jusqu'à la lisière du bois, j'ai appelé, sans conviction. Personne ne m'a répondu. Alors je me suis couché contre la pancarte où était inscrit, au goudron, le nom du lieu, j'ai calé mon sac sous ma tête et je me suis endormi.

Vers la fin de l'après-midi j'ai été réveillé par un bout de sandale qui m'agaçait les côtes. J'ai ouvert les yeux. Un Indien était penché sur moi. Près de lui étaient deux mulets qui broutaient l'herbe en chassant des insectes à coups de queue placides. Dès qu'il m'a vu revenu à la lumière du jour l'homme s'est détourné sans se soucier de mes questions et s'est mis à charger mes paquets sur l'une des bêtes. Puis il m'a invité à monter sur l'autre, il a désigné le sommet et il a dit :

– Vamos.

Un sentier grimpait à flanc de falaise. Aurions-nous cheminé au plus près de la paroi, l'ascension n'aurait pas été d'un confort de grand-route mais j'en aurais gardé un souvenir passable et probablement éphémère. Par malheur ce n'était pas un mulet que je montais, c'était le bâtard d'un démon et d'une acrobate de cirque. Ce pervers n'avait de goût que pour l'extrême bord de l'à-pic où il s'obstinait à funambuler avec une vaillance telle que chaque coup de sabot décrochait des paquets de pierres aussitôt emportés, dans des cascades de ricanements diaboliques, vers des profondeurs de plus en plus lointaines. Les genoux tremblotants enfoncés dans sa panse, agrippé à la bride, raide comme un piquet, je n'osais même pas me tourner vers l'Indien de peur de dévier ma bête du poil fatal qui la séparait du gouffre. Je chevrotais sans cesse des bribes de prières, et des bouts de jurons, et des ordres fébriles. L'homme, derrière moi, me répondait avec une jovialité qu'il voulait rassurante :

– C'est une bonne mule, je lui ai fait téter ma gourde de tord-boyaux pour lui donner du nerf, laisse aller, elle a l'habitude.

Et il piquait sa croupe. L'autre remuait la tête et repartait bravement se frotter à l'insondable. Ce n'était rien. Le pire était devant.

Nous sommes entrés d'un coup dans les nuages et je n'ai plus rien vu, en haut, en bas, devant, que la grisaille opaque. Alors sans autre espoir que dans la miséricorde divine je me suis affalé sur ma monture, j'ai étreint son col avec l'énergie farouche d'un naufragé, et le menton entre ses deux oreilles, le souffle rauque, le ventre ravagé tant par les cahots que par la panique je me suis mis à réciter à haute voix le Pater des condamnés. J'ai entendu l'Indien, derrière moi, crier :

– Qu'est-ce que tu dis ?

Je ne me souciais plus de lui, j'avais déjà remis les clés de ma vie à mon ange gardien. J'ai fermé les yeux. J'ai marmonné de plus belle :

– Notre Père qui êtes aux Cieux priez pour nous pauvres pécheurs.

– Non, non, elle connaît le chemin, elle a une boussole dans la tête.

– Que votre règne arrive sur la Terre comme au Ciel.

– Qu'est-ce que tu vas faire là-haut ? Du tourisme ? Tu n'as pas l'air d'un archéologue. Tu es un ami de don Rustino ?

– Et pardonnez-nous nos offenses comme nous pardonnons à ceux qui nous ont offensés.

Il a répondu je ne sais quoi sur ma diction déficiente. Je me suis renfoncé dans mes oraisons jusqu'à ce que je relève le front, arraché à mes limbes par ces paroles miraculeuses :

– On arrive. Tu vois, il n'y avait pas de quoi s'inquiéter.

Il y avait de la lumière au fond du gris. Nous étions sur le plateau. J'ai péniblement mis pied à terre et je me suis avancé vers l'hôtel en me dandinant comme une oie, le corps inexistant des genoux au nombril. J'ai entendu grincer une porte. Un homme est apparu dans un rectangle de lumière. C'était don Rustino. Il m'a lancé :

– Bienvenue, monsieur. Vous avez fait bon voyage ?

Je lui ai répondu, la voix mourante :

– Excellent, merci.

J'étais épuisé. Tandis qu'il rentrait mes bagages, j'ai fait semblant de me moucher dans mes doigts pour qu'il ne voie rien des sanglots qui m'étouffaient.

L'hôtel était vide, c'était la morte-saison. Don Rustino m'a précédé dans sa maison, tout débordant d'amabilités volubiles et de politesses presque comiques tant elles étaient exagérées. De fait, il ne m'a jamais autant parlé que le long de l'escalier qui menait à l'étage. On aurait dit un danseur de tango avec ses grandes oreilles et ses tempes ornées de rouflaquettes qui lui descendaient à moitié joues. Dès que j'ai pu placer un mot, je lui ai dit que j'étais un ami d'El Chipès. Il venait d'allumer la lampe à pétrole sur la table de nuit de ma chambre. Il a aussitôt fermé son robinet à bonnes manières, il m'a examiné des pieds à la tête et il a grogné :

– Ho, ho.

De cet instant, quoi que je dise ou lui demande, il ne m'a jamais répondu que par ces sortes de bruits de brave bête différemment modulés, selon l'humeur. Il n'avait rien, pourtant, d'un primate. Il souriait volontiers, quoique toujours d'un seul côté de la figure, et ses coups d'œil étaient pointus comme des cris d'hirondelles. En vérité, don Rustino était un roi sauvage et simple qui savait tout faire sans faute, même l'idiot.

Heureusement, doña María était d'une humanité plus accessible. C'était vraiment une belle « chola ». Elle avait un visage de Vierge, un corps dont les courbes semblaient amoureuses de l'air autour d'elle, des senteurs de coca à respirer ses moindres gestes les yeux fermés, un regard d'une noblesse droite et chaude. Quand je suis descendu à l'heure du dîner, elle m'attendait au pied de l'escalier. Elle m'a pris la main et elle m'a mené à table avec une grâce un peu solennelle. Je m'en suis trouvé déconcerté, incapable de deviner si elle me considérait comme un invité important ou simplement comme un enfant qu'elle voulait mettre à l'aise. Doña María était ainsi, insaisissable et pourtant familière, attentive et pourtant lointaine. Elle agissait toujours de telle sorte qu'on ne savait trop que penser. Je lui ai parlé d'El Chipès, de don Benito, de Guzmana, d'El Chura surtout, et de mon long séjour à Tiahuanaco. Elle m'a dit :

– El Chura est un vieil ami, il vient souvent à Machu Picchu. Qu'il t'ait expédié ici ne m'étonne pas.

– Non, doña María, ce n'est pas El Chura qui m'a parlé de vous, c'est El Chipès, de Cuzco.

Elle a remué nonchalamment la main, elle a souri, elle m'a répondu :

– El Chura, don Benito, El Chipès, c'est pareil. La tête change, mais c'est toujours le même. Tu ne t'en es pas encore aperçu ?

– Ils m'ont dit qu'ils étaient cousins.

Elle a ri. Elle a dit :

– Oui, oui.

Puis, tout à coup grondeuse :

– Mange. Tu ne manges rien !

Et tandis qu'elle me regardait vider mon assiette :

– El Chura et les autres gardiens de la Pachamama viennent tous à Machu Picchu, une fois l'an, la nuit de la troisième lune, pour rencontrer les dieux qui descendent de Huayna Picchu, la montagne voisine.

Je me suis étonné. J'ai dit, la bouche pleine :

– Je croyais que Huayna Picchu était désert. Il y a des ruines, là-haut ?

– Il y a des aigles.

Elle s'est levée et elle a débarrassé la table. Elle m'a crié, de la cuisine :

– Il paraît que tu es un artiste.

– Je suis peintre.

– Demain, Rustino te fera visiter les ruines.

Don Rustino a approuvé d'un hochement de tête et d'un aimable « ho », puis il s'est levé lui aussi et il est parti. Je suis allé me coucher.

Le lendemain matin, dès que j'ai vu filtrer un rayon de lumière à travers le volet, je me suis habillé à la hâte et je suis descendu dans la salle à manger. Personne n'était encore levé. J'étais impatient de découvrir le plateau de Machu Picchu qui m'était apparu, la veille, aussi opaque et infréquentable que les brumes de l'au-delà. Je suis sorti sur le seuil. Je suis resté pantois, les mains sur les joues, la bouche ouverte sur une prière muette. La cité sacrée, encore environnée de vapeurs de rosée, à moi seul offerte, s'éveillait au soleil naissant. Un énorme crâne de mammouth bornait l'horizon : Huayna Picchu. Sa cime paraissait inviolable. Devant moi étaient des allées, des tours, des escaliers perdus dans des portails d'air bleu, des ruelles de village entre des murailles aux arêtes exactes et des bâtisses sans toits qui semblaient attendre leur becquée de nuages. Il y avait là quelque chose d'une mélancolie si paisible et vénérable que je n'ai pu faire un pas dans l'herbe jusqu'à ce que j'entende remuer la maison derrière moi. Don Rustino est sorti et il s'en est allé comme chez lui dans la ville déserte. Je l'ai suivi. Il m'a conduit à l'entrée d'un passage sans soleil, au sol de terre ocre.

Il s'est accroupi dans l'angle d'un mur. Je me suis assis près de lui, sans oser rien dire. Il a grogné :

– Ho.

Il m'a désigné alentour les fuites et les recoins des constructions enchevêtrées qui nous tenaient dans la pénombre humide, et il m'a laissé seul. La puissance des pierres m'a aussitôt déferlé dessus, comme une bourrasque. Je n'en ai rien senti sur ma peau, mais ses bouffées, par vagues silencieuses, ont bouleversé l'obscurité à l'intérieur de moi. Elles m'ont envahi et m'ont enveloppé si étroitement que je m'en suis trouvé incapable de bouger. J'ai entendu un cri d'oiseau, au loin. Alors l'Autre, en moi, a parlé. Il a dit : « Sens comme les pierres vivent. Elles ont aussi entendu le cri, là-haut. Les pierres entendent, elles flairent, elles voient, elles palpent, non pas à ta manière, à leur manière. Elles connaissent leur poids de poussière et ne s'en émeuvent pas. C'est là leur sagesse. Elles savent aimer, haïr, espérer. Elles ont une âme, un cœur différents des tiens mais ce sont tout de même une âme, un cœur. » Et tout, autour de moi, approuvait en silence. J'avais fermé les yeux. Je n'ai pas entendu don Rustino revenir. Il a posé la main sur mon épaule, il a fait, dans un souffle discret :

– Ho, ho.

Et il m'a entraîné au fond de la ruelle dans une tour massive qui dissimulait à demi la lointaine montagne des dieux aux flancs traversés de lambeaux de nuages. Il est resté devant la porte. Il n'y avait rien dedans, que de l'herbe et des bosses rocheuses. Il y avait eu, autrefois, un plancher, un toit. J'ai caressé le mur. Savez-vous que les pierres chantent, parfois ? Derrière le silence un autre monde s'ouvre. Là, dans cet autre monde, est la musique des pierres. Elle est lente, elle est douce, elle est pudique, simple. Mon cœur s'est accordé au chant des pierres de la tour. L'envie m'est venue d'approcher d'elles mes lèvres, ma joue, mon oreille, mais je n'ai pas osé, la présence de don Rustino, que je devinais sur le seuil, m'intimidait. Il ne m'a pas permis de m'attarder, il est venu me tirer par la manche. Il m'a conduit plus avant vers le cœur de la ville. Toute la matinée nous avons ainsi déambulé de places en murets, de temples en bas-fonds, sans qu'il me dise le moindre mot. A quoi bon ? Rustino était un ouvrier infaillible. A chaque halte il savait me placer exactement où je devais être pour que m'atteigne la force secrète des pierres. Il m'installait, il s'éloignait, puis il venait me chercher et m'amenait plus loin. C'est ainsi qu'il m'a fait visiter les ruines.

Les jours suivants, j'y suis retourné avec mon carnet à dessins. Rustino m'a toujours accompagné. Doña María venait de temps en temps s'asseoir auprès de moi. Elle me racontait des légendes du pays. Elle me disait que je devrais bientôt monter à Huayna Picchu pour affronter la force de l'œil de l'aigle, et me nourrir d'elle. Elle m'a dit un jour :

– Tu n'es venu que pour ça. Mais il faut d'abord que les pierres te préparent. Le voyage à la montagne des dieux est dangereux. El Chura ne t'en a jamais parlé ?

– J'ai quitté El Chura depuis longtemps, doña María. Vous confondez toujours avec El Chipès.

– Je ne confonds pas. El Chura t'a dit qu'il t'accompagnerait partout où tu irais, non ? Eh bien, il t'accompagne. El Chipès, don Benito, cette Guzmana que tu as accouchée et d'autres peut-être qui ont traversé ta vie sans que tu t'en aperçoives, tous ceux-là t'ont instruit exactement comme El Chura l'aurait fait dans les mêmes circonstances. Tu crois que ces gens sont assez inconséquents pour donner leur savoir à n'importe qui, comme trois sous aux pauvres ? El Chura n'a pas cessé de les renseigner sur ton compte, de te parler par leur bouche.

– C'est impossible. J'ai connu don Benito par hasard, Guzmana aussi. Je crois que j'ai eu de la chance, voilà tout.

Elle m'a regardé, l'air grave tout à coup. J'en suis resté vaguement gêné. J'ai risqué :

– Où auraient-ils pu rencontrer El Chura ?

Elle a haussé les épaules, elle m'a répondu d'un ton d'évidence :

– Derrière la tête.

Je savais cela. El Chura m'avait même dit qu'il n'était pas besoin d'être un grand chaman pour visiter les gens sans sortir de chez soi. Je l'avais cru comme on croit aux anges, quand le présent fait mal, quand l'avenir fait peur. Le temps avait flétri mon émerveillement. Il en est toujours ainsi quand on plante ses découvertes dans son crâne et qu'on les laisse là, comme trois fleurs dans une fiole. Elles fanent, elles se dessèchent, elles perdent leur parfum de vérité. Le vrai savoir ne peut pousser qu'en pleine terre, enraciné dans la chair même de notre vie, sinon il n'est rien qu'une croyance périssable. Je savais cela aussi. El Chura n'avait cessé de m'attirer vers le sentir sans pensées. Il n'avait cessé aussi de me mettre en garde, avec son énigmatique patience, contre le vagabondage incessant des idées et les exaltations d'ivrogne qui finissent toujours en désenchantement. J'ai baissé le front. L'envie m'est venue de demander à doña María si elle-même avait rencontré El Chura « derrière la tête », mais je me suis tu. Je ne voulais pas entendre sa réponse. Je me sentais bien avec elle. Je n'avais pas envie d'imaginer quelqu'un entre nos deux figures.

Un soir, comme elle se levait de table avec la soupière vide elle m'a lancé un clin d'œil et elle m'a dit, tout enjouée :

– Et si nous allions à Huayna Picchu demain ?

Je suis resté béat puis j'ai laissé aller un grand rire content. J'ai poussé du coude don Rustino qui avalait sa soupe, le nez dans son assiette. Je lui ai demandé s'il viendrait avec nous. Il a grogné un « ho » qui voulait dire non. Doña María m'a crié, de la cuisine :

– Nous partirons avant le jour. Il faudra que tu te couvres. Il fait froid, là-haut.

Cette nuit-là j'ai dû dormir deux ou trois heures, guère plus. Quand elle m'a réveillé, il faisait encore noir. Nous avons déjeuné d'une assiette de masamora et d'un bol de café, puis elle m'a donné quelques tortillas pour la route, elle a soufflé la lampe et nous sommes partis.

Nous sommes arrivés au bas du Huayna Picchu avec les premières lueurs de l'aube. L'herbe se saoulait de rosée, l'horizon, au fond de l'est, coiffait son bonnet rouge, il n'y avait pas de vent, l'air piquait mes oreilles. Je me sentais fringant. Je n'ai pas tardé à déchanter. Une rampe où deux pieds ne pouvaient tenir côte à côte était taillée dans la paroi de la montagne. Elle grimpait vers le sommet, dont on ne voyait rien. Le long de cette esquisse de chemin un câble zigzaguait de piquet en piquet. Il fallait se hisser à la force des poings, presque à plat ventre, sans rien espérer des sandales. Quand l'une patinait sur le rocher mouillé l'autre fuyait dans un grand écart de danseuse étoile, les deux, au pas suivant, pédalaient dans le vide ou me passaient devant en oubliant mes fesses, bref, le bas de mon corps refusait de me suivre. Il gambadait, il jouait, il montrait ses semelles au ciel, aux profondeurs du gouffre, aux rocs au-dessus de ma tête sans souci de mes mains qui suaient sang et eau, tandis que la panique et les malédictions me ronflaient dans le nez. María allait devant le long de la muraille, entre les nuages hauts et la brume basse. Chaque fois que je m'arrêtais pour lui crier de m'attendre je ne voyais au loin, dans la grisaille, que ses jupons rebondis, ses talons circonspects et son sac à son cou qui pendait dans le vide. Elle allait son train sans hâte, et pourtant plus je m'échinais à la suivre plus elle s'éloignait de moi. J'ai fini par la perdre de vue. La brise de la cime, enfin, m'a rafraîchi. J'ai levé le front et je l'ai vue debout, en plein ciel, au bord de l'à-pic, occupée à nouer ses cheveux sur la nuque. Elle m'a tendu la main. Je n'en ai pas voulu. Je me suis affalé sans aide à côté d'elle.

Nous avons repris souffle, un long moment, en silence. Nous étions à portée de main des nuages, sur un plateau de rocs et de mousses éparses. Là n'était d'autre bruit que la rumeur de la brise. Doña María m'a dit :

– Luisito, tu vas rencontrer le seigneur des espaces.

J'ai regardé autour de moi, craintivement, la tête dans les épaules. Partout où j'ai tourné les yeux n'était rien que l'air gris. Je n'ai pas osé parler à voix haute. J'ai murmuré :

– Comment est-il ?

– Parfois il vient en aigle et parfois en condor. S'il vient en condor c'est que tu as besoin de forces mâles pour vivre la vie qui t'attend. S'il vient en aigle, c'est qu'il te faut plutôt du savoir féminin. Lui seul sait, et décide.

Elle s'est assise derrière moi. Elle a posé les mains sur mes épaules. J'ai serré mon poncho sur ma poitrine, et j'ai attendu. Je n'avais pas peur. La présence de doña

María me protégeait de tous les vides, celui que nous venions de vaincre, celui du cœur, celui de l'âme. D'un court moment n'est venu à nous que le vent léger. Tout était simple, nu, tranquille. Tout a basculé d'un coup dans un ébahissement de miracle. Deux ailes immenses ont fendu les nuages, droit devant moi.

Seigneur ! Comment le ciel pouvait-il porter un oiseau aussi vaste avec une grâce aussi simple ? C'était un aigle. Il est venu planer au-dessus du sommet, le plumage déployé comme un manteau gonflé de vent. J'ai levé la tête, fasciné par le silence noir de cet être dans le silence gris du ciel. Il s'est balancé un moment entre les rocs et les nuages, puis il est descendu par bonds lents, erratiques. L'air enfin l'a posé juste en face de nous, à dix pas, dans un froissement ample et fiévreux. Je l'ai regardé, les yeux aussi grands que la bouche. Mon menton tremblait sans que mes dents claquent, tant j'étais stupéfait. J'ai entendu doña María murmurer dans mon cou :

– Respire lentement, Luisito. Ne bouge surtout pas.

Je me suis raidi, le souffle farouche. Je savais que les grands rapaces n'attaquent pas tant que l'œil reste fixe et le corps immobile. Nous nous sommes tenus à l'affût l'un de l'autre, moi le vivant terrestre et lui celui du ciel. Je n'osais plus respirer, je ne pouvais rien faire. C'était lui qui devait bouger à l'autre bout du fil tendu entre nos vies. L'attente m'a paru infinie. Je l'ai peut-être appelé, je lui ai peut-être crié dans mon cœur que je l'attendais. Il s'est soudain dressé sur ses pattes. Il s'est déployé si largement que le ciel a disparu derrière lui. Des cailloux ont roulé sous son corps. Il a pris son vol droit sur nous. Des battements d'ailes ont envahi mon crâne, un vent de tempête m'a ébouriffé. Je n'ai plus rien vu. Un frôlement bref m'a brûlé la nuque. Le jour est revenu. Le temps de tourner la tête en tous sens, l'aigle était déjà loin dans les nuées. Je ne tremblais plus. Ma peau était glacée mais mon sang, dedans, charriait du feu. Je me suis entendu haleter bruyamment. J'ai voulu parler, m'assurer que doña María était toujours là. Je n'ai pu pousser qu'un grognement d'ours.

Doña María était debout contre mon dos. J'ai cherché sa main, ou son bout de poncho pour m'y agripper mais elle s'est éloignée de moi. Elle s'est mise à me tourner autour, les bras ouverts, en psalmodiant un cantique nasillard, monotone. Elle avait changé de figure. Elle n'était plus tout à coup la « belle chola » que je connaissais. Celle qui dansait maintenant dans la grisaille de Huayna Picchu était une sorte de prêtresse sauvage, sa voix était presque inhumaine, elle lançait sans cesse son buste et sa tête de droite et de gauche, elle avait ce visage brut, dépouillé de tout artifice et ce regard perdu dans de bienheureuses souffrances que l'on découvre parfois aux femmes, dans l'amour. Comme je me dévissais le cou à la regarder tournoyer j'ai vu l'aigle revenir, du fond du ciel. J'ai poussé un hurlement misérable, je croyais qu'il en voulait encore à ma tête, mais il s'est mis à planer en rond au-dessus de nous, à danser avec cette sorcière magnifique qui n'était plus doña María. Alors un vertige m'a pris. Je me suis entendu dire des mots dans un langage que je ne connaissais pas. J'ai sans doute plongé dans un songe, car des gens tout à coup me sont apparus autour de nous.

Je ne savais pas d'où ils venaient, je ne les avais pas entendus arriver, ils ne parlaient pas, ils étaient là, voilà tout. Certains contemplaient le ciel, d'autres se caressaient et s'aimaient parmi les rochers, offerts à la force de l'espace. L'aigle tournait aussi au-dessus d'eux, il allait, revenait, et ses ailes à chaque retour passaient devant le soleil, un soleil triomphant, un soleil de plein midi. Il faisait gris pourtant. Et moi je regardais tout cela sans m'étonner de rien, heureux, paisible, royalement assis, ruisselant de lumière. C'était un songe, certes. Il me semblait pourtant que de ma vie je n'avais jamais été aussi puissamment éveillé. L'air même semblait vivre. Plus tard, à Machu Picchu, j'ai voulu savoir si j'avais rêvé. J'ai demandé à doña María si des gens étaient réellement venus. Elle a chassé mes questions d'un geste agacé. Elle m'a répondu :

– Garde tes histoires, Luis, ne les dis pas. Tant qu'elles restent dans ton corps, elles sont vivantes, elles te donnent des forces. Dès qu'elles sortent de ta bouche, elles sont perdues. Ne les gaspille pas, elles sont aussi nécessaires que le pain.

J'ai insisté, mais elle m'a laissé seul avec mon inquiétude que je n'arrivais plus à dire. Il est si difficile d'accepter l'inconnu ! Nous avons tous en nous un tyran pointilleux qui tient pour inventé, donc pour inadmissible, ce qui ne peut être expliqué. Il est même certaines gens qui exigeraient, si leur venait un ange, une plume de son aile pour l'encadrer dans leur salle à manger ! Au-delà de ce que l'on croit réel et de ce que l'on suppose imaginaire est pourtant la porte la plus désirable du monde, je sais cela aujourd'hui. Elle s'ouvre sur le jardin de la vie, que les affamés de preuves ne connaîtront jamais.

Je me souviens avoir ouvert les yeux sous un vaste poncho rouge et noir que je n'avais jamais vu. Je m'en suis dépêtré d'un grand coup de bras. J'étais seul sur la cime grise. Mes vêtements étaient roulés en boule à côté de moi. J'étais nu. Doña María était partie. L'air semblait fatigué, c'était la fin du jour. Je me suis ébroué. La vie peu à peu a réchauffé mon corps, mes sens ont repris goût au monde. J'ai bâillé, puis ma langue a mouillé mes lèvres. C'est à cet instant que mon cœur s'est emballé. La saveur douce et salée de doña María était là, au bord de ma bouche. Je l'ai sentie, je l'ai goûtée. J'avais fait l'amour avec elle. Ma tête n'en avait aucun souvenir, mais ma peau, elle, en était éblouie. La fermeté de ses seins était encore là, au creux de mes mains, mes épaules se souvenaient de la brûlure de ses ongles, mes cuisses de l'agilité de ses cuisses et mon sexe vaincu de la ferveur du sien. Tout mon corps était imprégné des senteurs, des caresses, des emportements de la « belle chola ». Je suis resté un long moment enfermé dans mon crâne à tourmenter ma mémoire. Je ne pouvais pas me contenter de ces sensations éphémères, je voulais des images, des paroles, mais rien n'est venu que la tristesse et le doute. Alors je me suis rhabillé et je suis descendu vers Machu Picchu.

Je n'ai rencontré personne. Quand je suis arrivé à l'hôtel, il faisait nuit. Don Rustino s'occupait à réparer un meuble, dans un coin. Il m'a fait un signe de bienvenue. Doña María était à la cuisine. Elle m'a souri comme elle faisait quand je revenais d'une promenade dans les ruines. Elle m'a dit :

– Aide-moi donc à mettre le couvert, Luisito.

Elle m'a flanqué sa vaisselle sur les bras et elle m'a poussé gentiment vers la salle à manger. Dix fois, le long du repas, je suis resté à la regarder, la cuiller entre l'assiette et la bouche. Ses yeux ne m'ont rien dit de ce que j'espérais. Elle n'a pas cessé de parler de choses ordinaires, de l'assaisonnement de la soupe ou des affaires de l'hôtel. J'ai d'abord pensé qu'elle considérait ce qui s'était passé à Huayna Picchu comme un secret entre nous, et qu'elle ne voulait pas éveiller les soupçons de don Rustino. Le lendemain je suis allé dessiner dans les ruines, et je l'ai attendue. Elle est venue. Nous nous sommes trouvés seuls un moment, Rustino s'était éloigné hors de notre vue. Je lui ai dit :

– Doña María, est-ce que je peux vous voir ce soir ?

Elle s'est penchée sur mon travail, comme si elle n'avait pas entendu, et elle m'a lancé en désignant mon cahier :

– Tu es un bon artiste, Luis. C'est beau.

Et j'ai su que rien ne serait dit, que rien ne devait l'être, que rien de nos amours sur la cime du Huayna Picchu ne devait déborder dans le monde des mots.

Je suis resté deux mois à Machu Picchu. En vérité, après mon voyage à la montagne des dieux, je n'avais plus rien à y faire. Je n'ai annoncé mon départ à doña María que le dernier soir de mon séjour. Elle m'a pris les mains au milieu de la salle à manger et elle m'a dit, la tête haute, la voix un peu voilée :

– C'est bien, Luis. Tu as passé du bon temps.

Puis elle a sorti une plume d'aigle de sa poche, elle me l'a tendue, elle m'a dit encore :

– Souviens-toi que rien n'arrive par hasard.

La lumière de son regard a inondé mon corps avec tant de force et de tendresse que j'ai dû tenir les larmes qui me montaient aux yeux. Nous avons dîné, ce soir-là, en silence. A la fin du repas, don Rustino m'a simplement demandé où je comptais aller. Je lui ai répondu que je n'en savais rien. Alors il m'a donné l'adresse d'un commissaire de police de ses amis, qu'il m'a conseillé d'aller voir. Cet homme s'appelait Benito Jualès, et il habitait Lima, au Pérou. Le lendemain matin, la mule de l'Indien m'a ramené sans encombre vers la vallée. Le petit train de Cuzco a ralenti à peine le long du quai herbu. Je n'ai eu que le temps de jeter mes paquets sur une plate-forme de wagon dans d'assourdissants grincements de ferraille et d'agripper quelques mains secourables qui m'ont aidé à me hisser à bord. Tout au long du voyage, la présence de doña María n'a cessé de ruisseler dans mon corps comme une rivière bienfaisante. La « belle chola » avait fait surgir de mes obscurités un visage ignoré de cet Autre qu'El Chura m'avait fait approcher, et qui vivait en moi depuis que j'avais quitté Tiahuanaco. Cet être secret avait maintenant, outre le savoir d'un ancêtre, l'intuition d'une femme, sa mémoire infaillible et son inépuisable bonté.

Je suis allé chercher Flora à La Paz. Je l'ai trouvée enceinte de plusieurs mois. Cet enfant à naître m'a jeté dans une exaltation débridée, quoique largement pimentée d'épouvante. J'étais encore ivre de Machu Picchu. Je n'ai voulu revoir aucun de nos amis qui avaient aidé ma compagne à survivre en mon absence. Le temps de fourrer quelques vêtements dans une valise, et nous nous sommes enfuis comme des voleurs. A Lima, Benito Jualès nous a accueillis avec bonté. Don Rustino m'avait confié une lettre pour lui, que je lui ai remise. Il l'a lue debout dans son vestibule en me jetant de temps en temps un coup d'œil amusé par-dessus ses lunettes qui lui glissaient sans cesse au bout du nez, puis il l'a fourrée dans sa poche et il nous a précédés dans son salon en me disant que j'avais décidément besoin de repos. Il avait une grande maison. Il nous a offert de nous installer chez lui.

Jualès connaissait Rustino et doña María de longue date. C'était un vieux célibataire convenable, posé, à

l'allure bourgeoise. De tous les gardiens de la Pachamama que j'ai connus en ce temps-là il était le plus
dissimulé, le plus insoupçonnable. Car il était de ceux
qui allaient rencontrer les dieux à Machu Picchu, tous
les ans, la nuit de la troisième lune. Il ne m'en a jamais
rien dit, mais quelques mots échappés ici et là ont suffi
à me l'apprendre. Il ne m'a instruit en rien. Flora avait
besoin d'aises, elle a trouvé chez lui tout ce qu'il lui
fallait. J'avais envie de me remettre à la peinture, il
m'a offert une grande chambre où travailler tranquille.
J'ai vendu quelques toiles. Pour la première fois de ma
vie j'ai eu un peu plus d'argent que le nécessaire pour
aller au lendemain.

Nous ne pouvions abuser de l'hospitalité de cet
homme de bien. Un soir, je lui ai demandé s'il connaissait un lieu où nous pourrions vivre sans souci, Flora
et moi, loin des tracas de la ville. Il m'a parlé d'un de
ses amis, un riche fermier qui vivait à Ica, un petit
village à quelques heures de Lima, et qui avait là-bas
une maison inoccupée. Il m'a dit :

– A Ica, il n'y a que des champs de coton. On t'y
donnera ce qu'il te faut, et tu y trouveras ce qui te
manque.

J'aurais dû me souvenir qu'il était sorcier, je me
serais sans doute méfié. Je ne lui ai pas demandé ce
qui me manquait. De toute façon, il ne m'aurait pas
répondu. Il savait bien que s'il me l'avait dit je n'aurais
pas fait le voyage.

# 8

L'autobus nous a laissés seuls avec nos paquets devant l'épicerie-bazar d'une bourgade déserte le long d'une route tracée droit dans une plaine de coton. Selon le panneau indicateur planté de guingois contre un entrepôt de tôle à l'entrée du village, nous étions à Ica. Au bout de la rue principale, derrière les bouffées de poussière soulevées par la grosse guimbarde qui s'en allait et ne reviendrait pas avant un mois, on devinait la blancheur infinie des champs sous le bleu infini du ciel. Les maisons semblaient abandonnées à la rage du soleil. Il faisait une chaleur à ne pas mettre un chien dehors. Il y en avait deux pourtant, l'un flairant l'autre sous une ruine de chariot. Ils se sont éloignés en trottinant, et il n'y a plus eu personne.

Flora, la figure rechignée, les a regardés disparaître entre deux baraques et m'a dit qu'elle n'aimait pas cet endroit. Je lui ai répondu qu'elle était fatiguée, qu'elle changerait d'avis après une nuit de repos, mais ma conviction manquait d'enthousiasme. Il y avait, dans l'air trop lumineux qui nous environnait, quelque chose de désespérant. J'ai poussé la porte de l'épicerie. La pénombre sentait le cuir, le tissu neuf, et la morue salée. Des poutres du plafond aux plus lointains recoins était suspendu, entassé, étalé, étiqueté tout ce dont peut rêver

172

une famille d'ouvriers agricoles. Un Nègre aux épaules gigantesques lisait un journal, les pieds sur le comptoir, entre un monceau d'espadrilles et une pile de vieilles bandes dessinées américaines. Devant lui était une chope de bière à moitié vide. J'ai désigné la rue d'un coup de pouce et je lui ai demandé en m'efforçant de rire s'il était le dernier vivant du pays. Il a vidé son verre, il a posé sur moi son regard de grenouille, il s'est gratté le ventre et il m'a répondu :

– A cette heure-ci, ils font la sieste.

Sa voix ressemblait à un bourdon de contrebasse.

– Ils travaillent la nuit ?

– De bon matin, et tard le soir. Le jour il fait trop blanc dans les champs.

– Il n'y a rien d'autre que du coton, ici ?

– Il y a des Noirs. Tu cherches quelqu'un ?

– José Cruz.

Il m'a regardé fixement, le temps de mettre au monde un rot exténué, il a levé le bras dans une direction indéfinie.

– Sa maison est à deux kilomètres. Tu peux laisser tes bagages là, si tu veux.


Nous avons suivi les poteaux télégraphiques le long du chemin terreux qui s'enfonçait dans le silence éperdu de la plaine. C'étaient deux très longs kilomètres. Nous avons marché une bonne heure et demie avant de découvrir, au beau milieu des champs, une vaste résidence coloniale à la façade ocre, au toit de tuiles rousses. Un déferlement d'aboiements nous a accueillis à l'entrée de la cour. Nous avons attendu qu'un domestique vienne tirer par le collier les redoutables molosses qui nous faisaient des grimaces entre les barreaux du portail, et nous nous sommes prudemment aventurés vers le perron de la demeure. José Cruz, d'après ce que m'avait dit le commissaire Jualès, était le maître du pays. Je ne l'aurais pas su, je l'aurais deviné. Il est sorti sur le pas de sa porte, botté comme un cow-boy, l'œil noir, la tête haute. C'était un homme sévère. Il a lu la lettre de Jualès sans cesser de battre distraitement sa botte d'une badine qui, apparemment, ne le quittait jamais, puis il nous a fait entrer, il nous a offert des rafraîchissements et il nous a dit que si nous n'avions pas peur des vieilleries il pouvait mettre à notre disposition une grande maison dont il ne savait que faire. Il nous a proposé de nous y conduire en voiture. Nous étions passés devant, en venant. Elle était à la sortie du village.

C'était une belle bâtisse de pierre aux fenêtres ornées de barreaux ouvragés, au seuil envahi d'herbes, à la porte en ogive sculptée comme une entrée de chapelle et rongée par des siècles de vent. En deux tours de clé caverneux et une puissante poussée d'épaule Cruz l'a ouverte sur une débandade de lézards, de chauves-souris et de rats affolés par la lumière du dehors. Le lieu était aussi vaste que le grenier de ma maison d'enfance. Partout étaient des meubles, des caisses, des bibelots fantomatiques à force de poussière. Des lambeaux de tentures pendaient aux murs. Au fond était un passage fermé de planches. Cruz nous a dit qu'il menait à des pièces au plafond si incertain qu'il valait mieux ne pas s'y risquer. Il nous a promis de nous faire porter avant la nuit des draps, des couvertures, quelques ustensiles de cuisine, et il nous a laissés là.

Nous nous sommes mis aussitôt au ménage. Vers la fin de l'après-midi, le colosse du bazar est venu déposer devant notre porte un réchaud à pétrole, des galettes et un sac de conserves. Il n'a pas voulu être payé, il était aux ordres de José Cruz. Il a jeté dedans un coup d'œil méfiant et il s'est enfui avant même que je l'invite à entrer. Comme nous finissions notre repas du soir sur un bout de table, quinze ou vingt Négrillons à la tête frisée sont apparus soudain à la fenêtre ouverte. Ils nous ont lancé des salutations railleuses, les yeux éblouissants, du rire plein les dents. Je me suis approché pour serrer leurs mains tendues entre les barreaux, mais ils se sont aussitôt dispersés en piaillant à la poursuite des gens qui allaient à la récolte du coton. Il y en avait partout sur les sentiers de la plaine. C'était comme une éclosion soudaine. On aurait dit qu'ils venaient de sortir de terre dans la blancheur crépusculaire des champs. Tous étaient noirs. Sauf José Cruz qui leur servait de flic, de juge et de curé, il n'y avait aucun Blanc dans le village. Après le dîner nous sommes sortis prendre le frais sur le pas de la porte. La nuit était douce, Flora semblait apaisée. Pendant une heure nous avons regardé les étoiles en parlant de choses heureuses et simples, puis nous sommes rentrés. Avant de nous coucher, Flora a voulu que je cloue une tenture contre la porte de planches qui menait aux pièces en ruine, au fond de la salle. Je lui ai obéi d'autant plus volontiers que ce trou dans le mur me déplaisait aussi, puis j'ai soufflé la lampe à pétrole et je me suis glissé près d'elle sous le drap. Nous venions à peine de commencer nos libations amoureuses qu'un bruit de tissu lourd tombé sur le dallage m'a fait dresser la tête. J'ai rallumé la lampe. La tenture que je venais de fixer contre le passage condamné était en tas, par terre. Flora m'a dit :

– Tu l'avais mal clouée.

J'étais pourtant sûr du contraire. Je suis allé promener ma lumière dans le renfoncement. Rien ne pouvait passer entre les planches jointes de la porte, ni courant d'air, ni bête. J'ai inspecté le mur au-dessus d'elle. Pas

un des gros clous que j'avais plantés et recourbés dans
le linteau n'était tombé. J'ai trouvé ça bizarre. J'ai à
nouveau accroché la tenture, je l'ai bousculée, j'ai tiré
sur elle, je m'y suis suspendu comme un orang-outang
à sa liane. Cette fois elle tenait. Je me suis recouché.
J'ai repris dans mes bras ma Flora refroidie. Je n'ai
même pas eu le temps de la réchauffer. Un nouveau
bruit de chute impatient, furibond, a claqué dans le noir
comme une gifle de bourrasque. Je me suis retrouvé
assis au bord du lit, les yeux écarquillés. J'ai entendu
un gémissement étouffé. Flora, sous l'oreiller, appelait
à son aide Jésus, Marie, Joseph et quelques dieux
indiens. J'avais laissé la lampe en veilleuse. Je l'ai
ravivée. J'ai pris le revolver que Cruz m'avait donné
(il m'avait convaincu que je devais en avoir un si je
voulais être respecté des gens du village). Mon arme
dans un poing, la lumière dans l'autre je me suis aventuré vers la muraille obscure. J'ai buté contre la tenture
en boule informe sur les dalles à deux bons mètres de
l'endroit où je l'avais deux fois clouée. Je l'ai remuée
du bout du pied. Rien n'était dans ses plis, qu'une âcre
odeur de poussière. Je l'ai laissée là. J'ai reculé
jusqu'au lit. Flora s'est pelotonnée contre moi et s'est
agrippée à mes épaules en grelottant comme une enfant
perdue en plein hiver, tandis que je scrutais le silence
de la salle, mon revolver braqué, prêt à le décharger
sur le moindre grincement de meuble. Rien n'a bougé.
Nous avons fini par nous abandonner à un sommeil
bourbeux d'où nous sommes sortis à l'aube en croyant
n'avoir pas fermé l'œil de la nuit.

Nous nous sommes mis à la fenêtre pour regarder le
soleil se lever sur les champs. Le jour a dissipé nos
effrois. Nous nous sommes peu à peu convaincus qu'il
y avait à cette énigme une explication probablement

raisonnable qui nous apparaîtrait bientôt avec une évidence aussi innocente que la bonté du temps. Tout au long de la matinée Flora s'est occupée à ranger ses affaires dans de vieilles armoires et moi à installer mes tubes de couleur, mes pinceaux et mes encres, en m'efforçant d'ignorer le mur du fond. Vers midi un domestique de José Cruz est venu nous chercher en voiture. Nous étions invités à déjeuner. Malgré l'avis de Flora qui ne parvenait pas à oublier le mystère de la tenture vagabonde j'ai décidé de ne rien dire à notre hôte des événements de la nuit. Je craignais qu'il ne juge nos craintes enfantines, et j'avais à cœur d'apparaître digne de son estime. Quand nous sommes entrés dans son vaste salon, il était penché sur une table où brûlaient quatre cierges. Il ne s'est pas soucié de notre présence, il est resté absorbé dans je ne sais quelles invocations. Nous l'avons observé un long moment, en silence, sans oser franchir le pas de la porte. Il s'est enfin redressé, il a éteint les quatre flammes entre le pouce et l'index, il s'est tourné vers nous et il nous a ouvert les bras avec un sourire de bienvenue. Il nous a demandé si nous étions heureux dans notre nouvelle maison. Je l'ai remercié pour sa bonté, et ils nous a entraînés vers la salle à manger.

A la fin des hors-d'œuvre je me suis mis à lui parler d'El Chura et des « cousins » de ce vieux père bien-aimé qui m'avaient instruit depuis mon départ de Tiahuanaco. Il m'a écouté avec intérêt, puis il m'a répondu qu'il connaissait bien ces gens, qu'ils étaient certes estimables, mais qu'ils avaient fait leur temps. Je me suis étonné. Il m'a dit :

– Je suis un métis, comme toi. Et que sont les métis, par chez nous, Luis ? Des hommes nés d'un viol. Le dieu des chrétiens a violé la Pachamama, et nous sommes tombés sur terre avec deux âmes ennemies, autant dire perdus d'avance ou tout au moins condamnés à n'exister qu'à peine si nous ne parvenons pas à les accorder. Nous devons ouvrir une porte entre ces deux sources de vie. Nous devons inviter le dieu des chrétiens et la Pachamama à se rendre visite dans ce corps où nous sommes, et où ils sont aussi. Il faut qu'ils puissent échanger leur savoir, faire vraiment l'amour et nous remettre au monde avec non pas deux âmes irréconciliables, mais deux trésors mêlés.

J'étais, en ce temps-là, trop violemment hostile à la religion de mon père pour entendre sans révolte de semblables paroles. J'avais choisi mon camp, celui de la tendresse nourricière, celui des massacrés et de ma mère indienne. Les prêtres de mon enfance, leur soutane boutonnée jusqu'au col, leur rigueur tonnante, leurs menaces d'enfer, la gloire sanglante de leur dieu dans la solennité des cathédrales, tout cela me faisait horreur. Ma famille, mon clan étaient sur l'autre rive. J'ai répondu à José Cruz que les chrétiens étaient coupables de trop de meurtres pour mériter notre pardon. Ma passion l'a fait sourire. Il m'a dit :

– Tes racines souffrent. Il y a dans ton corps un cri prisonnier, un cri de l'Esprit, un appel au secours, du fond d'une oubliette. Il faudra bien que ta chair s'ouvre pour que ce cri sorte au grand jour, et peut-être te sauve.

Je l'ai regardé sans comprendre. Alors il m'a servi à boire et il a parlé d'autre chose, des Nègres du pays, du coton, du commerce. Nous avons bien mangé, bien bu. Puis Flora et moi sommes retournés chez nous à travers champs, riant de tout et de rien, insouciants comme des amoureux un peu ivres dans la douceur du soir.

Au crépuscule, les enfants sont revenus brailler à la fenêtre, comme la veille. Flora s'est mise en colère. Ce n'était pas son habitude, mais je crois bien que la peur l'avait reprise dès qu'elle avait franchi le seuil de la maison. Elle leur a jeté les restes du repas avec une étrange violence. Leurs piaillements se sont perdus dans le soleil couchant. Vers minuit, après longtemps de silence devant la porte, nous sommes allés nous coucher. La tenture était restée par terre, je l'avais simplement poussée contre le mur. J'ai soufflé la lampe et j'ai rejoint ma compagne. Nous sommes restés un moment à l'affût, les yeux grands ouverts dans la pénombre. Tout était calme. Par la fenêtre ouverte on voyait les étoiles. Rien ne troublait la nuit, ni dehors, ni dedans. Flora s'est détendue, peu à peu, près de moi.

Un fracas soudain au fond de la salle m'a fait bondir si vivement que je me suis retrouvé par terre. Nous venions à peine de nous endormir. Flora s'est mise à prier sur le lit défait, à voix plaintive et haletante. J'ai cherché mon briquet, tandis que le bruit des cognements emplissait la maison et faisait craquer les planches qui fermaient le passage. Quelqu'un, à l'évidence, s'escrimait à enfoncer la porte interdite. Tout a cessé d'un coup. Nous avons attendu, blottis l'un contre l'autre. La nuit, un court moment, est restée suspendue comme si toute chose écoutait avec nous, puis du silence noir des pas lents sont sortis. Il y avait là un homme. Il s'approchait de nous. Il était lourdement botté. J'ai voulu empoigner mon revolver, il est tombé entre mes pieds. J'ai enfin trouvé le briquet. J'ai allumé la lampe, les mains tremblantes. Sa lumière feutrée a envahi la pièce. Personne n'était là, mais les deux chaises, près de la table où nous avions dîné, étaient renversées. Leur dossier courbe remuait encore sur le dallage.

Flora a sangloté jusqu'au matin contre mon épaule. J'étais désemparé. Cette maison était hantée, José Cruz ne pouvait pas l'ignorer. Pourquoi ne m'avait-il rien dit ? Cet homme était un traître, un sorcier de bas-fonds qui jouait salement avec l'âme des morts et l'esprit des vivants. Le désir m'est venu d'aller le réveiller, de lui jeter son revolver à la figure avec les casseroles et le réchaud à pétrole qu'il nous avait donnés, et de l'assurer de mon mépris en quelques mots définitifs avant de le saluer pour toujours. Mais où aller, si nous quittions ce lieu maudit ? L'autobus ne passait qu'une fois par mois. Quelques camions faisaient halte, de temps en temps, devant le bazar du grand Nègre. Encore fallait-il qu'il en vienne un demain, et qu'il veuille nous prendre. Pour nous amener où ? Flora était enceinte et j'avais peur pour elle. Je ne pouvais l'entraîner au hasard des routes, loin de tout secours. Nous étions pris au piège. Je devais agir juste, et pour cela, d'abord, apaiser ma colère. J'ai réfléchi longtemps. L'idée m'est venue que Cruz voulait peut-être éprouver mon courage. Lui avouer que j'avais peur des fantômes ? Impossible. Il me regarderait d'un air condescendant, il ne me dirait rien, et m'offrirait à boire. Il nous fallait tenir.

Le lendemain je suis allé le voir. Je l'ai trouvé dans la cour, occupé à donner des ordres à ses contremaîtres. Je me suis assis sur le perron, j'ai attendu qu'il en ait fini avec ses gens. Il est venu tranquillement à ma rencontre, sa badine sous le bras. Il m'a dit :

– J'allais t'envoyer quelqu'un. Nous fêtons l'anniversaire de ma filleule, demain soir. Il y aura des grillades et de la musique. Je compte sur toi. Sur ta femme aussi, ça lui fera du bien, elle n'a pas beaucoup de distractions.

Je l'ai remercié avec un rien de froideur ironique. Au coup d'œil qu'il m'a lancé j'ai bien vu qu'il savait

ce que nous avions vécu, Flora et moi, dans son insupportable maison. C'était un homme rusé. J'avais appris
à l'être aussi. Nous avons échangé quelques banalités
hypocrites sur la douceur des nuits et la tranquillité
revigorante du pays puis, comme il allait retourner à
ses affaires, je lui ai demandé de me prêter un de ses
chiens.

– Un gros, qui fasse peur. La porte ferme mal chez
nous et les enfants du village sont un peu turbulents.
J'aimerais simplement les tenir à distance.

Il ne m'a rien répondu, il m'a fait signe de le suivre.
Il m'a conduit jusqu'au chenil, il a tiré dehors un
énorme chien-loup. Il lui a parlé un peu, la bouche
contre son museau, puis il m'a tendu sa laisse en me
recommandant de le tenir court et de ne pas le lâcher
dans les plantations. Son conseil était inutile, l'animal
était un vrai fauve. En un rien de temps il se serait
tracé un sillon de débroussailleur au travers du coton,
juste en galopant au cul d'un rat. Je le tenais à peine
qu'il m'entraînait déjà vers le portail ouvert. Nous
avons sué tout au long du chemin, lui à tirer sur sa
corde, le souffle rauque, la langue pendante, et moi à
me retenir de trotter comme un marathonien. Dès la
maison en vue, j'ai appelé Flora. Elle a couru à notre
rencontre. Elle a pris le chien par l'encolure, elle l'a
longuement embrassé. Elle était contente. Je les ai laissés faire connaissance et je suis allé aménager une sorte
de niche au fond de la salle. Un anneau était fixé au
mur, dans le renfoncement. J'ai attaché là notre bête.

Nous nous sommes couchés, ce soir-là, dès le dîner
fini. Nous n'avons même pas pris le temps de ranger
la vaisselle. Les enfants sont venus brailler à la fenêtre,
comme à l'accoutumée. Le chien, d'un coup de gueule,
les a fait s'éparpiller au large. Nous étions si fatigués

que le sommeil nous a pris avant l'angoisse. La nuit est passée sans la moindre alerte, comme un souffle de brise. Je me suis réveillé du sommeil plein les yeux. Flora dormait encore, le chien aussi dans son creux de mur, le museau sur ses pattes. Pour la première fois depuis notre arrivée j'ai étiré mes membres dans un rugissement de tigre satisfait et j'ai fait chauffer le café en chantonnant comme un homme en vacances. Le fantôme, si fantôme il y avait, semblait avoir vidé les lieux. Je me suis installé devant la porte, le chapeau sur les sourcils, et j'ai passé la journée à peindre le grand blanc cotonneux sous le bleu du ciel, tandis que ma compagne jouait avec notre pensionnaire, lessivait le dallage ou me passait devant pour étendre du linge sur l'herbe, au grand soleil.

Vers la fin de l'après-midi, nous avons confié la maison à notre nouveau gardien et nous sommes partis à la fête d'anniversaire, chez José Cruz. La musique nous est venue en même temps que nous apparaissait sa résidence, au loin, à la rencontre du ciel et de la terre. Nous nous sommes bientôt mêlés à la centaine de personnes qui bavardaient dans la cour, qui riaient fort, qui s'empiffraient de viandes, de piments et d'alcool en remuant du ventre autour des mâts ornés de guirlandes. J'ai beaucoup bu. J'ai dansé éperdument avec une Négresse aux yeux comme des astres, aux seins comme des lunes, à la jupe gonflée comme une arche de Noé, tandis que Flora ne cessait de me lancer des coups d'œil aussi noirs que l'âme du diable. José Cruz l'accablait de prévenances qui semblaient l'agacer beaucoup. Elle a fini par venir me chercher. Elle m'a entraîné d'une poigne de matrone. Les bénédictions d'ivrognes nous ont accompagnés jusqu'au portail, j'ai dit adieu au monde et nous avons pris le chemin du retour. Il devait être deux heures du matin. Nous avons passé ce qui restait de nuit à nous tirer l'un l'autre sur la plaine déserte, à rire, à chanter, à nous arrêter pour pisser dans le coton ou pour rendre grâces, les bras ouverts, à la splendeur des étoiles.

Comme nous apercevions enfin la façade noire de notre maison, au loin, dans la première lueur de l'aube, Flora m'a soudain empoigné le bras. J'étais en train, je crois, de déclamer aux anges la fin de la Genèse. Je me suis tu au milieu d'un mot. J'ai écouté, comme elle, et les poils de mes bras se sont dressés d'un coup. La maison hurlait. Des gens dedans (mais qui ?) déménageaient les meubles dans un tohu-bohu traversé de longs cris. J'ai couru à la porte. Elle tremblait sous les assauts du chien qui grondait, qui raclait le battant avec une fureur désespérée. J'ai ouvert. Une masse de chair et de poils hérissés m'a bondi aux épaules, m'a renversé dans l'herbe. Un long hululement s'est perdu dans la nuit. J'ai entendu Flora crier mon nom. Elle m'a trouvé assis devant le seuil, à tourner stupidement la tête en tous sens. Elle n'a pas voulu entrer. Elle a risqué un œil dans le noir, elle s'est pris le crâne à deux mains, elle a ouvert la bouche sur un hurlement muet et elle est allée se réfugier à l'angle de la maison.

Je suis resté longtemps, la lampe au bout du bras, sans oser faire un pas, à regarder dedans. Tout était taché de sang, les murs, les tentures, le dallage, le lit, les draps éparpillés, les pieds de la table. Les portes des armoires pendaient, béantes, à demi arrachées des gonds. Nos vêtements étaient partout mêlés à la vaisselle fracassée, les chaises étaient brisées, mon chevalet renversé, mes cartons à dessins en lambeaux. Je me suis avancé dans ces décombres jusqu'à la porte du fond. Elle était zébrée de coups de griffes rouges. Un bout de corde déchiquetée tenait encore à l'anneau dans le mur. Je suis retourné dehors. Les champs de coton grisaillaient, le ciel, la terre, la rosée sortaient tranquillement des incertitudes de l'aube, si indifférents, si étrangers à nos terreurs que c'était leur éveil qui paraissait un songe. Flora sanglotait dans la brume légère, au bord du chemin. Elle ne voulait plus rien voir, plus rien entendre. Elle se tenait accoudée sur ses genoux, la figure enfouie dans ses mains, elle gémissait sans cesse qu'elle voulait partir, mais elle semblait incapable de se tenir debout. J'ai voulu la prendre dans mes bras. Elle m'a repoussé. Après longtemps de patience elle a enfin accepté que je la conduise jusqu'au village. Je l'ai confiée à la garde du grand Nègre de l'épicerie, et je suis revenu chez José Cruz.

J'étais décidé, cette fois, à lui poser tout net quelques questions brutales. J'ai traversé la plaine comme un soldat, le poitrail large et l'enjambée furibonde. Je n'ai pas pris la peine de sonner au portail, j'ai tranché droit au travers de la cour, parmi les domestiques qui balayaient les reliefs de la fête. J'étais persuadé que ce diable de Cruz avait délibérément manigancé, par je ne sais quelle magie, ces fantasmagories grand-guignolesques qui m'avaient tant effrayé, et qui maintenant m'enrageaient. Comme je parvenais au perron, il est apparu au seuil de sa maison. J'ai à peine eu le temps d'ouvrir la bouche. Il m'est venu dessus. Il m'a crié en pleine face :

– Qu'est-ce que tu as fait à mon chien, dis, qu'est-ce que tu lui as fait ?

Il m'a empoigné par la manche, il m'a entraîné dedans. Le chien était couché sur une couverture, tout pantelant, tout misérable. Il s'est mis à couiner en me voyant entrer, il m'a tendu le museau avec, dans les yeux, une incompréhension désolée. Je me suis arrêté au milieu de la pièce, les bras ballants. J'étais tant bouleversé que je me sentais soudain presque coupable de ce qui lui était arrivé. Ses oreilles étaient déchirées, son échine et son ventre étaient striés de plaies profondes. On aurait dit qu'il sortait des griffes d'un puma. Comment, dans cet état, avait-il pu rejoindre son maître ? J'ai bafouillé :

– C'est un fantôme qui lui a fait ça, señor Cruz. Il y a de la folie dans la maison que vous m'avez prêtée. Elle est hantée.

– Tu divagues, Luis. Tu l'as attaché trop court, il s'est débattu, il s'est désespéré et il s'est blessé en se jetant contre les murs. Voilà ce qui arrive quand on ne prend pas soin des bêtes.

Sa mauvaise foi était si manifeste que je suis resté l'index pointé sur ma propre poitrine, les yeux écarquillés à le regarder caresser son chien et lui bougonner des paroles affectueuses. J'ai pris un grand souffle d'air pour tenter d'apaiser le sang qui me cognait aux tempes. J'ai dit enfin :

– Il faut que vous nous aidiez à partir d'ici, señor Cruz. Ma femme ne va pas bien. J'ai peur qu'elle perde l'esprit, si nous restons.

Il m'a répondu, sans même lever le front :

– Tu prends ces choses trop au tragique. Tu as bien assez de forces pour les affronter, si tu sais t'y prendre.

Le ton de sa voix m'a paru d'une insouciance inacceptable. Le cœur m'en a bondi dans la tête. J'ai tourné les talons et j'ai vidé les lieux sans autre mot, furieux de m'être laissé aller à mendier l'aide de cet homme que j'estimais désormais définitivement malfaisant. Je suis retourné au village. Le Nègre avait pris soin de Flora. Il lui avait fait boire une tisane calmante, elle dormait sur un lit de camp, dans l'arrière-boutique. Je l'ai laissée là, et je suis allé chez nous.

La porte était restée ouverte. Je me suis aventuré dans la maison ravagée. Elle m'a paru presque fréquentable. Sa misère, au plein soleil de midi, sentait bon la chaleur d'été. J'ai relevé un tabouret, j'ai tenté de rafistoler mon chevalet. J'y suis à peu près parvenu. J'ai ramassé quelques tubes de couleur épars dans les gravats. Je n'avais pas le cœur à tout remettre en ordre. Je me suis assis. Et comme je restais là, vidé de tout, sans espoir, sans révolte, une prière s'est discrètement installée dans mon esprit. C'était le « Notre Père ». Il était fatigué, il venait du fond de mon enfance. Je l'ai laissé aller de ma tête à mon cœur, de mon cœur à ma bouche. Ces mots des temps lointains où j'allais à l'église en costume des dimanches m'ont tant ému que des larmes me sont montées aux yeux. Comment les choses se sont faites, je ne saurais le dire. J'ai été pris peu à peu par une sorte de nécessité somnambulique. Je me suis mis à peindre le visage du Christ sur la porte du fond.

Je m'en suis remis à lui avec cette sorte de confiance absolue que nous avons tous connue avant que le monde ne nous abîme l'âme. Dieu veuille que chacun garde jusqu'à la mort un grain de cette innocence-là. Elle seule peut tout. L'image du Crucifié telle que je la priais dans ma chambre d'enfant est peu à peu apparue sur cette porte de l'enfer. C'était ce visage-là, aucun autre, que le silence assoiffé de mon être avait appelé au secours. Je l'ai regardé renaître au bout de mon pinceau avec une mélancolie d'une douceur insupportable, lui que j'avais nié, lui que j'avais gardé si longtemps captif dans les cachots de ma mémoire. Comme il m'était étrange de redécouvrir en ce lieu le visage puissant et simple de la Miséricorde ! Je l'avais si souvent contemplé au temps où l'ombre de mon père m'interdisait d'aimer la vie ! Il avait fait son nid en moi. Et tandis qu'il m'apparaissait sur le bois brut de la porte, je parlais à ma mère indienne dans mon cœur, je la voulais là, au plus près de moi, pour qu'elle ne se sente pas abandonnée, pour lui dire que je ne la trahissais pas, que le Christ était aussi de ma famille, qu'il m'avait bercé, comme elle l'avait fait autrefois. J'ai peint jusqu'à ne plus rien voir. Quand je m'en suis retourné sur le seuil, la nuit tombait. Les lucioles s'allumaient dans les champs de coton. J'ai laissé mon regard errer parmi elles, un long moment. Elles m'ont rassuré. Elles m'ont dit que maintenant je pourrais dormir tranquille.

Le lendemain matin je suis allé retrouver Flora à l'épicerie. Les événements de la nuit passée l'avaient si rudement ébranlée qu'elle pleurait déjà, à peine réveillée. Elle était recroquevillée au pied du lit, elle reniflait dans son mouchoir en regardant ses pieds. Le Nègre était près d'elle à ne savoir que faire. Il me l'a désignée, la mine consternée, ses larges mains ouvertes. Il m'a dit :

– C'est le moine rouge, señor, c'est le moine rouge qui lui ronge les sangs !

Je me suis mis en colère. Je lui ai demandé pourquoi il ne m'avait pas prévenu que cette maison était un repaire de fantômes. Il s'est pris le crâne, comme s'il craignait d'être battu.

– Madre de Dios, je ne pouvais pas ! Le señor Cruz m'avait fait promettre de tenir ma langue. Il est très sévère, il m'aurait jeté à la rue !

Il a fini par m'avouer, après force signes de croix, hésitations et coups d'œil à droite et à gauche, que ce lieu où nous habitions était un ancien couvent, et que dans ce couvent, autrefois, un meurtre avait été commis. Un moine, un jour, avait attiré une fille du village dans sa chambre. Il l'avait violée. Les trois frères de cette fille, dès qu'ils avaient appris ce qui était arrivé, avaient décroché leur carabine et s'en étaient allés forcer la porte de cette communauté jusqu'alors bénie de Dieu. C'était l'heure du dîner, les moines étaient au réfectoire. Aucun n'avait eu le temps de quitter la table. Les trois vengeurs avaient vidé leurs armes sur le bourreau de leur cadette qui mangeait avec les autres, et sans le moindre mot ils s'en étaient retournés chez eux. Personne n'avait osé se mettre au travers de leur route. Peu après, on avait entendu le glas. Il avait sonné toute la nuit. Le lendemain, les moines avaient enterré leur compagnon assassiné dans le renfoncement où j'avais peint la figure du Christ, puis ils avaient quitté le couvent avec leurs ânes et leurs chariots. Aucun n'était jamais revenu. C'était ainsi qu'on racontait l'histoire. Elle était vieille de deux cents ans. Depuis, ce lieu était hanté. Tout le monde en avait peur, sauf les enfants qui venaient parfois y jouer avant notre arrivée au village.

J'ai tenté de convaincre Flora que nous pouvions maintenant y habiter sans crainte, mais elle était trop éprouvée, elle n'a pas voulu m'entendre. Je ne pouvais pas la laisser là, dans cette arrière-boutique. Je l'ai donc amenée chez José Cruz, malgré la franche détestation que m'inspirait désormais cet homme. Je lui ai dit dès l'entrée que j'avais fait un grand ménage dans sa maison maudite. Il m'a examiné un court moment de pied en cap, avec dans l'œil une lueur discrète, il a hoché la tête, puis il s'en est allé confier ma compagne aux femmes de sa maison.

De tous ceux qui m'ont instruit, José Cruz est le seul que je n'aie pu aimer. Je peux sourire aujourd'hui de ce temps. Le fait est que j'étais un jeune fou, et que ce maître sorcier m'a conduit, avec une impeccable rigueur, à la découverte d'un savoir sans lequel je me serais peut-être perdu dans les misères du monde. Mais ma gratitude à son égard n'a jamais pu se départir d'arrière-pensées rancunières. Il m'a poussé seul dans une bataille décisive sans espoir de secours ni permission d'erreur. L'accouchement de la Guzmana avait été ma première épreuve de cette sorte. Je sais maintenant que le hasard n'était pour rien dans ma rencontre de cette magnifique ogresse, et que j'avais été délibérément amené à ce combat pour la vie de son enfant par El Chura qui me suivait partout sans que je n'en voie rien. A Ica, j'ai dû affronter les bas-fonds de la mort avec, pour seule provision, ce conseil péremptoire que Cruz m'avait donné de délivrer en moi le dieu des Espagnols. Je l'ai fait par nécessité. J'en étais encore tout étourdi. Que le Christ m'ait protégé, moi, fils d'Indienne, des maléfices de ce moine qui lui-même avait sans doute éperdument prié devant la Croix me paraissait d'une étrangeté insondable. Et que mon père, que j'estimais responsable de mes pires souffrances, m'ait donné, outre ma révolte, ce Sauveur en héritage ne me semblait pas moins déconcertant. De fait, Cruz m'a fait accéder à cette sorte d'éveil méfiant, à ce respect des mystères, à cette constante perplexité qui interdit tout jugement définitif et toute prétention à mettre en cage cette vérité si désirable qu'El Chura appelait l'« oiseau de Dieu ». Aussi haut que nous puissions monter, il volera toujours au-dessus de nos mains. J'ai entrevu cela après mon aventure, et autre chose aussi que je me suis gardé de ne jamais oublier.

Je sais pourquoi je n'ai pu aimer José Cruz. C'est qu'il a fait avec moi comme ces maîtres impitoyables qui vous enfoncent la tête sous l'eau pour vous apprendre l'amour de l'air. Il m'a poussé au bord de ces ténèbres où demeure le Mal, aussi incompréhensible et déraisonnable que l'est la bonté céleste. Seul, j'étais d'une totale impuissance. Je ne pouvais que tendre la main, demander de l'aide, m'en remettre à un allié plus haut que moi, dans la lumière, le laisser investir mon corps et mon esprit, n'être rien que l'ouvrier qui accomplit les gestes nécessaires, sans chercher à comprendre. J'avais été cela dans la cabane de la Guzmana, mais je n'y avais pas risqué ma peau. A Ica, l'enjeu était d'une autre taille. J'aurais pu sombrer dans la folie, ou me laisser fasciner par les forces obscures, pactiser avec elles, essayer de les apprivoiser. Il y a des pouvoirs à prendre dans ces grouillements. J'aurais pu être tenté de devenir un magicien noir. J'ai choisi, ce jour-là, mon camp. Et j'ai su pour toujours qu'il est des frontières que l'on ne doit pas franchir sans tenir ferme la main de son ange gardien, sous peine de voir son âme aussitôt racornie comme un brin de paille au feu.

Je n'ai pas parlé de ces choses avec José Cruz. Il ne m'a d'ailleurs rien demandé. J'éprouvais une admiration agacée pour ses airs de gentilhomme, pour son intelligence impitoyable. J'aurais aimé, je crois, lui ressembler, mais sa tromperie avait mis entre nous une distance infranchissable. J'ai donc vécu seul une semaine dans l'ancien couvent désormais paisible avant de trouver un camion qui nous a ramenés, Flora et moi, à Lima. Ma compagne avait repris des forces. Je la sentais pourtant nerveuse, amère. Elle ne riait plus, ses yeux avaient perdu leur vivacité. Elle était inquiète pour son enfant à naître, et quoiqu'elle ne m'en ait jamais fait le reproche, elle m'en voulait beaucoup de l'avoir entraînée dans cette aventure. Tout au long du voyage je lui ai abondamment promis de devenir enfin un homme respectable, de lui offrir bientôt une vie sans souci, une belle villa avec des fleurs aux fenêtres, comme en rêvent les pauvres et les errants fatigués. Elle ne m'a rien répondu. Elle est restée ramassée autour de son ventre, à fixer obstinément la route droite. Je crois qu'elle essayait déjà d'imaginer un avenir sans moi.

Le camion nous a débarqués sur un trottoir de faubourg. Je n'osais plus regarder Flora. Nous étions épuisés, poussiéreux comme si nous revenions à pied du bout du monde. Nous avons traîné nos paquets mal ficelés et notre misère de chiens perdus jusque chez le commissaire Benito Jualès, qui nous a accueillis sans guère de surprise. Il a simplement dit qu'il ne nous attendait pas si tôt. J'espérais qu'il ne savait pas à quel cul-de-basse-fosse nous venions d'échapper, et surtout qu'il n'était pour rien dans notre aventure. Le soir de notre arrivée, à peine Flora couchée, je me suis mis à lui raconter l'histoire de cette maison où nous avions dû vivre et je lui ai solennellement révélé que son ami Cruz était un traître. Il s'est renfoncé dans son fauteuil, il m'a laissé bavarder un moment, l'air vaguement joyeux, en fumant son cigare. Il savait. Comme je commençais à m'exalter au récit de nos épouvantes fantomatiques, il m'a interrompu d'un geste négligent. Il m'a dit :
– Tu es donc parvenu à vaincre ta peur, puisque te voilà. Comment t'y es-tu pris ?
Je lui ai parlé du Christ, de sa figure peinte sur la porte de planches. Je lui ai dit que j'avais simplement imploré une aide dans l'horreur où j'étais, sans consciemment penser à lui, et que son visage s'était

dressé comme un rempart entre ce mauvais mort et moi, et qu'il avait guéri la maison. Jualès m'a écouté, les yeux à demi clos dans ses bouffées de tabac, puis il a hoché la tête. Il m'a dit :

– Tu as trouvé l'Esprit. Tu pourras l'appeler quand tu voudras désormais. Il t'accompagnera partout. Il t'arrivera de l'oublier, bien sûr. Qu'importe, lui ne t'oubliera pas.

– J'ai payé cher ma découverte, señor Jualès. Voyez Flora, dans quel état elle est. J'ai failli perdre la raison, ma femme et notre enfant à naître.

– Je croyais que tu voulais devenir un guerrier.

J'ai baissé la tête, j'ai grogné je ne sais quoi. Il m'a dit :

– Un guerrier ne se plaint jamais, Luis. Il sait qu'il n'a aucune chance de vaincre s'il ne prend pas le risque de tout perdre.

Nous sommes restés silencieux un moment. Mon cœur était lourd de questions que je n'osais pas poser. J'ai dit enfin :

– Señor Jualès, pourquoi El Chura ne m'a-t-il jamais parlé du Christ ?

– Il t'a parlé de l'Autre.

– Oui, mais c'était un Autre indien. Il était dans les pierres, dans l'eau, dans la nuit, dans le corps, dans les mémoires.

– Dans ton corps, dans tes mémoires, le visage de l'Autre est celui que tu as peint. Qu'importe son nom, qu'importe son visage. Pour certains, il prend l'apparence de Viracocha, de Vieux Père ou du Serpent à plumes. Pour tous, il est la force du Vivant. Il est l'Esprit. Il ne te reste plus qu'à l'installer dans ta vie.

– Apprenez-moi, señor Jualès.

– Non, Luis, tu dois apprendre seul désormais. Observe-toi. Observe les gens, quand ils se parlent. Ils tentent de capter, dans les moindres regards, un peu plus de vigueur, un peu plus d'existence. Ils se grigno-tent. Par séduction, par ruse ou par violence, ils se volent à tout instant des forces. Pourquoi font-ils cela ?

– Parce qu'ils ignorent l'Autre, le Vivant qui pourrait leur donner tout ce dont ils ont besoin s'ils le laissaient entrer. Mais ils ne peuvent pas le laisser entrer, ils n'ont pas ce trou que je me sens, au sommet du crâne.

– Ton appel dans la maison hantée a ouvert le pas-sage entre le Vivant du dehors et le Vivant du dedans. Tu peux donc sortir de la ronde des voleurs, Luis. A partir de maintenant, tu ne dois plus chercher ton bien chez tes semblables. Appelle. Ce qu'il te faudra te sera aussitôt donné. El Chura t'a appris l'art de l'aigle, qui te permet de n'être pas pillé. Tu viens d'apprendre seul à n'être pas un brigand. Hé, si tu continues, tu devien-dras peut-être un homme véritable.

Il a laissé aller un rire satisfait, et il m'a offert un cigare.

Nous sommes restés quelques mois à Lima, le temps que Flora donne le jour à notre fils. J'ai beaucoup peint, j'ai vendu quelques tableaux, pas assez cependant pour redonner à ma compagne quelque confiance en l'avenir. Je l'aimais de plus en plus douloureusement, elle m'ai-mait aussi mais elle en avait assez de s'escrimer à me suivre, moi qui courais sans cesse après des rêves, d'au-tant que maintenant, avec son enfant, elle avait trouvé son centre du monde. Je lui ai proposé d'aller se reposer à Córdoba, chez mon père. C'était un homme d'une grande bonté envers les gens qu'il ne connaissait pas. Il n'avait jamais laissé un pauvre mendier sans secours à sa porte. Je savais qu'il la recevrait. Il n'a pas été facile de la convaincre. Elle a fini par s'y résigner. Sans doute a-t-elle pensé, finalement, que la maison de mon enfance était le seul endroit où il me serait impossible de l'oublier. Je lui ai donné tout l'argent que j'avais, je lui ai confié une longue lettre pour mon père et un matin je l'ai conduite à la grande gare de Lima. Je ne savais pas que plus de dix ans passeraient avant que je revoie mon fils

## 9

J'ai quitté la maison de Benito Jualès peu de temps
après le départ de Flora. Un directeur de galerie s'intéressait à mon travail, ma peinture exprimait une révolte
toujours aussi généreuse, quoique inconséquente,
j'espérais donc, dans mon infatigable naïveté, pouvoir
vivre enfin en artiste libre, reconnu par mes pairs et
estimé des âmes nobles. J'avais oublié ma mésaventure
bolivienne, je la considérais comme un accident. Je
n'imaginais pas que le bruit de mon excommunication
avait pu me suivre jusqu'à Lima. De fait, il m'y avait
précédé. Un journal du soir, quelques jours avant le
vernissage, avait allumé la mèche du scandale avec un
enthousiasme digne d'un prêche de croisade. Il était dit
que j'étais un terroriste argentin probablement subven-
tionné par le communisme international, et que mes
œuvres étaient d'une nullité méprisable mais néan-
moins éminemment dangereuses pour la santé morale
du pays. Bref, la deuxième exposition de ma vie a
sombré dans un tumulte d'imprécations à peine moins
éprouvant que celui de La Paz. A Lima, j'ai tout de
même eu le temps de vendre un tableau à l'ambassadeur du Guatemala (je n'ai jamais su par quel miracle
il s'était trouvé là) avant que les autres soient saisis et
jetés aux rats des oubliettes préfectorales. Après un
inévitable séjour dans les locaux du commissariat cen-

tral, il a bien fallu que je me remette en ménage avec
la mère Misère. Je me suis trouvé réduit, pour payer la
pension où je logeais, à poser nu tous les après-midi
devant les étudiants de l'Académie des beaux-arts, ce
qui aurait fini par me rendre insupportable la fréquen-
tation de mes semblables si je n'avais rencontré, un
jour d'entre ces jours, don Pedro de las Casas.

J'avais pris l'habitude d'aller chaque matin me
recueillir dans une église discrète, au fond d'une petite
place proche du lieu où j'habitais. J'aimais le silence de
ce lieu où le moindre craquement résonnait infiniment
dans la pénombre. Je m'asseyais au bord de l'allée, je
fermais les yeux et je passais un moment avec mes
bien-aimés, ma mère, El Chura, Marguicha, Flora, doña
María aussi parfois. Or, un jour que je m'attardais à
l'abri du monde, sur mon bout de banc, j'ai entendu des
pas s'arrêter près de moi. J'ai tourné la tête. C'était un
prêtre. Il était d'une corpulence impressionnante. Il a
posé la main sur mon épaule, il s'est penché à mon
oreille et il m'a dit :

– Qu'est-ce que tu fais là ?

– Je prie.

– Tu ne peux pas prier comme ça. Tu dois d'abord
te confesser.

J'avais toujours autant de goût pour la moutarde anti-
cléricale. Elle m'est remontée d'un coup au nez. Je lui
ai répondu à voix basse mais ferme que je n'avais pas
l'intention de lui avouer la moindre faute, et encore
moins de faire pénitence. Ses yeux se sont illuminés.
Il est parti d'un rire de cheval aussitôt multiplié sous
les voûtes sonores. Il m'a dit :

– Ne te fie pas à mon habit, je ne suis pas curé. Je
l'ai été autrefois, mais je ne le suis plus, Dieu merci.
Il fait trop sombre ici. Viens dehors. Ce n'est pas

l'ombre d'un confessionnal qu'il te faut, c'est la lumière du père Soleil. C'est elle qui lave les péchés. Tu veux des « sapayos » ?

Il a sorti une poignée de graines de potiron de la poche de sa soutane. Il me l'a tendue. Il grignotait sans arrêt de ces sapayos. C'était un jovial à la figure ronde, aux cheveux gris, crasseux, plantés bas sur le front. Il ressemblait plus à un gargotier qu'à un homme d'Église.

Je l'ai trouvé déconcertant, mais drôle. Je l'ai suivi.

Il m'a mené de l'autre côté de la place, à la terrasse d'un minuscule bistrot à la façade d'un vieux rose écaillé. Les clients étaient rares, mais il les connaissait tous. Apparemment, c'était un habitué. Nous avons parlé. Il m'a dit son nom, don Pedro de las Casas. Il a aussitôt ajouté que ses amis l'appelaient don Pancho. Je lui ai raconté ce que je croyais être l'essentiel de ma vie, que j'étais argentin, peintre, indien par ma mère, que j'avais longtemps vécu à Tiahuanaco où j'avais connu un homme de bien qui m'avait appris d'importants secrets. Il m'a écouté distraitement, sans cesser de se lancer, à petits gestes vifs, des sapayos dans le gosier. A la fin il s'est épousseté le devant de la soutane et il a laissé tomber :

– Tout ça ne vaut pas grand-chose.

Je me suis raidi, vexé du peu de cas qu'il faisait de mes confidences. Il a commandé deux nouveaux gobelets d'alcool de maïs et il a dit encore, l'œil rond, faussement étonné :

– Pourquoi tu as peur ?

J'ai ricané, fier comme un coq :

– Peur, moi ? Et de qui donc devrais-je avoir peur ? De vous ?

Il a fait « non » de la tête. Il m'a tendu l'index.

– De toi.

Et il a cogné trois coups contre ma poitrine, comme on frappe à une porte. Je lui ai répondu que s'il voulait parler de mes démons ils ne m'effrayaient plus guère, je les connaissais et je m'étais depuis longtemps accommodé de leur malignité. Il m'a dit :

– Je ne parle pas des défauts de ta créature, je parle de la grandeur de ton Être. Tu as peur de Celui qui est là, dans ta peau, de Celui qui a décidé un jour de descendre sur cette terre pour goûter les saveurs de la vie, pour la nourrir de son propre savoir, pour accomplir ce qui doit l'être, et qui a choisi ton corps pour maison. Celui-là a une histoire beaucoup plus longue et intéressante que ton vague récit de touriste. J'aurais bien aimé l'entendre. Bah, ce sera pour une autre fois.

Il s'est levé, il est parti, et je suis resté stupéfait devant le garçon de café qui s'en venait réclamer le prix des consommations.

Je l'ai retrouvé le lendemain vers la même heure à la porte de l'église. Il était vêtu d'une veste et d'un pantalon dépareillés, sa bedaine débordait largement de sa ceinture et ses pieds étaient nus dans des espadrilles enfilées en babouches. La veille, en soutane, il avait l'air d'un patron de buvette et là, en civil, il ressemblait à un employé des postes avachi par la retraite. Il m'a accueilli avec une simplicité de vieil ami et m'a aussitôt entraîné vers le bistrot. Je me suis étonné de son changement de costume. Je lui ai dit que j'avais failli ne pas le reconnaître. Il a haussé négligemment les épaules. Il m'a répondu :

– Parfois je suis prêtre, parfois sorcier, parfois ivrogne, ça dépend des ouailles qui me viennent.

Nous nous sommes assis à la terrasse. Il a commandé à boire d'un claquement de doigts, puis il m'a examiné de pied en cap, la figure épanouie. Il m'a dit :

– Tu vas bien ?

– Très bien.

Il s'est mis à glousser comme une poule. Il m'a lancé :

– Tu crois ?

Mon cœur a trébuché. J'ai répondu, la voix soudain pâlotte :

– Bien sûr.

Il a regardé ailleurs, l'air de réfléchir à mes chances de survivre au-delà de l'heure prochaine. Je me suis renfrogné, j'ai pensé : « Méfiance, cet homme est un faux ami, un malfaisant, un virtuose du croc-en-jambe. » L'envie fugace m'a traversé de le planter là et d'aller sans plus attendre retrouver mon Chura et mes amoureuses secrètes dans l'ombre de l'église, mais il était trop tard, ce bandit m'avait déjà harponné. En vérité, il m'intéressait plus qu'il ne m'indisposait. Ma mauvaise humeur et mon désir manifeste de me mesurer à lui l'ont fait sourire avec une bienveillance si étonnée, si démunie aussi que je me suis senti envahi par son regard. D'un court moment je n'ai plus rien perçu du monde, j'étais tout dans ses yeux. Et dans leur lumière paisible j'ai vu soudain briller cette question : « Veux-tu faire un bout de ton chemin avec moi ? » Je n'ai rien dit, mais il a dû entendre ma réponse, car il s'est mis à rire doucement, moi aussi, et d'un même élan nous nous sommes serré la main, au-dessus de nos verres, comme deux larrons en foire.

J'ai vu don Pancho tous les matins, jusqu'à mon départ de Lima. Il était toujours inattendu. Parfois je le trouvais déguisé en curé ou en moine, parfois en ancien combattant aux revers de veste déformés par les médailles, parfois en ivrogne, parfois même en mendiant. Les jours où il jouait à demander l'aumône il m'était impossible de parler avec lui. Il me quittait sans cesse pour trotter dans la rue derrière les passants, il les tirait par la manche, il leur tendait la main en faisant le dos rond. Il maudissait à grand bruit ceux qui ne lui donnaient rien. Les autres, il les remerciait avec une servilité vaguement agressive, que j'estimais honteuse. Il me rejoignait enfin. Il me disait, tout en comptant ses sous :

– A toi maintenant.

Je n'osais pas. Il se fâchait, il s'éloignait en bougonnant et ne me lâchait plus, de temps à autre, que des réflexions méprisantes par-dessus son épaule. Je ne comprenais rien à sa conduite. Un jour, comme il me harcelait ainsi, je lui ai répondu sèchement que sa folie était trop savante pour mon entendement, et que j'étais fatigué de ses extravagances. Il s'est tourné vers moi, l'index pointé. Il m'a dit :

– Qui a parlé ?

J'ai bafouillé :

– C'est moi. Qui d'autre ?

– Tu mens. C'est un impatient à moitié indien qui se croit artiste et qui se prend pour le nombril du monde. Ce n'est pas toi.

– Je ne me prends pas pour le nombril du monde mais je suis en effet ce que vous dites, don Pancho : impatient, indien et artiste. Où est le mensonge ?

Il a soupiré, la mine contrite, apparemment accablé par mon ignorance crasse.

– Qui dit « je » par ta bouche ? Toi ? Non. Un vague personnage, un passant éphémère qui veut à toute force être reconnaissable, avoir droit de cité, jouer un rôle dans le monde. Et pourquoi ce fantôme s'acharne-t-il ainsi à se montrer, dis-moi ? Parce qu'il ne puise d'existence que dans le regard des autres. Il n'est pas doué de vie véritable.

– Pourtant, don Pancho, si je vous dis que je suis né à Córdoba, Argentine, de mère quechua et de père espagnol, avouez que ce sont là des vérités difficilement discutables.

– Ce sont des attributs d'une importance nulle, au regard de ton Être. Ton Être ne dit pas : « Je suis ceci, cela, clochard, peintre, ministre, espagnol ou chinois », il n'est pas tel ou tel, il est. Il dit : « Je suis » et il n'ajoute rien.

Il faisait grand vent ce jour-là. Je me souviens qu'une feuille morte s'est tout à coup plaquée sur sa poitrine et elle est restée là, un moment. Je l'ai regardée, elle m'a ému. Elle était comme une main tremblante.

– Mon Être me parle parfois, don Pancho, mais à peine. J'aimerais bien l'entendre plus souvent.

– Pas un instant ne passe qu'il ne soit avec toi, Luis. Si tu ne perçois pas sa présence, c'est que tu es assourdi par la cacophonie de ces « moi je », de ces « j'existe », de ces « je suis quelqu'un », de cette foule de personnages inconsistants qui occupent ta vie.

Je me suis arrêté au milieu de la rue. Le monde, autour de moi, n'était qu'une rumeur, qu'un brouillard coloré. J'ai dit, le cœur gonflé d'un étrange bonheur :

– Il arrive qu'ils se taisent. Quand ils ne peuvent rien pour vous sauver d'un gouffre ils disparaissent, ils se terrent comme des bêtes peureuses, ils laissent place à la force de l'Être. Je sais cela, je l'ai vécu.

– Attendre d'être à moitié mort pour accueillir enfin la vie, Luis, quelle stupidité ! Tu devrais vivre sans cesse auprès de ton Être, et non pas seulement l'appeler au secours quand le diable menace. Il faut que tu ramènes tes faux « moi » à leur enclos, à leur théâtre. Car ils ne sont rien de plus que cela : des rôles costumés sur les tréteaux du monde. Tu dois donc de temps en temps faire comme je fais, jouer avec eux, leur prêter

ta peau, tes gestes et quelques heures de ton existence.
C'est la manière la plus sûre de les observer, de les
connaître. Peu à peu tu ne te laisseras plus duper par
leur malice, tu les apprivoiseras et tu leur apprendras
à se tenir sages quand tu auras rendez-vous avec Celui
qui est.

Il avait ce matin-là extorqué une bonne poignée de
monnaie à un groupe de nonnes et de vieilles bien
mises. Il était content de lui. Il a prétendu, l'œil allumé,
que ma sottise lui avait donné soif et il s'en est allé
droit vers le bistrot. Je l'ai suivi. Je lui ai dit en riant
que j'ignorais s'il était un véritable ivrogne, mais qu'il
incarnait ce personnage-là, dans son théâtre intime,
avec une conviction remarquable. Il m'a répondu :

– Oh, ce n'est pas celui-là qui m'inquiète le plus.

– C'est lequel, dites-moi ?

– L'homme de connaissance. Lui, si je ne le surveil-
lais pas comme le lait sur le feu, il serait bien capable
de me faire croire qu'il sait vraiment.

– Et celui que nous appelons l'Être, don Pancho,
est-ce qu'il sait, lui ? Est-ce qu'il connaît la vérité première, la plus importante de toutes, celle qui dit pourquoi le monde est né, et pourquoi nous l'habitons ?

Nous venions de nous asseoir à la terrasse. Il a ouvert
sa chemise, il a désigné sa poitrine nue et il m'a dit :

– Tout l'univers est là, dans ce corps, comme dans
chaque corps vivant, avec sa vérité. Touche.

J'ai refusé de le palper comme il m'invitait à le faire.
Ma pudeur l'a amusé. Il s'est servi à boire, il m'a dit :

– Un ancien comme toi, jouer les pucelles, tu n'as
pas honte ?

Je lui ai répondu que j'avais à peine plus de vingt
ans et que je ne savais pas grand-chose de la vie. Il
venait de vider d'un trait son gobelet d'alcool. Il a failli

cracher ses poumons sur mes chaussures. Il a postillonné, toussé comme un noyé, roté furieusement, les yeux exorbités, puis il a balayé l'air d'un grand geste et il s'est mis à brailler :

– Pourquoi t'acharnes-tu à me faire de la peine ? Que t'a donc appris ton Chura pour que tu oses proférer des sottises aussi basses ? Que sais-tu de ton âge ? Rien. Regarde. Combien vois-tu d'étoiles dans mes yeux ?

Ils étincelaient. J'ai dit :

– Je ne sais pas, des milliers, des millions peut-être.

– Autant d'années devant, autant d'années derrière. Et tu es aussi vieux que moi. Tu as compris ?

– Non.

Il a soupiré, ses yeux ont peu à peu retrouvé leur lumière indulgente, amusée, amoureuse. Il m'a parlé du temps. Il m'a dit que le poids de mon histoire autant que la crainte ou l'espérance de l'avenir ne pouvaient que m'attirer hors de moi, dans des lieux imaginaires où je ne rencontrerais le plus souvent que la peur, l'impuissance et le chagrin. Il m'a dit :

– Vis dans ton corps, Luis, dans l'amitié, dans la constante sensation de ton corps. Ton corps ne pense pas, il n'imagine pas, il ne suppose rien. Il fait, à chaque instant, seconde après seconde, ce qu'il doit, rien de plus. A l'instant où tu te sens vivant, le Vivant est là, avec toi, ton Être est là, car lui ne connaît que le présent perpétuel. Il ignore tout du passé, du futur, il ne peut pas t'y poursuivre, quand tu t'y perds. Il est là, il t'attend dans ton corps présent, prêt à t'inonder de toutes les bontés désirables. Le présent, Luis ! Tous les mystères, toutes les richesses, toutes les réponses du monde sont dans ce mot. Hé, tu as vu la « chola » ?

Une magnifique métisse venait vers nous sur le trottoir. Son jupon a effleuré notre table. Elle s'est éloignée sur la place en nous laissant au nez tous les parfums d'un salon de coiffure. Don Pancho m'a fait un clin d'œil si ridiculement inspiré que j'en ai éclaté de rire. Il m'a dit :

– Ne laisse rien passer, Luis, tout vient pour te nourrir. Prends cette brise d'eau de Cologne, ces hanches, ces seins, ce visage et fais-en du bonheur, et rends grâces à la vie. L'Être aime ça, aussi.

Souvent, quand je parlais d'El Chura, il faisait la grimace, il grognait et remuait la main d'un geste agacé comme pour me signifier qu'il connaissait le bonhomme de longue date et qu'il l'estimait négligeable. Je détestais cela. Qu'il me juge stupide m'importait peu, mais qu'il considère avec condescendance ce vieux père qui avait éclairé le chemin de ma vie m'était insupportable. Un jour, comme j'évoquais mes promenades en sa compagnie dans les ruines de Tiahuanaco, il s'est mis à ricaner effrontément. Le cœur, soudain, m'en a bondi dans la tête. Je lui ai dit :

– Don Pancho, El Chura fut et restera jusqu'à ma mort mon ami le plus cher. Votre mépris me blesse. Vous pouvez penser de lui ce que vous voudrez, mais devant moi je vous prie à tout le moins de le respecter, si vous êtes incapable, comme je le crains, d'éprouver la moindre estime pour qui que ce soit.

Il m'a regardé, la bouche en cul-de-poule, l'air si douloureusement étonné qu'une bouffée de rire a troublé ma colère. Il m'a répondu :

– Je ne t'ai jamais parlé d'El Chura. Comment aurais-je pu lui manquer de respect ?

– Allons, vous plaisantez. Son nom seul suffit à vous écorcher les oreilles.

– Tu te trompes, Luis. Ce n'est pas son nom qui m'écorche les oreilles, c'est le bruit de ta voix. Chaque fois que tu parles d'El Chura, ta voix change. Elle s'embrume, elle s'en va barboter complaisamment dans le passé, et je ne vois plus entre nous que des fantômes. Tu es fier d'avoir été l'apprenti de cet homme, et c'est bien, tu peux l'être. Mais je ne suis pas sûr que tu l'aimes vraiment, quand j'entends tes histoires. Si El Chura était aussi précieux à ton cœur que tu le dis, tu ne le gaspillerais pas à trop parler de lui, tu le garderais au plus chaud de toi, comme une force active et sans cesse présente, tu lui demanderais en toutes circonstances de t'inspirer les gestes et les paroles justes, et plutôt que de me raconter ta vie auprès de lui tu serais ce qu'il est, en plus jeune et plus fou.

J'ai baissé la tête, tout à coup accablé. J'ai dit :

– J'essaie de l'être, don Pancho.

– Je sais, Luis. Ne sois pas triste, tu ne te débrouilles pas mal.

Il s'est penché vers moi, il m'a pris par l'épaule et il m'a dit encore, à voix basse :

– Demain, je te donnerai la troisième des sept plumes de l'aigle.


El Chura m'avait parlé, un jour, de ces sept plumes. Il ne m'en avait pas dit grand-chose, sinon qu'en chacune était un secret, et qu'elles me seraient données en leur temps. Je me suis brusquement souvenu de celle que doña María avait plantée entre mes doigts, la veille de mon départ de Machu Picchu. J'avais cru à un simple cadeau, à un menu souvenir de nos amours sur le Huayna Picchu, ce dernier rocher avant le ciel où j'avais reçu le baptême de l'aigle. Je l'avais regardée, cette plume, comme une fleur offerte, sans trop savoir que dire. Elle était brune, humble. Doña María avait fermé ma main sur elle et m'avait soufflé à l'oreille : « Souviens-toi que rien n'arrive par hasard. » Je n'avais pas cherché à comprendre ces paroles, je les avais d'ailleurs à peine entendues. La bouche tiède de la « belle chola » venait d'effleurer ma joue, j'en étais tout ému, rien d'autre, ce soir-là, ne pouvait m'importer. Et maintenant, dans ce petit bistrot où n'étaient que deux vieux qui jouaient aux cartes et ce grand gros homme qui m'examinait avec son sourire malin de poseur de pièges, tout me revenait pêle-mêle, porté par le vent du dehors. J'ai dit à don Pancho que j'avais reçu la première des sept plumes de l'aigle, mais que j'ignorais ce qu'elle signifiait. Il m'a répondu :

– Tu le sais, sinon tu m'aurais posé mille questions stupides. Notre rencontre ne t'a même pas étonné.

J'ai ri, j'ai dit :

– C'est vrai, elle m'a paru normale.

– Les choses et les gens qui croisent ton chemin ne viennent pas pour rien, Luis. C'est le secret de la première plume de l'aigle.

– Vous m'avez dit que vous me donneriez la troisième. Pourquoi pas la deuxième, don Pancho ?

– Celle-là, tu la trouveras seul. Il faut d'abord que tu rencontres quelqu'un.

– Un homme de savoir ?

– Non, ni un homme, ni une femme. Quelqu'un.

Et il s'est mis à rire avec un appétit de carnassier.

Le lendemain matin il m'attendait comme à son habitude devant le portail de l'église. Il était en soutane. Dès qu'il m'a vu venir à sa rencontre sur la place il a tourné les talons, il a franchi le seuil et il a disparu dans la pénombre. Je l'ai rejoint. Je l'ai trouvé assis au milieu des bancs vides. Il grignotait des sapayos. Il ne m'a pas salué. Il ne m'a même pas regardé. Il a dit :

– Au commencement du monde, c'est dans le feu que ceux d'En Haut ont déposé le secret. Il était de sept couleurs. En ce temps-là l'eau était une femme,

elle savait l'art des enchantements, elle était sorcière.
Elle a enchanté le feu. Quand le feu s'est trouvé sans
défense, elle s'est jetée sur lui. Elle l'a tué. Du feu
mourant une vapeur s'est élevée, et dans le dernier
souffle du feu l'eau s'est emparée du secret. Après
l'eau, le bois est venu. Il s'est nourri d'elle et le secret
est entré dans le bois par mille racines buveuses. Après
le bois, la pierre est venue. Elle a usé le bois, elle a
dévoré sa force, et le secret, avec la force défaite du
bois, est entré dans la pierre. Après la pierre, l'aigle
est venu. Il a couvé la pierre. La pierre a aimé cela. Le
secret aussi a aimé cela. Il est allé se blottir dans le
plumage de l'aigle. Après l'aigle, l'homme est venu.
Il a fait alliance avec l'aigle. L'aigle lui a donné sept
plumes, dans lesquelles étaient les sept couleurs du
secret, et par la puissance de ces sept plumes, l'homme
est devenu sorcier.

Il m'a répété trois fois cette histoire, lentement, avec
une application d'instituteur. Puis il m'a dit :

– Le secret de la troisième plume de l'aigle est celui
de la maîtrise de l'attention. Quoi que tu fasses, où que
tu sois, n'accorde pas ton attention entière aux gens,
aux images ou aux événements qui t'environnent. Gar-
des-en une part pour toi-même. Que cette part soit
menue, pauvre comme un filet d'eau dans le désert,
qu'elle soit un presque rien d'attention importe peu.
L'essentiel est que tu ne la laisses pas se perdre et que
tu la diriges obstinément vers ta personne. Ainsi une
lampe en toi restera toujours allumée près d'une porte
entrebâillée par où l'Être pourra te tirer par la manche,
chaque fois qu'il le faudra. Cela ne t'empêchera pas de
parler, d'écouter, d'agir comme un homme ordinaire.
Toi seul sauras, personne d'autre. Fais comme je te dis,
Luis. Dans l'attention est une force prodigieuse. Prends
soin d'elle. Elle te donnera, peu à peu, des trésors dont

tu n'as pas idée et quelques pouvoirs utiles que tu devras mettre au service de Celui qui est, et de lui seul. Mais je te fais confiance. Depuis ton séjour à Ica, tu sais cela.

Il s'est levé. Il s'en est allé plier le genou et se signer furtivement devant l'autel, puis il a quitté l'église en semant çà et là, le long de l'allée, de ses sapayos qu'il n'avait cessé de dévorer, il a fait halte un instant sur le perron, il m'a pris l'épaule, et du geste ample d'un prince au seuil de ses domaines il m'a invité à le suivre au bistrot.

A peine assis à la terrasse, il m'a demandé ce que je comptais faire désormais. Il avait l'air content comme un homme en vacances. Je lui ai répondu que j'avais l'intention de quitter Lima, où je n'étais pas heureux, mais que je ne savais pas où aller. Et comme j'évoquais plusieurs destinations possibles, il m'est tout à coup apparu que nous allions bientôt nous dire adieu, le plus naturellement du monde, sans que le cœur nous tremble, sans souci de savoir si nous nous reverrions un jour. Cela m'a paru extravagant et pourtant simple, limpide, secrètement joyeux. Je suis resté les yeux perdus dans la lumière à respirer à peine, à tenter de retenir en moi une jubilation vivifiante mais fugace comme un parfum de brise. Il m'a paru qu'une brume s'était dissipée dans mon esprit, et que je venais d'entrer dans un paysage aux couleurs ravivées où le doute et l'inquiétude n'avaient pas plus de consistance que de petits nuages au fond du ciel, où tout baignait dans une sorte d'étrangeté normale, où le hasard ne faisait même plus semblant d'exister. Don Pancho, avant notre rencontre, ignorait tout de mon existence. Il m'avait pourtant attendu dans cette ville où je ne sais quel vent m'avait un jour poussé. J'ignorais tout de lui. Je l'avais pourtant reconnu. Nous n'étions même pas devenus des amis. Il m'avait pourtant remis ce qu'il devait me remettre, et pas un instant je n'avais douté de lui. Et maintenant, comme deux bons ouvriers au terme d'un travail commun, nous buvions ensemble un dernier verre avant que chacun reprenne sa route. Je me suis mis à rire. J'ai dit :

– Vous comprenez ça, vous ?

– Quoi donc ?

– Notre vie.

Il a haussé les sourcils, il a grogné :

– Il est aussi stupide de vouloir comprendre sa vie que de prétendre se nourrir de la formule chimique d'une pomme. Bois, Luis. Tu réfléchis trop et tu ne bois pas assez.

Il a rempli mon gobelet. Il m'a dit encore :

– Tu devrais aller te promener du côté de Sechura. Il y a là-bas des ruines qui en savent long.

Je lui ai demandé si c'était sur le chemin de Guayaquil. J'avais envie de connaître Guayaquil. J'avais entendu dire qu'on y trouvait les meilleurs restaurants chinois d'Amérique. Il m'a répondu que pour m'y rendre je devrais forcément traverser le désert de Sechura. Il m'a dit :

– Quand tu seras décidé, n'oublie pas de me prévenir. Il faut que je te voie avant que tu t'en ailles.

Il avait déjà vidé les deux tiers d'une bouteille d'alcool de maïs. Je me suis levé, je devais aller à mon travail. Il m'a longuement serré la main, avec un sourire innocent et mélancolique. Il avait envie d'être seul. Il y avait des millions d'étoiles dans ses yeux.

Je n'ai revu don Pancho qu'une semaine après ce jour. Il était à cette même place où je l'avais laissé, il avait devant lui sa même bouteille flanquée du même

gobelet. Il regardait les gens dans la rue en mâchouil-
lant ses éternels sapayos, les jambes écartées, sa panse
rebondie contre le bord de la table. Nous n'avons guère
parlé. Je lui ai dit que je venais lui faire mes adieux.
Il a hoché la tête. Il m'a répondu :

– Viens demain à l'église au lever du soleil. Tu auras
besoin de courage pour traverser le désert de Sechura.
Je t'en planterai quelques graines dans la tête.

Il m'a fait un clin d'œil, il m'a tapé sur l'épaule en
ricanant doucement. Il n'a rien voulu me dire d'autre.

Le lendemain matin quand j'ai traversé la place, les
poings aux poches, le cou dans les épaules, il n'était
pas plus de cinq heures. J'étais mal réveillé, je grelot-
tais dans l'air aigrelet de la nuit. Je craignais d'avoir à
l'attendre mais non, il était déjà là, debout dans sa
soutane poussiéreuse, devant le portail. Il m'a fait un
signe de bienvenue, l'œil vif comme en plein midi, puis
il m'a pris le bras et il m'a mené derrière l'église où
étaient quelques arbres et des pelouses maigres. Il m'a
fait agenouiller face à l'est. Le petit jour luisait sur
quelques toits lointains. Il s'est planté derrière moi, il
a pris mon crâne à deux mains, fermement. Il m'a
ordonné de fermer les yeux, d'entrer dans l'obscurité
de mon corps et de m'y tenir tranquille. J'ai obéi sans
peine. El Chura m'avait appris à m'enfoncer en moi, à
m'y pelotonner comme avant ma naissance. J'ai
entendu don Pancho respirer brusquement à longs ron-
flements rauques. J'ai voulu accorder mon souffle à
son rythme. Je n'en ai pas eu le temps. Une lumière
soudaine m'a explosé dedans, brève, silencieuse,
éblouissante comme une foudre. J'ai sursauté. J'ai
poussé un couinement misérable. Je me suis cru aveugle. Je suis resté un moment à m'ébrouer, à gémir, à
me frotter les yeux. Quand enfin j'ai regardé autour de

moi je me suis vu seul dans la brume du matin. Je me suis mis debout, encore vaguement ébloui. Il me semblait que mon esprit flottait comme un ballon au-dessus de ma tête. Je suis retourné au perron de l'église en titubant, en m'appuyant à l'air. Le portail était entrouvert. Je suis entré. Au fond, devant l'autel, dans la lueur de l'aube qui tombait des vitraux, j'ai reconnu la carrure ombreuse et massive de don Pancho. Je me suis approché, à pas aussi menus que possible, mais à cette première heure du jour la paix dans ce lieu était si ample et si sévère que le moindre craquement de chaussure menaçait de briser l'ordonnance du monde. Je me suis arrêté derrière lui. J'ai tendu la main vers son épaule. Je n'ai pas osé le toucher. Il ne s'est pas retourné. Il a dit :

– Adieu, Luis.

J'ai répondu, à voix basse :

– Adieu.

C'est ainsi que nous nous sommes séparés. Je suis parti. J'ai retrouvé le dehors avec une joie tout à coup débridée. Je me suis mis à courir dans la lumière du matin comme un enfant à la sortie de l'école.

J'ai pris l'autobus jusqu'au premier hameau après Lambayeque. Pourquoi me suis-je arrêté là plutôt qu'ailleurs ? Je l'ignore. Il n'y avait rien que quelques cabanes apparemment inhabitées. Le soleil, la poussière et le vent salé semblaient avoir tout asséché, les quelques arbustes alentour, les touffes d'herbe et la peau des rares vivants. Je me suis retrouvé devant la seule bâtisse crépie de terre ocre, au bord de la route. Une enseigne illisible grinçait au-dessus de la porte. C'était l'auberge. Derrière elle, au loin, était la ligne argentée du Pacifique et devant, le désert de Sechura qui se perdait dans des brumes mauves. Le lieu m'a plu. Il était pourtant inhospitalier, mais il m'a paru reposant après le tohu-bohu de la ville et le tintamarre du tas de ferraille qui m'avait laissé là. Aucune nouvelle du monde, bonne ou mauvaise, ne paraissait pouvoir arriver jusqu'à ces masures où l'on n'entendait rien que des remuements de bêtes derrière des murs d'étables, et des bribes de voix sans visages. J'y suis resté deux jours. L'aubergiste dans sa turne au plafond trop bas vendait de l'alcool frelaté, des beignets pimentés à vous faire pleurer des braises, quelques pans de grenier qu'il appelait des chambres et accessoirement sa fille aux voyageurs. C'était une adolescente maigrichonne à la figure chiffonnée, aux yeux d'une tristesse effrontée, à la voix étrangement rauque. J'ai peint son portrait à l'aquarelle, sous l'unique lucarne de la maison. Je l'ai offert à son père. Il m'a aussitôt regardé comme un ami considérable. Après le dîner il s'est attablé près de moi pour m'indiquer, sur une vieille carte de la région dont il m'a fait cadeau, les lieux où se trouvaient les ruines que je voulais visiter. Je ne pouvais m'y aventurer sans le secours d'une mule. Avec force clins d'œil de maquereau il m'en a proposé une contre un autre portrait, le sien, et la moitié des billets que j'avais en poche. Le lendemain matin, mes toiles, mes cartons et mes sacs de conserves bringuebalant sur la croupe de ma bête, j'ai pris l'étroit sentier qui montait vers les pierrailles, au large de la route.

Les Chimú et les Mochicas qui ont peuplé autrefois les terres de Sechura n'ont laissé çà et là que des traces sans nom. Rien n'a survécu de comparable à Tiahuanaco, ou à Machu Picchu. Seules demeurent de longues murailles parmi les cailloux et les buissons épineux de ce désert qui joint les monts célestes de la Cordillère aux rives de l'océan Pacifique. Après une semaine d'errance dans cette plaine sans arbres j'ai pu enfin m'asseoir à l'ombre. Le mur où j'étais parvenu cahotait sur quelques dizaines de mètres et se perdait en éboulis. Il était émaillé de céramiques bleues fichées dans le torchis qui recouvrait les pierres. J'ai attaché ma mule à un rocher proche et j'ai exploré l'alentour. Seuls bruissaient des insectes. J'étais habitué à leurs grésillements. Tout, jusqu'à l'horizon, baignait dans une paix revêche et tourmentée. La nuit venue j'ai allumé mon feu à l'abri de la ruine, j'ai avalé ma boîte quotidienne de haricots, je me suis enveloppé dans ma couverture et je suis resté un moment les yeux ouverts à contempler les étoiles. Le vent était tombé, comme tous les soirs. Les insectes s'étaient tus. Je n'ai guère tardé à m'endormir.

J'ai dû naviguer une paire d'heures dans un sommeil traversé de cauchemars. Je me suis réveillé contre le mur, tout recroquevillé, le dos tourné au monde, avec ma couverture au-dessus des cheveux. J'ai risqué un œil dehors. La lune était immense. Elle semblait toute proche sur la crête des ruines, dans les ténèbres bleues. Je me suis renfoncé douillettement sous mon abri. Mais comme je reposais l'oreille sur mon sac, un frisson m'a couru entre les omoplates. J'ai senti brusquement une présence proche. Il y avait là quelqu'un.

Je me suis à peine redressé, je suis resté un moment à l'affût comme une bête au bord d'un trou. Un caillou a grincé, tout près. Il m'a semblé sentir un souffle sur ma nuque. Ce n'était pas un homme. Cette puissance obscure, cette pesanteur chaude, cet envahissement sauvage et silencieux étaient d'un animal. J'ai hissé mon épaule contre le mur, en mesurant au plus juste mes gestes. Mes sens, tous en éveil, ma peau, du crâne aux pieds, se sont mis tout à coup à vivre sans ma tête. Je me suis retourné lentement. Une gueule de monstre aux yeux éblouissants, à la grimace noire, a effacé le ciel, les étoiles, le monde. Deux mâchoires crochues ont bâillé puissamment, dans un long râle sourd. Une puanteur d'entrailles humide, lourde, a envahi ma face. J'ai suffoqué, la bouche ouverte. C'était un puma.

Il était énorme. Il se tenait assis sur son train. Sa queue, par sursauts brefs, remuait des graviers. La lune ruisselait le long de son échine. Il s'est mis à me flairer le visage et les bras en bougeant l'encolure de droite et de gauche, sans cesser de promener sur moi son regard jaune et noir comme deux flammes froides. Je ne pouvais pas fuir, j'étais le dos au mur. L'aurais-je tenté, d'un bond, d'un coup de griffe il m'aurait arraché la poitrine. Une prière s'est étranglée dans ma gorge. J'ai senti ma main droite s'élever au-dessus du sol où elle était appuyée. Quelqu'un en moi a hurlé qu'elle allait à l'instant disparaître entre les crocs de la bête, mais elle a continué de monter au bout du bras, sans écouter ce que criait ma tête. Elle a effleuré le museau. Elle s'est aventurée vers le pelage, entre les oreilles droites. Elle s'est posée. Alors le fauve s'est penché avec une étrange innocence. Il a poussé en avant son front plat, comme font les chats quand ils désirent une caresse. J'ai laissé aller mes doigts dans sa fourrure. Elle était tiède, douce. Puis ma main d'elle-même s'est reprise, elle s'est reposée près de moi, et je n'ai plus bougé. Je n'éprouvais plus rien qu'un calme sans lumière. Je n'ai même pas sursauté quand le puma s'est dressé sur ses quatre pattes. Il a tendu sa gueule au ciel, il a poussé un grondement semblable au tonnerre lointain, droit à la lune, il s'est brusquement détourné et il s'est éloigné dans la nuit, en trottinant.

Mon corps s'est relâché d'un coup. Je me suis mis à grelotter si fort que je me suis trouvé incapable de ramener la couverture sur mes épaules. Je l'ai roulée en boule contre mon ventre et je l'ai tenue là serrée, abandonné aux vagues de tremblements qui me secouaient sans que j'y puisse rien. Je suis resté ainsi jusqu'à l'aube. Quand j'ai vu le premier rayon de soleil illuminer la crête de la muraille, je me suis levé. Le fond de l'est était en feu. J'ai entendu la mule qui tirait sur sa longe, elle ahanait, elle avait envie d'aller paître parmi les épineux. A deux pas d'elle je me suis arrêté, troublé par une déconcertante évidence. Cette innocente bête-là aurait pu être une proie facile pour le puma. Or, non seulement elle n'avait pas été le moins du monde inquiétée, mais elle ne paraissait même pas avoir perçu la présence du fauve. Par quel miracle ne s'était-elle pas affolée ? Elle aurait dû pour le moins tenter de fuir, braire, me réveiller. Elle n'en avait rien fait. Le doute m'est venu. J'ai cru un instant que j'avais été victime d'une hallucination, d'un monstre pétri d'idées noires, d'un puma évadé de mon crâne. J'ai détaché la mule. Elle s'est agitée, tandis que je dénouais la corde. A peine libre, elle a fait un bond en arrière. C'était de moi qu'elle avait peur. J'ai flairé ma main droite. J'avais encore, là, une odeur carnassière. J'ai cherché des traces alentour, mais je ne pouvais pas en trouver, le sol n'était que d'éboulis et de cailloux. Je me suis assis, j'ai regardé le ciel. Et tandis que ma bête broutait l'herbe jaune le long de la muraille, j'ai appelé El Chura dans mon cœur. Je lui ai demandé avec une anxiété suppliante ce qui s'était réellement passé. Il ne m'a rien répondu. Mais comme je pensais à nos journées ensemble, je me suis souvenu d'un jour de vent où nous avions parlé des aigles.

Il m'avait dit qu'à la différence de nous, créatures humaines, qui avions en nous-mêmes cette conscience qu'on appelle l'Être, les animaux ne disposaient que d'un esprit par espèce, et que cet esprit n'était pas incarné mais flottait dans l'invisible. L'Être des ours, des loups, des aigles ou des renards gouvernait ainsi ses enfants, veillait sur eux, et aussi parfois sur certains hommes qu'il pouvait être appelé à aider. L'idée m'est venue que le Père des pumas s'était peut-être glissé dans une de ses bêtes et m'avait réveillé en pleine nuit pour m'apprendre quelque chose. Je ne savais pas quoi. Je le saurais plus tard, ou peut-être jamais. Je me suis dit cela non parce que j'étais fou, mais parce que j'étais pauvre. Je n'avais eu pour maîtres que des illettrés qui ne se souciaient pas de raison. Ils ne m'avaient pas appris à observer la vie sous la seule lampe de l'entendement, mais à flairer des pistes et à les suivre, aussi loin, aussi haut qu'elles puissent aller. J'étais fier de ces hommes qui m'avaient instruit, j'étais de leur famille, je les aimais. Par amour du vieux sorcier de Tiahuanaco j'ai donc décidé, en attendant mieux, que mon indiscutable visiteur nocturne avait déposé un cadeau dans la main que je lui avais tendue, et ainsi rassuré, j'ai repris ma route.

Je suis arrivé quelques jours plus tard à Guayaquil. J'ai aussitôt vendu ma mule et j'ai pris pension dans un petit hôtel-restaurant de la grand-rue où je me suis gavé, trois mois durant, d'alcool bizarre, de crevettes géantes, de purée de fèves à l'ail et d'une inoubliable paillarde nommée Estella qui n'avait rien au monde que deux soleils dans les yeux et un autre dans le ventre. Guayaquil m'est apparu comme un Éden, après les rigueurs de Sechura. Il n'y avait là que des Chinois en bonnets noirs et longues tresses et des Indiens patients au sourire perpétuel. J'ai peint, j'ai fait l'amour et j'ai souri au monde jusqu'à épuisement de l'argent que j'avais. Quand il ne m'est plus resté en poche que le prix du voyage je suis parti pour Bogotá où j'espérais rencontrer des peintres et des écrivains dont m'avait parlé le commissaire Benito Jualès. J'avais gardé des lettres pour quelques-uns d'entre eux, mais je n'ai pas eu le loisir de les leur remettre. La vie est une amoureuse impitoyable. Elle seule connaît nos désirs véritables. Nous les ignorons souvent. Elle seule leur est imperturbablement fidèle. La ville où j'ai débarqué, un matin gris, était à feu et à sang. De fait, la visite du puma n'avait été ni hasardeuse ni rêvée. Celui dont j'avais caressé le front, dans la nuit de Sechura, était vraiment venu m'apprendre quelque chose. A Bogotá j'ai su quoi, grâce à Dieu.

# 10

J'ignorais presque tout, en ce temps-là, des régimes et des événements politiques, j'avais perdu mon passeport et je portais une chemise kaki. Ce dernier détail n'était pas le moindre. Il a failli me coûter la vie. Je suis descendu du train en gare de Bogotá, mes vieilles valises ficelées en bandoulière, mes cartons sous les bras. Sur le quai, la cohue m'a paru tout à fait ordinaire. Apparemment, la foule des voyageurs qui s'acheminait vers la sortie ne savait pas plus que moi ce qui nous attendait dehors. Les gares sont des lieux étranges. Rien ne s'y imprime durablement, le présent n'y existe guère, on n'y traverse que des fièvres passagères. Et même si parfois elles sont au cœur des villes, elles n'en restent pas moins des zones frontières, des « plus-tout-à-fait-là », des « pas-encore-ailleurs ».

A peine franchie la porte des arrivées je me suis retrouvé pantois, sous mon tas de bagages, face à un monde insoupçonné et pour le moins stupéfiant. Une jeep de l'armée brûlait au milieu d'un boulevard, tandis que des soldats accroupis alentour tiraient sur des façades. On voyait des fumées, au-dessus des toits de la ville, se mêler aux nuages, on entendait des bruits lointains de bombes, de brefs bégaiements de mitraillettes, des hurlements de sirènes. Certains parmi les gens arrivés avec moi ont aussitôt reflué vers l'abri de la gare, d'autres, leurs gosses dans les bras, se sont mis à courir, courbés comme sous une averse. J'ai rentré la tête dans les épaules et je les ai suivis. J'avais repéré, de l'autre côté de la place, une enseigne d'hôtel. Je me suis engouffré dans un couloir trop étroit pour ma charge d'âne. Il empestait la mauvaise cuisine. Au fond était une lampe, et sous cette lampe un comptoir. Il n'y avait personne. J'ai appelé. Un petit bonhomme gris a passé le nez par un entrebâillement de porte. C'était l'hôtelier. Je lui ai demandé ce qui se passait. Il m'a répondu qu'on avait assassiné Gaetano, et qu'il y avait des morts partout.

A son avis, c'était un coup des « gringos ». Il me l'a dit en feuilletant nerveusement son registre, pour s'occuper les mains. Comme je l'interrogeais plus avant, il s'est brusquement débondé et il s'est mis à évoquer la Conférence panaméricaine, avec des larmes dans la voix. J'en avais entendu parler, c'était un événement considérable. Tous les chefs des gouvernements du continent s'étaient réunis ici même, à Bogotá, pour décider la création des États-Unis d'Amérique latine. Perón et les autres avaient promis de ne pas se séparer avant d'être parvenus à un accord. Les gens s'étaient pris à espérer une révolution pacifique, malgré les mises en garde des Yankees. Ils étaient contre, tout le monde savait cela. Selon l'opinion du brave homme ils avaient donc fait assassiner Gaetano, à seule fin de semer sur le pays une tempête assez violente pour fermer les portes de l'avenir. Ils avaient réussi. Gaetano était le porte-drapeau de la gauche colombienne, autant dire son cœur et son âme, autant que sa tête. Le peuple, dès l'annonce de l'attentat, s'était soulevé. Et maintenant plus personne ne contrôlait rien, les ambassades

flambaient, les avions de l'armée ramenaient en catas-
trophe les diplomates dans leurs pays et la salle où
s'était tenue la conférence était aussi vide que la bouche
d'un cadavre.

Après m'avoir ainsi abreuvé de nouvelles il m'a, sans
transition, demandé mes papiers. Je lui ai répondu que
j'avais perdu mon passeport, mais qu'il me restait un
peu d'argent. Il a plissé les yeux, il m'a regardé avec
une soudaine distance puis à nouveau il a plongé le nez
dans son registre et m'a dit qu'en aucun cas, avec le
temps massacrant qu'il faisait dehors, il ne prendrait le
risque d'héberger un étranger non identifié. Il m'a
conseillé de raser les murs jusqu'au consulat le plus
proche, dont il a bien voulu m'indiquer le chemin, et
de lui ramener au moins un certificat tamponné (il
semblait avoir la plus grande considération pour les
tampons administratifs). Si je n'obtenais rien de cette
sorte, je n'aurais plus qu'à retraverser l'avenue et à
reprendre avant la nuit le premier train pour n'importe
où. Il a tout de même accepté de garder mes bagages,
qu'il a longuement examinés avec une méfiance de
douanier avant de me chasser, d'un geste, hors de sa
vue.

J'ai couru d'angles d'immeubles en portes cochères
jusqu'au bout de la rue où j'ai buté contre une bande
de « pistoleros » qui d'un poing mitraillaient le ciel et
de l'autre dévoraient des fruits en sortant des décombres d'une épicerie. Il y avait là un mort assis contre
la muraille parmi les débris de la vitrine. Personne ne
s'en souciait. J'en ai vu d'autres, plus loin, couchés sur
les trottoirs. Certains étaient à demi nus. On leur avait
volé les bottes et la ceinture, parfois les pantalons.
Partout étaient des magasins éventrés aux entrailles

répandues le long des caniveaux. De temps en temps des voitures de police passaient en trombe, en hululant. Les pillards fuyaient devant elles comme des volailles dans des crépitements de coups de feu. Il faisait gris et lourd. On entendait au loin des grondements sinistres sans savoir si c'était l'orage qui tonnait, ou des armes énormes. D'abri en abri je suis parvenu en vue d'une place apparemment tranquille. J'ai aperçu trop tard les camions militaires qui stationnaient derrière les arbres. J'ai fait mine de rebrousser chemin. Dans un bref éclat de lumière j'ai vu des silhouettes épauler des fusils. J'ai levé les bras, sans plus bouger d'un poil.

Les trois soldats qui sont venus à moi, tranquillement, en me lançant des quolibets bravaches, ont paru regretter que je ne me sois pas enfui. A l'évidence, ils m'auraient volontiers abattu comme un lièvre. Ils m'ont fouillé, de haut en bas. Ils puaient l'alcool et le fauve. Je leur ai dit que je n'avais rien fait, que je n'étais qu'un voyageur égaré, et que j'allais justement chercher mes papiers au consulat d'Argentine. Je crois même leur avoir demandé, dans l'espoir ridicule de les amadouer, s'il était dans la première ou la deuxième rue à droite. Ils m'ont regardé avec une curiosité amusée. L'un d'eux a paru intéressé par ma chemise. Elle était semblable à la sienne. Il en a éprouvé le tissu entre le pouce et l'index en me grognant sous le nez que j'avais un bel uniforme pour un fils de pute, et qu'il ferait bien quelques trous dedans. Les autres m'ont poussé dans un camion à grandes volées de crosses et coups de pied au cul. Je me suis affalé à plat ventre entre deux rangées de godasses obscures.

Il y avait là, sous la bâche, une vingtaine de types pas plus fringants que moi. Je me suis assis au bout du banc. J'ai demandé à mon voisin, à voix basse, ce qu'on allait faire de nous. Il m'a répondu d'un haussement d'épaules fataliste. Un autre, en face, a dit que nous étions bons pour le « calabozo » puis, armé d'une mitraillette fictive, il a fait un geste d'arroseur et il a hoché la tête d'un air entendu. Quelques-uns l'ont approuvé, avec une sobriété impressionnante. J'ai voulu savoir ce qu'était le « calabozo ». J'ai appris, tandis que le camion démarrait, qu'on appelait ainsi la prison militaire et qu'on y fusillait les gens sans jugement. Le type en face m'a refait, avec une sorte de délectation épouvantable, son geste d'arroseur meurtrier. C'était un drôle de bonhomme. Il paraissait jouir à effrayer ses semblables au point d'en oublier son propre sort. La révolte et l'effroi m'ont soudain débordé de partout. Je me suis levé malgré les cahots qui me bousculaient de droite et de gauche. Je me suis mis à parler. J'étais bouleversé par l'injustice qui nous était faite. Je ne sais pas ce que j'ai dit, mais c'était véhément. Certains m'ont pris pour un révolutionnaire. Ils m'ont applaudi en ricanant tristement. Ma chemise kaki n'était pas étrangère à l'estime narquoise qu'ils semblaient me porter.

Le camion a fait halte dans une cour de caserne. Pour mes compagnons j'étais maintenant « el guerrillero ». Pour les soldats aussi. C'est ainsi qu'ils m'ont appelé, après qu'un commandant m'eut désigné, d'un coup d'index, avec une quinzaine d'autres. Certains sont restés dans le camion, je ne sais pourquoi. Je me suis retrouvé dehors au milieu d'un petit troupeau de pauvres bougres. L'arroseur était tout près de moi. Il se tenait bien droit, les mains enfoncées dans les poches. Il a penché sa tête de côté, il m'a soufflé :

– S'ils nous amènent dans la deuxième cour, c'est pour nous descendre tout de suite.

Je l'ai regardé, la bouche ouverte. Il m'a fait un clin d'œil de connaisseur. Cet homme semblait inaccessible à la peur. Il a senti que je tremblais. Il m'a poussé du coude. Il m'a dit :

– Fais comme si. C'est mieux.

– Comme si quoi ?

– Comme si c'était un jeu. Tu perdras moins de forces.

J'ai voulu lui parler mais je n'en ai pas eu le temps. On nous a bousculés pêle-mêle jusqu'à une porte blindée, on nous a poussés dans une sorte de tunnel malodorant. Il y faisait froid. Il n'était éclairé que par quelques ampoules suspendues au plafond. Je n'ai vu tout du long que des barreaux de fer. Là n'étaient que d'étroites cellules séparées les unes des autres par des cloisons écaillées. Il y avait une autre porte au bout du bâtiment. Je n'ai pas tardé à comprendre que c'était celle de la deuxième cour. On nous a enfermés, chacun dans sa cage. Les portes ont claqué dans une assourdissante confusion de ferrailles, d'ordres rageurs et de piétinements. Les soldats sont sortis. Il n'en est resté qu'un, qui s'est mis à marcher le long du couloir d'un pas d'horloge campagnarde.

Je me suis assis contre le mur du fond. J'étais hébété. La tentation m'est venue de me laisser aller corps et âme, de m'abandonner, de me résigner à n'être plus rien qu'un homme sans nom bientôt troué de balles et jeté dans une fosse de terrain vague comme un quartier de viande avariée. Cette perspective, dans l'état d'épuisement où j'étais, m'est apparue d'une absurdité imprévue mais somme toute reposante. Je suis tombé dans une sorte d'indifférence absolue. Tout ce qui m'environnait restait distinct, mais plus rien ne m'affectait ni ne s'attardait en moi. Je me sentais semblable à une maison traversée de courants d'air. Je ne sais combien d'heures sont passées ainsi. Je me souviens avoir entendu fredonner un type, un long moment, à quelques cages de la mienne. Il reprenait sans cesse la même chanson. Je n'en étais ni ému, ni agacé. Le son allait et revenait comme les pas du gardien, rien de plus. Quand la porte blindée s'est ouverte au bout du couloir, je me suis pourtant dressé. Mon sang s'est remis à cogner fort contre mes tempes. Un soldat, de sur le seuil, a crié trois chiffres. Il m'a semblé entrevoir le ciel crépusculaire derrière lui. Nos cellules étaient numérotées. Le gardien a mis du temps à trouver celles qui venaient de lui être désignées. Il en a ouvert une, puis une autre. Il s'est arrêté devant la mienne, il a tendu le nez vers la plaque fixée au cinquième barreau (je les avais comptés). Il est allé plus loin. Trois hommes sont sortis dans la deuxième cour. La porte blindée s'est refermée derrière eux. Le fracas du claquement a résonné dans un silence d'église. Tout le monde a écouté, même le gardien qui avait cessé d'aller et de venir. Une salve de coups de feu a éclaté au loin, dans un autre monde. Quelqu'un s'est mis à sangloter. Les pas, dans le couloir, ont repris leur marche pendulaire. J'ai fermé les yeux. J'étais resté debout au milieu de ma cage. Je me sentais à nouveau terriblement vivant. Une chaleur de bombe m'est brusquement montée du ventre. Elle m'a tout envahi, elle a tout effacé, et je me suis trouvé comme absent de partout.

Tout avait disparu, la prison, les murs autour de moi, mon corps même, mes sens. Et là, dans ce désert, j'ai vu soudain surgir le puma de Sechura au fond d'un horizon de fin de jour. Je l'ai vu accourir vers moi dans une obscurité sans ciel ni terre, il était d'une beauté prodigieuse, je l'ai vu grandir, grandir jusqu'à ne plus

pouvoir tenir dans mon crâne. J'en ai perdu le souffle.
J'ai ouvert grands les yeux et la bouche comme un
noyé qui cherche l'air. J'ai repris pied dans le monde.
J'ai à nouveau entendu les pas du gardien et les tinte-
ments de son bâton le long des cages. Il s'était mis à
égrener des arpèges de xylophone sur les barreaux de
fer qui nous séparaient de lui, un côté à l'aller, l'autre
au retour, d'un bout à l'autre du couloir. L'idée m'est
venue qu'il fallait que je lui tende la main et que je lui
caresse le front entre les oreilles. C'était tellement sau-
grenu que j'ai eu envie de rire malgré l'épouvante où
j'étais. Je sentais maintenant dans mon corps cette présence infaillible qui m'avait dicté le geste juste en face
du puma. Je me suis dit que quelqu'un en moi savait
comment me sortir de là et que je devais m'en remettre
à lui, me laisser guider comme je l'avais fait dans le
désert, au pied du mur en ruine. Je me suis approché
des barreaux. J'en ai empoigné un et je me suis tenu
là, en m'efforçant de ne penser à rien. J'avais vu le
gardien passer cent fois devant moi, il ne regardait
jamais les prisonniers, son œil restait obstinément fixé
au loin, Dieu sait où, au-delà des murs. J'ai attendu.
Son exaspérante musique m'est arrivée dessus. Elle a
eu comme un hoquet. Le bâton venait de heurter ma
main. Le bonhomme a paru surpris. Il s'est arrêté. Il
m'a examiné des pieds à la tête. Il m'a dit :

– Qu'est-ce que tu fais là ?

J'ai répondu :

– Je prie.

Il a fait mine de réfléchir un instant, la bouche tordue
par une moue triste. Il a grogné :

– Évidemment.

Et moi, avec la même lassitude funèbre :

– Je ne suis pas colombien, je suis arrivé ce matin à
Bogotá. Je n'ai rien à voir avec ce qui s'est passé, je

ne suis pas un guerrillero, je suis un artiste. Je ne comprends pas pourquoi je suis là.

– D'où es-tu ?

– Argentine.

Son regard s'est vaguement allumé. C'était un homme timide. En d'autres circonstances je l'aurais trouvé touchant. Il a hoché la tête.

– Ma sœur vit à Buenos Aires. Elle travaille au quartier de La Boca.

Je connaissais La Boca. C'était le quartier des putains. Je lui ai dit :

– La Boca ? J'y ai vécu des années. J'étais serveur dans un café de musiciens. J'y ai passé du bon temps. Le soir, on y dansait le tango jusqu'au milieu de la rue.

Il m'a semblé qu'il rougissait d'aise. Il a murmuré, l'œil perdu :

– J'aime le tango. *Caminito*, tu connais ?

C'était une chanson fameuse en ce temps-là. Nous nous sommes mis à fredonner ensemble, à mi-voix :

> Petit chemin par le temps effacé
> Ensemble un jour tu nous as vus passer

(Son application était émouvante et drôle, il se gargarisait de ces paroles naïves avec un émerveillement enfantin, la tête haute, les pouces dans son ceinturon de tueur.)

> Je suis venu pour la dernière fois
> Je suis venu te dire mon malheur.

Il avait oublié la suite, moi je ne l'avais jamais sue. Alors il a posé la main sur mon épaule, entre deux barreaux, et nous avons chanté un autre tango, juste quelques mesures, et un autre encore, quelques bribes de vers dont les mots se perdaient dans des trous de mémoire. Il me disait sans cesse :

– Et celui-là, tu le connais ?

Il tendait sa main droite comme pour demander l'aumône et il m'entraînait, cahin-caha, dans une autre chanson. Le souvenir d'un air, parfois, le faisait rire. Il lui rappelait tel bordel qu'il évoquait d'un clin d'œil, ou sa mère qui chantait comme une diva, ou sa jeunesse avec sa femme qu'il avait failli vendre à des Yankees un jour de saoulerie. Il m'a montré des photos de ses gosses avec une fière tendresse, il m'a dit ce qu'il voudrait en faire, plus tard. Nous nous sommes mis à parler de nos vies, comme deux compagnons d'insomnie. Presque toute la nuit s'est écoulée ainsi. Je me souviens de sa lassitude quand il a évoqué le temps mélancolique où sa mère était morte, où il avait quitté son village d'enfance. Nous sommes restés silencieux un long moment, chacun dans sa fatigue. J'ai cru qu'il allait me laisser là et reprendre sa marche le long du couloir. Des prisonniers ronflaient. L'air était lourd, puant. Il a allumé une cigarette, il a regardé le sol devant lui, puis il a levé le nez de côté et il m'a dit :

– Si tu veux t'en sortir, il te faut un sauf-conduit de l'armée colombienne. Et pour avoir un sauf-conduit de l'armée colombienne, il faut que tu sois colombien.

J'ai haussé les épaules. Je lui ai répondu les larmes aux yeux que je ne l'étais pas.

– Tu peux l'être si tu épouses une Colombienne.

Pas un instant je n'ai pensé à l'incongruité de sa remarque. Il avait une idée, voilà ce qui m'est apparu. J'ai bafouillé :

– Qu'est-ce qu'il faut que je fasse ?

Il est resté un moment encore à réfléchir, puis il a levé l'index. Il m'a dit :

– Attends-moi.

Il m'a fait signe de ne pas bouger, comme si j'avais le pouvoir de m'évaporer par une lézarde du plafond, et il s'en est allé. Par l'entrebâillement de la porte blindée une bouffée d'air frais est venue jusqu'à moi. Je me suis mis à prier comme un forcené. Tout ce que j'avais d'âme je l'ai poussé à l'aide de ce petit homme au col d'uniforme trop grand pour son cou qui portait sous son béret le germe de ma possible renaissance. Il a tardé à revenir. Dès que j'ai entendu son pas, j'ai enfoncé ma figure entre les barreaux pour tenter de deviner de loin sur son visage le verdict de l'officier qu'il était allé consulter. Il a déverrouillé la porte de ma cage. Il m'a dit, l'air content :

– C'est arrangé.

Je l'ai suivi dehors. Il faisait encore nuit. La cour était déserte. Nous sommes passés devant une porte vitrée où il y avait de la lumière. C'était le bureau du capitaine. Nous sommes montés dans une jeep. Je lui ai demandé où nous allions. Il m'a répondu :

– Ne t'inquiète pas. Fais comme je te dirai, et tout ira bien.

Tandis que nous roulions à grande allure dans les rues obscures çà et là traversées de fantômes fuyants, il s'est remis à chantonner des tangos. Moi, à son côté, je me sentais comme une plante arrosée après un coup de chaleur. Le grondement régulier de la voiture, le froid, la rumeur du vent ponctuée de rafales sporadiques m'emplissaient d'une vigueur invincible. Je débordais d'alléluias. Dieu du Ciel, j'étais presque libre, il faisait beau comme jamais dans cette brume d'avant le jour ! J'ai penché la tête vers mon compagnon. J'ai crié :

– Comment tu t'appelles ?

Il m'a répondu :

– Ernesto. Ernesto Punto.

Sa bouche en cul-de-poule, quand il a prononcé son nom, m'a paru d'une cocasserie prodigieuse. Je me suis mis à rire, à lui taper sur l'épaule, à rire encore tant et tant qu'il est parti lui aussi en longs éclats de chèvre. Il a lâché son volant pour s'essuyer les yeux. Nous avons failli nous fracasser contre un cadavre de voiture qui fumait au milieu de la rue. Nous avons roulé un moment sur un trottoir. Nous avons fait halte, enfin, au bord d'un carrefour. Ernesto m'a dit :

– Je vais chercher ta femme.

Je l'ai retenu par la manche. Je ne pouvais pas imaginer qu'il ait parlé sérieusement quand il avait envisagé de me marier à une Colombienne. J'ai voulu lui demander des explications. Il ne m'a pas laissé parler. Il m'a dit :

– C'est une amie de l'officier. Il lui a rendu de grands services. Tu verras, elle est magnifique.

Son clin d'œil ne m'a pas rassuré. Il a traversé la place et il a disparu au coin d'une ruelle.

Le jour se levait à peine, des fumées traversaient la pénombre de l'aube. La tentation de fuir ne m'a pas effleuré. Ma tête bourdonnait, j'avais l'impression que des escadrilles d'abeilles sillonnaient mon crâne en tous sens. Je l'ai attendu. Quand je l'ai vu prendre forme au fond du brouillard, je me suis dressé dans la jeep comme un général à la parade. Il traînait par le poignet une femme plus grande que lui, elle était perchée sur des talons d'acrobate qui claquaient sec dans le silence du matin, elle n'avait passé qu'une manche de son imperméable et sa figure de métisse était auréolée d'une haute crinière aux rousseurs irlandaises. Ernesto l'a poussée devant moi, et tandis qu'elle finissait de s'habiller :

– Je te présente Amalia. Dis bonjour, Amalia.

Elle s'est tournée vers lui. Elle a grogné :

– Je te préviens, il faudra que je revienne chercher mes affaires. Je ne peux pas partir comme ça.

Elle avait l'air de très mauvaise humeur. Je lui ai fait place près de moi dans la jeep. Je me suis serré contre elle. Ernesto a dit :

– Maintenant il faut trouver une église et un prêtre.

Nous sommes repartis à tombeau ouvert par les rues désertes. Amalia, manifestement, était une fille de bordel. Je me suis mis à rire à nouveau comme un ivrogne. Je lui ai demandé si elle voulait vraiment m'épouser. Elle a haussé les épaules et elle a regardé ostensiblement ailleurs. Ernesto m'a répondu :

– Dès que nous aurons le certificat de mariage, nous reviendrons à la caserne. L'officier vous fera un sauf-conduit pour Barranquilla et il vous donnera une valise de dollars. A Barranquilla, vous prendrez le premier bateau pour l'Espagne, et bon vent les colombes !

Cet extravagant pactole jeté négligemment au milieu d'une phrase ne m'a pas étonné outre mesure. Au point où j'en étais, il m'aurait annoncé que j'allais être nommé pape, je lui aurais aimablement tapé sur l'épaule en lui demandant le menu du dîner d'intronisation. J'ai dit :

– Une valise de dollars, hé ? Très bien, Ernesto, je pense que ça suffira.

Et je me suis encore étranglé de rire. Amalia a lancé, le nez au vent :

– Il est fou ton copain, ou quoi ?

L'autre lui a répondu que nous avions fait la fête toute la nuit, et que j'avais trop bu. Il m'a semblé entendre jubiler des anges dans le ciel.

Il devait être sept heures quand nous avons enfin trouvé une église ouverte. Des créatures informes étaient couchées au pied des marches. Ernesto en a réveillé deux à coups de pied. Il leur a sévèrement annoncé que j'allais me marier et qu'ils devaient me servir de témoins. Les bougres puaient épouvantablement. Ils avaient des machettes à la ceinture et portaient des vestes sanglantes probablement volées à des morts. Tandis qu'Amalia se maquillait de rouge à lèvres dans l'ombre du portail ils sont restés un moment ahuris à nous regarder, puis ils nous ont suivis en exigeant d'être payés pour leurs services. J'ai donné un billet à chacun d'eux. Ils se sont aussitôt confondus en félicitations et nous avons tous envahi l'église avec une tonitruante arrogance de soudards.

En ce temps-là, en Colombie, un mariage ne nécessitait ni rendez-vous préalable, ni papiers d'identité, ni formalités civiles. Il n'y fallait rien d'autre qu'un homme, une femme, deux témoins et un curé. Ne nous manquait que le curé. Pendant qu'errant la tête en l'air je demandais aux voûtes s'il y avait là quelqu'un, Ernesto est allé tambouriner à la porte de la sacristie dans un brouhaha d'échos multipliés par les remuements des deux crapules qui bousculaient les bancs et jouaient à décapiter les cierges à grands envols de machettes. Le maître de maison est arrivé Dieu sait d'où en boutonnant hâtivement sa soutane. Il m'a paru très effrayé, et prêt à tout pour apaiser nos débordements. Il n'a pas eu l'air surpris par notre demande. Il est allé passer son habit d'officiant puis il nous a conduits devant l'autel, Amalia et moi, et nous nous sommes retrouvés agenouillés sous le ronronnement de ses bénédictions grassement commentées, dans notre dos, par nos témoins qui ne cessaient de péter, de roter et de faire assaut de plaisanteries de taverne. En cinq minutes, tout fut dit. J'ai aussitôt chassé nos infréquentables complices qui voulaient à toute force embrasser la mariée sur la bouche. Elle leur a lancé quelques railleries putassières, puis elle est allée faire une génuflexion devant une statue de la Vierge, et elle m'a suivi. Ernesto nous a rejoints dehors avec le certificat de mariage.

Comme nous roulions par les rues étrangement vides je lui ai demandé s'il était encore temps de sauver un homme parmi ceux qui avaient été enfermés avec moi. Je pensais au dernier prisonnier à qui j'avais parlé, celui qui semblait n'avoir peur de rien et qui m'avait conseillé, pour ne pas perdre mes forces, de faire comme si les soldats du « calabozo » n'étaient que les acteurs d'un rêve passager. Ernesto a haussé les épaules, il m'a dit de penser à autre chose, et pour me signifier qu'il était trop tard il a lâché le volant et il a lancé dans l'air gris une salve de mitraillette invisible. C'était exactement le même geste que j'avais vu faire à mon compagnon de misère dans le camion qui nous conduisait à la caserne. Je me suis senti brusquement exténué. Tous ces ravages n'avaient été, en effet, que jeux d'enfants épouvantables. Amalia, accoudée à la portière de la jeep, s'obstinait malgré le vent à allumer une cigarette. J'ai observé son visage à la dérobée. Elle n'était pas jeune, elle avait les ongles griffus, des rides d'amertume aux coins des lèvres, des paupières lourdement fardées, et seul le bout de la rue semblait l'intéresser. Elle était désormais ma femme. Le désir m'est venu de l'amadouer un peu, puisque nous allions devoir voyager ensemble. J'ai voulu lui prendre la main, mais avant que je ne l'atteigne elle l'a retirée pour ouvrir son sac et examiner ses faux cils dans un miroir de poche.

A peine parvenus dans la cour de la caserne elle nous a plantés là et elle est allée droit au bureau du capitaine. Elle lui a fait une scène brève mais violente. Quand je suis entré dans la pièce elle était assise sur l'unique chaise réservée aux visiteurs, les jambes croisées haut, et tirait sur sa jupe d'un geste de mégère offensée. Elle paraissait à peu près calmée. Le capitaine, lui, semblait de bonne humeur. Il a sorti une mallette de sous la table, il l'a posée devant lui sur son grand buvard et il m'a dit :

– Tu partiras cet après-midi pour Barranquilla avec ta femme. Tu attendras l'Espagne pour dépenser le fric.

J'ai répondu :

– Soyez tranquille.

Je n'avais rien compris, mais j'ai pensé qu'Ernesto m'expliquerait. De fait, il ne m'a rien expliqué du tout. Il m'a pris par le bras, il m'a mené au milieu de la cour et il m'a demandé une photo de moi, en souvenir. Je n'en avais évidemment aucune. Je n'ai pas pu m'empêcher de lui rire au nez. Il a paru déçu. Alors je l'ai recommandé à Dieu en le serrant dans mes bras avec tant de force qu'il en a perdu son béret. Il l'a ramassé et il s'est éloigné en l'époussetant mollement. C'est ainsi qu'il a quitté ma vie.

Après une halte à l'hôtel où j'avais laissé mes bagages un camion militaire nous a conduits à Barranquilla. Amalia, tout au long du voyage, est restée quasiment muette. Elle m'a simplement dit que les dollars, dans la mallette, étaient faux, et qu'ils étaient à elle. Elle n'a insisté que sur ce dernier détail. J'ai appris plus tard, par bribes, que plusieurs États d'Amérique latine avaient conçu le projet d'accélérer la décrépitude du régime franquiste et se servaient de perdus de notre sorte pour inonder l'Espagne de fausse monnaie. Je crois que c'était vrai, mais je ne me suis jamais préoccupé de le vérifier. J'avais en ce temps-là des révoltes plus hautes, des désirs plus vastes et des soucis plus simples.

A Barranquilla nous avons appris qu'il n'y avait aucun bateau en partance pour l'Europe avant une vingtaine de jours. Les soldats sont repartis après une nuit de beuverie dans les troquets du port où nous avons joué les grands seigneurs avec quelques pincées des faux dollars d'Amalia, malgré ses hérissements et sa rage à rattraper les billets offerts par-dessus l'épaule à n'importe qui. Elle buvait sec mais elle ne savait pas s'enivrer. L'alcool ne faisait qu'aggraver sa raideur, sa vulgarité, sa détestation du monde. Le lendemain, quand nous nous sommes retrouvés seuls ensemble, elle m'a regardé d'un œil neuf. Sans doute s'est-elle imaginée que j'allais me conduire en maître maquereau et chercher à lui confisquer sa mallette. Elle m'a fait patte de velours. Elle a même voulu m'attirer dans son lit. Je lui ai dit que je n'avais pas l'intention de traverser l'océan avec elle et que je ne voulais rien de son trésor en peau de lapin. J'avais l'âme aventureuse, mais je n'étais pas prêt à risquer la prison perpétuelle pour des souliers vernis et des cravates de gangster italien. J'ai traîné trois jours sur le port avant de trouver un cargo pour le Guatemala. Je m'y suis embarqué comme aide-cuisinier.

C'est là, sur ce bateau, qu'un Indien d'Ixabal (il s'appelait Matías et faisait comme moi la plonge à la cuisine) m'a parlé de don Sebastián. Nous couchions sur des paillasses voisines, nous avions le même âge, nous aimions bavarder, la nuit, après l'extinction des feux. Un soir, comme je lui racontais mes jours heureux auprès d'El Chura, il m'a vivement répondu qu'il avait fréquenté, au temps de son enfance, un sorcier plus savant que le mien. Il m'a dit :

– Aucun Indien dans le pays ne connaît mieux que lui les plantes. Ses mains guérissent. Elles sont saintes.

Don Sebastián était père franciscain. Il vivait dans ce qui restait d'un vaste monastère espagnol proche des ruines mayas de Cobán. Matías m'a dit que seul un « camionero » pourrait me conduire à lui, si je voulais lui rendre visite. Les « camioneros » étaient des trafiquants d'alcool qui n'empruntaient jamais que des routes sauvages. Presque tous avaient fait halte, un jour ou l'autre, chez don Sebastián. Ce lieu où il régnait sur quelques moinillons n'était guère éloigné d'un des chemins de jungle où ils passaient plusieurs fois l'an. A peine débarqués à San Tomás, Matías et moi nous sommes mis en quête d'un de ces routiers mal famés dans les tavernes bordéliques de la sortie du port où des putains droguées ouvraient les jambes pour trois sous sans même descendre de leur tabouret de bar. C'est ainsi que j'ai rencontré El Chusco. Selon Matías, qui le connaissait vaguement, c'était un brigand fréquentable. Je lui ai dit où je voulais aller. Il a souri, il m'a tapé sur l'épaule, il m'a répondu :

– Le franciscain ? C'est mon ami. Nous partons dans deux heures.

Nous avons fini la journée ensemble. J'ai embrassé Matías sans qu'il s'en aperçoive. Il était ivre mort dans un angle de mur.

Je suis arrivé au monastère de don Sebastián au terme d'un voyage d'une quinzaine de nuits à vrai dire plus étrange que dangereux. Les dieux jumeaux Mezcal et Whisky des tropiques ont tout payé pour nous. Chaque fois que des lanternes policières nous forçaient à nous ranger sur le bas-côté de la route, El Chusco disait : « Le pire qui puisse nous arriver, c'est qu'ils nous demandent du fric. » Il descendait du camion, il soulevait la bâche et il invitait les gendarmes à se servir. Il n'arrêtait même pas le moteur. Il attendait un signe, et nous repartions en saluant la compagnie. Nous faisions halte à l'aube dans des auberges amies où mon compagnon avait ses habitudes. Nous mangions des « tamales », nous nous gorgions de bière, nous dormions jusqu'au soir et nous reprenions la route après avoir offert quelques bouteilles neuves au tenancier du lieu. Nous nous sommes peu à peu enfoncés dans la jungle où nous avons pu rouler enfin comme en vacances, en plein jour, sans souci d'improbables contrôles. Un matin, comme nous cahotions depuis des heures parmi les rayons de soleil qui tombaient des grands arbres (nous n'avions rencontré que de rares Mayas vêtus de blanc, poussant leurs ânes), El Chusco s'est tout à coup arrêté et il m'a désigné l'entrée d'un sentier à peine tracé dans l'épaisse verdure. Le monastère de don Sebastián n'était pas visible de la route mais il était là, à portée de klaxon. Nous avons convenu qu'il me reprendrait à son retour estimé à vingt ou trente jours. Il a brandi sa main par la portière, il m'a crié :

– ¡ Vaya con Dios !

Et il a poursuivi sa route.

Je n'ai pas tardé à découvrir la bâtisse. C'était, en pleine forêt, une sorte de monument baroque aux murs de briques rousses érodés par les siècles, éboulés çà et là mais fièrement plantés dans une extravagante profusion de feuillage. J'ai cogné au portail, parmi quelques volailles et trois chiens paresseux. Un petit frère au visage d'Indien a tiré le battant. Je lui ai dit que je désirais voir le père Sebastián. Il s'est signé trois fois, il m'a répondu en riant :

– Seigneur Dieu, il est absent ! Quand il part dans les ruines, personne ne peut dire si c'est pour deux jours ou pour dix.

Je lui ai demandé si je pouvais loger au monastère en attendant qu'il s'en revienne. Il m'a fait signe de le suivre. C'était une immense demeure, une bonne centaine de moines avait dû vivre là au temps de la Conquête. J'ai entrevu des arbres, des bâtiments herbus et un clocher d'église avant de pénétrer dans un couloir voûté où une charrette de foin aurait pu circuler à l'aise. Le long des parois humides était une infinité de portes basses. Il en a déverrouillé une. Il m'a dit :

– Le réfectoire est au fond de la galerie. Vous entendrez la cloche à l'heure du dîner.

Il m'a laissé seul dans une étroite chambre où n'étaient qu'un matelas, un tabouret sous une table et dessus, dans la lumière d'une lucarne, une bougie et une bible. J'ai posé là mon sac.

J'ai vécu en reclus une pleine semaine. Douze novices, tous indiens, occupaient la maison. Ils parlaient peu, ils riaient doux, ils trottaient sans cesse du potager ou du soin des bêtes aux prières chantées dans la grande chapelle, de la chapelle à leur cellule, de leur cellule aux promenades silencieuses sous les arcades du cloître. Je passais mes jours à dessiner leurs silhouettes au capuchon pointu, les fontaines, la paix du jardin. J'avais trouvé le lieu où je désirais vivre. Je m'y sentais inaccessible aux douleurs du monde et proche de mon âme comme d'une femme aimée. J'étais si bien que j'en ai presque oublié le père Sebastián. Un soir, avant le dîner, comme je lisais la Bible dans ma chambre, un moinillon est venu me dire qu'il était revenu et qu'il m'attendait dans la salle à manger. Je l'ai suivi, le cœur soudain troublé.

Don Sebastián était un homme sec à l'allure noble, au visage tanné, au regard noir. Il parlait peu. Il était pourtant chaleureux. Il m'a invité d'un geste à m'asseoir en face de lui. Je l'ai remercié pour son hospitalité, je lui ai dit d'où je venais, j'ai tenté de travestir en préoccupations purement spirituelles la curiosité confuse et naïve qui m'avait mené jusqu'à lui. Je ne sais pas s'il m'a entendu. Pas un instant, tandis que je m'échinais à me rendre intéressant, il n'a cessé d'enfourner son assiettée de haricots. Il ne m'a posé aucune question. Dès son écuelle vidée il s'est essuyé la bouche et il s'est mis à me parler des fouilles qu'il faisait dans les ruines de Cobán. Je l'ai écouté sans grand enthousiasme jusqu'à ce qu'il évoque la mémoire des pierres et l'art de ceux qui savaient l'éveiller. Je lui ai dit :

– Mon père, j'ai connu de ces hommes.

Il m'a répondu :

– Chance pour toi, mon fils, car ils sont peut-être les savants du futur.

Il s'est levé et il m'a pris par l'épaule. Il m'a conduit dans la chapelle où les novices étaient déjà réunis. Ils étaient tous assis en cercle. Il m'a désigné un espace parmi eux, il a pris place au centre. Il m'a dit :

– Ferme les yeux, écoute le bruit de ton souffle et tente de goûter l'épice.

– L'épice ?

– Ce qui fait que la vie ne passe pas pour rien.

J'avais souvent pratiqué cet exercice auprès d'El Chura, dans les ruines de Tiahuanaco. L'étrange, à mes yeux simples, était de voir sur les dalles d'une église douze novices franciscains s'y exercer la croix au cou, recueillis comme des écoliers.

J'ai vécu deux semaines auprès du père Sebastián. Il était religieux, certes, et de grande foi, mais il connaissait aussi l'art de la sorcellerie et le mêlait sans vergogne à ses pratiques d'homme d'Église. J'ai pourtant hésité à lui demander ce qu'il pensait des croyances et des savoirs indiens. Sa dignité de moine et la force de sa parole m'intimidaient, je craignais qu'il n'abîme ce que mes pères chamans m'avaient appris. Puis un jour, comme nous nous promenions sous les arcades du cloître, j'ai osé lui parler des sept plumes de l'aigle. Il a ri doucement. Il m'a dit :

– C'est la cinquième qui t'a amené jusqu'ici.

Je me suis arrêté, stupéfait. Il m'a laissé planté, il a donné des ordres à quelques moinillons qui passaient par là, puis il a poussé une porte basse et il a disparu pour la journée.

Le soir venu je l'ai retrouvé à la chapelle. Il est allé s'asseoir, comme à son habitude, au centre du cercle des novices. A la fin de l'exercice, tous se sont dispersés furtivement. Je suis resté seul avec lui. Je me posais des questions infinies et j'avais grande envie qu'il m'instruise. Il a prié un long moment, les yeux fermés, la tête basse. Il m'a dit enfin :

– Ce n'est pas la rigueur qui te conduira où tu veux aller, ce n'est pas l'ascèse, ni la souffrance, ni ce que tu crois avoir compris. C'est l'épice. Le parfum de la force aimante.

– Père, comment capter ce parfum, dites, comment le faire entrer en moi ?

– Cesse de croire que tu es ce que tu penses. Tu n'es

pas ce que tu penses. Cesse de réduire ton être à la dimension de ton crâne. Le sentir seul peut approcher l'épice. Sers-toi de tes yeux, de tes oreilles, de ton goût, de ton odorat, de tes mains. Respire, respire, et laisse-la entrer.

Je me suis mis à inspirer et expirer paisiblement, les yeux clos. Une sorte d'émerveillement obscur m'a peu à peu envahi. J'ai risqué :

— Père, c'est ce que dit la cinquième plume de l'aigle ?

— En elle est le secret de l'épice, fils.

Nous n'avons pas bougé. La nuit fut belle et silencieuse. Quand j'ai ouvert les yeux dans l'église déserte, l'aube m'a étonné.

## 11

De ce jour, chaque fois que j'ai demandé à don Sebastián de m'instruire, il m'a répondu :

– Plus tard.

Il m'a abandonné à la tranquillité des pierres, à la tiédeur de l'air, aux jeux de la lumière et de l'ombre sous les feuillages. Il allait et venait, il me regardait, il me faisait à peine un clin d'œil en passant devant moi. Parfois il s'arrêtait, il me disait :

– Tu es bien ?

Il me semblait qu'il me tendait une main invisible. Je tentais de l'attraper mais j'étais maladroit, trop avide sans doute, je restais les yeux grands, muet comme un poisson. Un jour, j'ai osé lui avouer que je pensais sans cesse aux plumes de l'aigle. Je lui ai dit :

– Don Sebastián, j'aimerais les avoir toutes.

Il a ri doucement. Il m'a lancé :

– Qu'en ferais-tu ?

Il s'en est allé avant que j'aie trouvé quelque chose à répondre et je suis resté le cœur pesant à dessiner le clocher de l'église sous les nuages chauds.

Un matin, en m'éveillant, j'ai brusquement pensé à El Chusco. Trois semaines étaient à peu près passées, je me suis dit qu'il ne tarderait plus guère et que je devrais m'en retourner au monde avec l'inconfortable

sentiment de n'être pas allé au bout de mon voyage.
Don Sebastián avait encore beaucoup à m'apprendre,
j'étais sûr de cela. J'avais faim de ses mille savoirs,
j'étais prêt à me plonger dans tous les exercices spiri-
tuels qu'il voudrait m'imposer, et il me laissait dans
une simplicité vacancière. Ce matin-là je l'ai attendu
dans le cloître. J'étais décidé à l'aborder, et à lui parler.
Quand il est sorti pour sa promenade après la première
prière du jour je suis allé à sa rencontre avec, dans la
poitrine, un désir impérieux dont je n'ai su rien dire
quand je me suis trouvé planté devant lui. Nous sommes restés un instant à nous regarder, lui l'œil pointu,
moi la bouche ouverte, puis il m'a pris par le bras et
il m'a entraîné vers la forêt. Nous avons marché un
long moment jusqu'à parvenir à une petite clairière où
était un tronc d'arbre couché sous une averse de rayons
de soleil. Il s'est assis là, parmi les piaillements
d'oiseaux. Je me suis aussitôt installé à ses pieds, et
j'ai tendu le bec. Il m'a dit :

– Pour aller plus avant, fils, il te faut des yeux nouveaux. Ceux qui t'ont mené jusqu'ici sont aveugles, ils
ne voient que des rêves.

Il a posé sa main droite sur ma tête, il m'a souri avec
indulgence. Il m'a dit encore :

– Oublie tout ce qui t'a poussé jusqu'à cette forêt où
nous sommes, oublie ton enfance et ses grandes peines,
oublie non pas ce que t'ont appris tes pères indiens
mais ce qui t'a conduit vers eux. Oublie ton désir d'être
bon, méritant, digne d'amour. Ne cherche plus. Digne
ou non, méritant ou non, Dieu t'aime, fils.

Mon cœur a trébuché. Je me suis senti tout à coup
misérable. J'ai dit :

– Don Sebastián, pourquoi Dieu m'aimerait-il si je
ne fais pas ce que je dois pour cela ?

– Parce qu'il ne sait rien faire d'autre. Il ne sait rien faire d'autre qu'aimer.

J'ai tendu vers lui mon visage. J'ai voulu dire quelque chose qui me semblait terrible et beau, mais je n'ai pas pu. Il a essuyé les larmes qui me venaient aux yeux. Ses pouces étaient rugueux, ils tremblaient un peu. Il m'a parlé encore. Je ne distinguais plus qu'une lumière éblouissante, et dans cette lumière le feuillage et le ciel mêlés à sa figure, à son regard. J'ai entendu ces mots, dans l'air tranquille :

– Cesse de te vouloir autrement que tu n'es. Tes misères, tes peurs, tes défauts sont périssables. Ne leur accorde pas plus d'importance qu'aux nuages qui passent. Ils ne sont rien d'autre que cela. Des nuages. Ne cherche pas la perfection. Qui cherche la perfection se condamne à l'angoisse et à la culpabilité perpétuelles. Défais-toi de ton passé, fils, et de ces sortes d'émotions qui troublent la vue juste. Seigneur ! Si je pouvais te déshabiller de tout ce qui t'encombre, comme tu serais beau ! Mais je ne peux pas, je ne suis pas le vent. Lui seul sait disperser les brouillards.

– Je ne veux plus rien que l'épice, mon père, je ne veux plus rien que ce goût d'amour qui m'est venu parfois. Mais à peine approché il fuit, il m'échappe.

– Sois un capteur, fils, sois un aimant. Bien ancré dans ton corps, attire sans cesse ce qui te vient du dehors autant que du dedans. Fais ton profit de tout, car l'épice est dans tout. Transforme tout en pain pour tes sens, pour ton être. Les chamans que tu as connus n'étaient ni des écervelés, ni des médiocres. Ils étaient de vrais guerriers. Ces sortes de gens ne perdent jamais leur temps à ensemencer des déserts. Ils t'ont appris à te nourrir de ces forces qui sont en tout, dans les pierres, les arbres, l'eau, les cathédrales, les bruits du monde aussi, la puanteur des bêtes et le parfum des fleurs.

S'ils ont fait cela, c'est qu'ils savaient ton âme fertile. Aie donc confiance. Tout ce qu'ils ont semé germera à son heure si tu te respectes assez pour ne pas te laisser étouffer par tes fantômes et les ruminations de tes malheurs passés.

Il m'a parlé longtemps ainsi. Ses paroles étaient comme des mains qui caressaient non point ma peau mais la vie de ma peau, non point mes oreilles ni mon esprit mais la nuit de mon corps où était quelqu'un d'autre. Je ne me souviens pas de ce qu'il m'a dit. Se souvient-on des murmures de son propre souffle ou des battements de son cœur ? On les écoute, quand l'envie nous vient de les entendre. Il en est ainsi, aujourd'hui encore, de ce qu'il a déposé en moi. Je ferme les yeux quand l'envie me vient, et je me baigne dedans. Il m'a décrit toutes les plumes de l'aigle afin que je puisse les reconnaître quand je les rencontrerais, la deuxième qui brise les verrous des effrois, des souffrances, la quatrième qui aide à engranger les forces de l'espace, la sixième qui permet de nous voir sans peur tels que nous sommes. Quand il s'est tu, il s'est mis à rire en regardant ma figure, les bras grands ouverts comme pour embrasser le monde, puis il s'est levé et il est allé pisser contre un arbre.

El Chusco est arrivé le lendemain à l'heure de midi. Don Sebastián l'a reçu comme un proche parent. Ils se sont étreints longuement et tapé sur l'épaule, puis nous nous sommes enfermés dans le réfectoire désert avec une poignée de cigares et quelques bouteilles de mezcal de contrebande. Nous avons beaucoup bu, fumé et bavardé. El Chusco n'a pas assisté à l'office du soir. Il s'est enfermé dans une chambre, qui semblait lui être réservée, avec ce qui restait d'alcool et une provision de vieux journaux qu'il avait dénichés je ne sais où. A l'aube, notre hôte nous a accompagnés jusqu'au bord de la route. Comme je m'approchais pour lui faire mes adieux après avoir jeté pêle-mêle mes bagages dans le camion, il m'a brusquement empoigné par les cheveux, il a planté son regard dans mes yeux étonnés et il a dit le « Notre Père » à voix haute, avec une véhémence presque furieuse. Je n'ai su qu'en bafouiller des bribes avec lui, tant sa façon de me lancer sa prière à la figure me bouleversait. Il ne m'a lâché que pour aller serrer la main de mon compère qui attendait que je prenne place à côté de lui, assis à son volant, en faisant ronfler son moteur. Ils ont échangé quelques familiarités de vieux amis, et nous sommes partis.

El Chusco ne m'a pas posé la moindre question sur mon séjour au monastère. C'était un brigand d'une paillardise volontiers volubile, mais que les mystères et les soucis sacrés intimidaient extrêmement. Il n'en parlait jamais qu'à peine, avec une pudeur bégayante, et s'enfermait presque aussitôt dans une rêverie de pèlerin au bord de l'infini. Je croyais qu'il retournait à San Tomás. Il ne m'a détrompé qu'à la halte du soir. Nous allions à Oaxaca, au Mexique. Il me l'a dit entre deux assiettées de haricots, devant la porte d'une auberge campagnarde où nous dînions avec quelques voyageurs de rencontre. Il n'avait pas imaginé que j'aie affaire ailleurs. Il avait raison, je n'avais nulle part d'amarres. Oaxaca. J'ai flairé ce nom, je l'ai goûté. Il avait une saveur de fruit mûr. Le lendemain, tandis que nous roulions, El Chusco m'a dit qu'il y avait là le plus beau marché d'Amérique. J'ai décidé d'y séjourner à la grâce de Dieu. Il me restait quelques faux dollars rescapés de ma dernière nuit à Barranquilla. Je me suis donc offert un hôtel convenable. Mon déjà vieux frère m'a laissé devant sa porte, et nous nous sommes séparés en nous donnant rendez-vous où et quand le voudrait le vent.

Le marché d'Oaxaca était vraiment un océan de merveilles. Il était immense. Aussi loin que portait le regard étaient des profusions de fruits, d'épices, de légumes, de volailles, de porcs, de moutons écorchés. Des enfants chapardeurs couraient parmi la foule, l'air sentait le crottin, le tissu, le cuir neuf, la brochette de viande et le piment grillé. Des arracheurs de dents, la cigarette derrière l'oreille, dévissaient des boulons dans des gueules ouvertes, des filles demi-nues, entre un tas de pastèques et un marchand de livres, agrippaient des passants devant des rideaux d'isoloirs. Des écrivains publics sur leur tapis troué sonnaient de leur clochette, des orfèvres battaient le cuivre en plein soleil, des potiers accroupis faisaient luire les flancs de leurs marmites à grands coups de torchon, et derrière des planches longues comme des rues des vieilles aux mains enfarinées veillaient sur les plus beaux pains du monde. Il y en avait de toutes sortes, sculptés en crânes humains, en forme de poupées, d'animaux, de lunes, de jésus. Alentour étaient des tavernes où l'on pouvait déjeuner de quelques tortillas et d'un pot de bière sur un coin de table. C'est là, au fond de l'une d'elles, que j'ai rencontré Alfredo.

Je venais de vendre une aquarelle à un vieux couple de touristes fortunés et j'étais d'humeur contente. Alfredo mangeait, accoudé à un guéridon proche. Nous avions à peu près le même âge, mais il était plus fort, plus large, plus trapu que moi. L'envie m'a pris de dessiner sa silhouette massive. Il était courbé sur son assiette. Il l'a vidée à grandes fournées, torchée en quelques coups de pouce circulaires. Quand il a relevé le nez, il a vu que je l'observais. Il m'a lancé je ne sais quelle plaisanterie. Nous avons ri ensemble. J'ai aussitôt flairé un parfum de proche famille. C'était un homme vaste, simple, heureux de vivre. Il m'a offert à boire. Nous n'avons pas perdu de temps en banalités périphériques. A peine avions-nous fait connaissance que Dieu, le sentir et les plumes de l'aigle étaient là, avec nous. Jusqu'au milieu de la nuit, comme auraient fait deux amis retrouvés après un long voyage, nous sommes restés à vider des bières et à explorer les obscurités du sens de la vie. Il m'a dit qu'il était un chercheur, mais qu'il se souciait peu d'opinions et de découvertes philosophiques. Il était guérisseur. Il avait un maître qu'il appelait « le patron ». Il ne m'a presque rien dit de lui, il ne l'a évoqué que par allusions discrètes. Je lui ai parlé de mes passions sacrées. Il m'a écouté, les yeux illuminés, prêt à tout accepter, tout entendre. Chaque fois que je reprenais souffle il ouvrait les mains devant lui, il disait :

– Che, pourquoi pas ?

Il me regardait, jubilant. Son œil me disait « va », et je parlais encore. Nous sommes devenus bientôt inséparables.

Un matin, comme nous nous promenions parmi les cris et les senteurs du marché, il m'a dit que son patron lui avait ordonné de prendre la route et d'aller droit au sud réveiller une mystérieuse source de forces endormie depuis quelques millénaires. Je lui ai demandé en quel endroit était cette Belle au bois dormant. Il m'a répondu qu'il l'ignorait. Il m'a dit :

– Je sais seulement qu'il me faudra trouver un homme vêtu d'un poncho jaune. C'est le gardien du lieu. Il me guidera.

Son conte m'a paru d'une invraisemblance prodigieusement intéressante. Je lui ai posé mille questions. Elles l'ont fait rire. Il m'a répondu :

– Che, tu devrais venir avec moi. Personne avant toi ne m'avait fait sentir le parfum de Dieu. Tu es un bon capteur, moi un bon artisan. Prenons tous les deux la piste et l'homme en jaune, s'il existe, ne devrait pas nous échapper.

Le lendemain, nous sommes partis quatre dans une camionnette antique mais vaillante. Avec nous étaient un grand gaillard aux allures de mercenaire qui se faisait appeler Jef, et un maigrichon timide nommé Pedrito. Tous deux étaient, comme Alfredo, des ouvriers du « patron ». Jef se prenait pour un batteur de jazz. Il passait son temps à chantonner des rythmes syncopés en tapant sur n'importe quoi, ses cuisses, le volant ou la caisse à outils. Pedrito, lui, était menuisier et ne parlait que d'arbres. Il savait tout d'eux. Que l'on s'arrête pour pisser, il nous disait le nom de celui qu'il arrosait et ne le quittait pas avant d'avoir caressé son écorce comme une encolure de bonne bête. Il nous les décrivait sans cesse, le long de la route, il connaissait la force de chacun, son âge, la couleur de ses planches. Personne, dans la camionnette, ne l'écoutait. Jef faisait sonner ses batteries imaginaires en imitant des solos de trompette et tandis que l'autre, extasié, désignait des feuillages Alfredo et moi parlions interminablement de femmes, de voyages lointains et d'épice divine.

Nous avons ainsi roulé vers le sud une pleine journée. Le soir venu nous nous sommes arrêtés dans un petit village peuplé de gens vêtus de blanc qui nous ont regardés venir à eux en clignant les yeux dans les derniers feux du crépuscule. Nous leur avons demandé s'ils connaissaient un lieu où dormir. Ils nous ont désigné le bout de la route, ils nous ont dit qu'il y avait, par là, un « paradero », même pas un hôtel, une halte de voyageurs pauvres. Nous avons roulé jusqu'à sa porte. C'était, en rase campagne, une ancienne demeure espagnole au seuil envahi d'herbes, aux ornements usés. Nous avons dîné de quelques conserves contre sa façade poussiéreuse, puis nous sommes entrés dans le patio. Une trentaine d'hommes y sommeillaient, assis dans les lueurs lunaires, immobiles comme des bornes. On ne voyait rien d'eux que leur poncho au dos courbe et leur chapeau planté dessus. Sous les arcades était un dortoir aux profondeurs indiscernables. Le tenancier du lieu trônait à l'entrée sous l'unique lampe à pétrole de la maison. Il nous a dit avec une moue de caïd que les assis, dehors, étaient des « Indios » qui n'avaient pas de quoi se payer une paillasse. Indien, lui-même l'était, mais pas n'importe quel. Il portait une casquette yankee et il avait un porte-monnaie à la ceinture. Jef et Pedrito lui ont donné deux sous et sont allés se coucher. Je suis resté dehors avec Alfredo. Dès que nous nous sommes trouvés seuls dans l'obscurité tranquille de la galerie, je lui ai demandé à quoi ressemblait cette source de forces que nous devions réveiller. Il m'a répondu que sa partie visible était une pierre enfouie dans la forêt par les anciens Mayas, ou de plus vieilles gens, peut-être, que ces ancêtres-là. Il m'a dit :

— Il y en a beaucoup d'autres tout au long des Amériques. Le patron en connaît quelques-unes. Elles sont les lieux par où le ciel nourrit la terre. Quand elles seront toutes lavées et rebaptisées, notre continent retrouvera la vie, et les peuples indiens à nouveau respireront l'épice aussi simplement que l'air de cette nuit où nous sommes.

— Alfredo, tu ne peux pas croire ça.

— Che, pourquoi pas ?

— C'est une légende.

Il est resté rêveur un moment, puis il a hoché la tête. Il a dit :

– Une légende ! Tu te rends compte, Luis, quelle chance nous avons. Nous sommes les héros d'une légende !

Nous avons ri tout bas, comme des enfants secrètement émerveillés. Nous ne trouverions nulle part l'homme en jaune, j'étais désormais sûr de cela, mais je me suis dit que ça n'avait aucune importance. Nous allions faire « comme si ». Un jeu, voilà ce qu'était notre chasse, une errance hasardeuse à la recherche d'un être imaginaire. J'ai dit, riant encore :

– Qui sait ce que nous allons découvrir, Alfredo.

Il m'a répondu :

– D'après ce que m'a dit le patron, le gardien de la pierre nous attend à deux jours de voyage d'Oaxaca.

– Il nous attend ?

– Pourquoi non ?

Nous étions assis contre la muraille obscure. J'ai regardé le ciel, au-dessus du patio où étaient les vagabonds immobiles. Des étoiles filantes l'ont soudain traversé. Mon cœur s'en est trouvé content. Alfredo s'est levé. Il m'a dit encore :

– Demain, c'est toi qui nous guides.

– Pourquoi moi ?

– Parce que tu n'es pas embarrassé par la peur de ne pas trouver. Tu es libre.

Le dortoir puait l'humus, la sueur, l'urine, et nos paillasses étaient pourries, mais nous avons bien dormi.

Nous sommes repartis à l'aube à peine née. Vers le milieu de la matinée nous avons fait halte à San Cristóbal pour déjeuner de bière et de tortillas. Comme nous nous promenions sur le marché en dévorant nos provisions, Alfredo m'a dit qu'il ignorait désormais

quelle route prendre, et que c'était à moi de jouer. J'ai
haussé les épaules. Je lui ai répondu que je n'en savais
pas plus que lui. Jef et Pedrito se sont mis à ricaner
dans mon dos. Ils ont proposé de me bander les yeux
et de me faire tourner comme une girouette jusqu'à ce
que j'indique une direction acceptable. Nous nous
étions arrêtés devant l'étalage d'une énorme matrone
qui nous regardait nous disputer, l'œil mauvais, en
chassant des abeilles autour de sa figure à coups de
torchon nonchalants. Ses fruits et ses légumes m'ont
soudain pris les yeux. Tous étaient jaunes. De l'orange
à la paille et de l'or au brun doux étaient là, devant
nous, tous les jaunes possibles. Rien alentour n'était
aussi triomphalement jaune, ni étal, ni tissu, ni chariot,
ni poussière. Une idée saugrenue m'a traversé l'esprit.
Je me suis défait de mes compères qui s'agrippaient à
moi. J'ai crié :

– Mama, nous cherchons le gardien de la pierre.

Elle a soulevé une fesse, elle a lâché un pet de sorcière et elle m'a répondu en agitant son torchon vers
la route de Palenque :

– Suivez le vent, muchachos !

Nous sommes retournés en grande hâte vers la
camionnette. Alfredo était le plus pressé de tous. Il m'a
empoigné le bras et il m'a dit à l'oreille, avant d'aller
seul devant :

– Tu vois bien, ce n'était pas si difficile.

Il ne plaisantait pas. Il avait un sourire de général
béni des dieux.

Je ne pouvais pas croire à l'existence de cette pierre
étrange, et moins encore à nos chances d'en découvrir
un quelconque gardien. Pourtant, tandis que nous roulions, la tête dehors, je me suis pris comme les autres à
retenir mon souffle et à laisser partir mon cœur au grand

galop à chaque muletier aperçu au bord du chemin, à chaque hameau traversé, à chaque vieux assis contre un mur de jardin. Nous ne parlions plus guère. Jef avait renoncé à se prendre pour un orchestre et Pedrito à saluer les arbres. Nous cherchions l'homme en jaune, nous espérions le voir surgir de n'importe où, nos regards n'étaient plus que des prières muettes, ils l'appelaient à s'en brûler la vue. Serait-il devant nous descendu du ciel sur un tapis, nous en aurions été plus soulagés que surpris, mais le bleu est resté bleu et le long de la route nous n'avons rencontré personne qui nous fasse bondir ensemble hors de la camionnette. Comme nous parvenions au dernier village avant les ruines de Palenque j'ai senti venir le moment où nous devrions sortir piteusement de notre légende et renoncer à réveiller les Amériques. Quand Jef, qui conduisait, nous a prévenus que nous n'avions presque plus d'essence et que la recherche d'une station-service devait désormais prévaloir sur toute autre, notre silence a changé d'âme. Nous nous sommes regardés à la dérobée. Nous avions tous l'œil bas et le front soucieux. Nous avions été d'une naïveté puérile, nos ailes étaient en train de tomber en cendres et les duretés antipoétiques du monde se rapprochaient à la vitesse de quatre anges en chute libre. Heureusement, une enseigne de gazoline est sortie presque aussitôt de la poussière du camion qui nous précédait. Pedrito a lâché un petit rire misérable, il a dit que nous avions de la chance. Il s'est trouvé cloué dans son coin de banquette par trois coups d'œil assassins. Nous nous sommes arrêtés sous l'auvent de tôle où était la pompe. Il faisait grand vent. Nous avons mis pied à terre, péniblement, en étirant nos membres. Jef et Alfredo sont allés déboutonner leur braguette derrière la cabane, le maigrichon s'est mis à parlementer avec le pompiste. Il y avait un homme de l'autre côté de la route. C'est moi qui l'ai vu le premier. Il était debout, il nous regardait. Un large chapeau de paille faisait de l'ombre à son visage. Il était vêtu d'un poncho jaune.

Je lui ai crié je ne sais quoi, de ne pas bouger, de m'attendre. Une bouffée de terre soulevée par un auto-bus nous a un instant séparés. J'ai craint, la guimbarde passée, de ne plus voir que l'herbe au bord de l'asphalte, mais non, l'homme était toujours là, envi-ronné de nuées bientôt dissipées par le vent. Je me suis approché. Il m'a salué d'un signe de tête vaguement méfiant. Il paraissait aussi embarrassé que moi. J'ai voulu lui demander s'il nous attendait, s'il était le gar-dien de la pierre. Mon cœur battait si violemment que je suis resté sans pouvoir parler, l'index pointé sur sa figure. Je me suis retourné pour appeler les autres. J'ai buté contre Jef et Alfredo. Ils étaient derrière moi. Je ne les avais pas entendus venir. Seul Pedrito ne s'était encore aperçu de rien, il bavardait avec le pompiste. Alfredo, solennel comme un ambassadeur, a dit que nous arrivions d'Oaxaca, et il a posé la question que je n'avais pu dire. L'homme a répondu « oui » de la tête, en souriant, les yeux soudain en larmes. Oui, il était le gardien de la pierre, et il nous attendait. Nous l'avons entraîné vers la camionnette. Pedrito, quand il nous a vus arriver, était en train de payer l'essence. Il a lâché ses billets au vent, et tandis que le pompiste courait à leur poursuite il est tombé à genoux, les bras ouverts. L'homme en jaune était de même taille et de même épaisseur que lui. On les aurait dits frères. Ils sont montés côte à côte devant, le reste de la troupe s'est entassé derrière, et nous sommes partis.

Nous avons traversé Palenque. L'homme pleurait en silence, les yeux illuminés, le dos raide. Nous ne savions trop que dire. Je lui ai demandé s'il nous avait attendus longtemps. Il m'a répondu qu'il était venu là tous les jours depuis la mort de son père, et qu'avant lui son père était venu attendre, et avant son père son grand-père. Il a dit :

– Maintenant, grâce à Dieu, mon travail est fini. Je vais enfin pouvoir retourner à la vie.

Alfredo m'a poussé du coude, il m'a soufflé à l'oreille :

– C'est une belle légende, non ?

Il a hoché la tête avec une moue de gourmet et il s'est mis à regarder négligemment le paysage. Son air affecté m'a scandalisé. Il jouait les touristes. Il était aussi perdu que moi dans cette histoire, mais les circonstances qui nous avaient menés jusque-là ne le préoccupaient pas. De fait, il ne perdait jamais de temps à ressasser le passé, pas plus qu'à imaginer des soucis ou des félicités à venir. Il faisait ce qu'il avait à faire, voilà tout. Jef était comme lui. Il s'était remis à taper sur ses cuisses en fredonnant un de ses sempiternels airs de jazz. L'homme nous a désigné un chemin à peine carrossable qui s'enfonçait dans la forêt. Nous avons roulé une demi-heure de fondrières en rudes caresses de branches, jusqu'à ne plus pouvoir pousser plus loin. Alors nous avons abandonné la camionnette et nous avons continué à pied.

Il m'a semblé entrer dans le jardin d'Éden. Des oiseaux menus traversaient les trouées de soleil, des singes gambadaient dans les feuillages hauts, les senteurs alentour étaient douces, amoureuses. Nous avons cheminé un moment dans le sous-bois comme dans le premier jour du monde, pareils à des lutins sous les arbres gigantesques, jusqu'à parvenir au bord d'une rivière qui descendait par petites cascades bruissantes un large escalier moussu apparemment taillé de main d'homme. Sur la rive était une sorte de hutte à demi sphérique enveloppée d'un épais manteau de racines et de feuilles. Des lianes pendaient sur une porte basse. Il n'y avait rien dedans, qu'une odeur de moisi et des bestioles humides.

Nous n'étions guère éloignés des antiques pyramides de Palenque. L'homme en jaune a retiré son chapeau et l'a posé sur son cœur, comme il aurait fait dans une église, sans doute pour nous signifier que nous étions là en un lieu sacré. En vérité, on percevait encore, dans les éblouissements paisibles de l'air, la présence des chercheurs de silence et des rêveurs divins qui l'avaient autrefois fréquenté. Nous nous sommes assis sur la rive, et tout en nous s'est tu. L'ombre et la lumière jouaient avec le chant des chutes d'eau le long des marches scintillantes, avec les poissons qui glissaient dans les transparences rieuses. Il faisait beau comme jamais, la paix autour de nous était miraculeuse. Nous l'avons respirée jusqu'à nous saouler d'elle. Puis Alfredo s'est levé. Il a dit :

– Allons-y.

Et nous sommes partis le long de la rivière.

Il n'y avait plus de sentier. L'homme en jaune s'en est allé devant à longues enjambées parmi les amas de feuilles et les branches hargneuses qu'il lui fallait parfois tailler à coups de machette. Il nous a conduits jusqu'au bord d'une petite clairière où nous n'avons rien vu que l'herbe, et les buissons. Il nous a désigné, au milieu, une bosse de terre où affleurait à peine ce qui nous a paru être un rocher enfoui. Nous nous sommes agenouillés, nous l'avons dégagé avec une fébrilité d'amoureux. Ce n'était pas un roc. C'était un dôme en pierre lisse, noire, sans la moindre nervure. On aurait dit un œil énorme et ténébreux. L'homme est allé chercher de l'eau à la rivière proche pour le nettoyer. Il en a ramené un plein chapeau ruisselant. Nous l'avons aspergé, lavé. Les gouttes fuyaient sur ses parois courbes comme de petites bêtes effrayées. Nous l'avons essuyé avec des poignées d'herbes. Quand ce fut fait, notre guide s'est retiré derrière les arbres.

Alors Alfredo nous a ordonné de nous asseoir autour de notre découverte et de tendre les mains au-dessus d'elle. Nous avons accordé nos souffles, nous nous sommes vidés de toute volonté, de tout désir aussi, et de toute pensée. Nous avons attendu que la pierre s'éveille, que sa vie vienne à nous, attirée par nos vies. Quelque chose est peu à peu sorti d'elle, un frémissement tendre, une musique silencieuse et si touchante qu'un sanglot a mouillé soudain mes yeux fermés. Le temps s'est effacé. J'ai sombré dans la paix, dans l'oubli bienheureux du monde et de mon corps, jusqu'à ce que la voix d'Alfredo me ramène à cette forêt chaude où nous étions. Je ne sais pas ce qu'il a dit, mais à peine avait-il parlé que j'ai senti jaillir devant ma face une force si palpable et si brutale que mes mains s'en sont envolées. J'ai ouvert les yeux. Mes compagnons regardaient en l'air où montait du dôme obscur une chaleur vibrante, comme on en voit parfois au-dessus d'un foyer. Alfredo s'est levé, il s'est épousseté les genoux et il s'est éloigné en nous rameutant d'un grand signe.

Nous l'avons suivi. La terre m'a paru instable sous mes pieds. Jef et Pedrito titubaient aussi comme sur un bateau. Nous avons retrouvé l'homme en jaune sous le couvert des arbres. Il nous a baisé les mains. Il était plus bouleversé que nous. Nous avons rejoint la rivière et l'accueillante cascade en escalier. Là nous nous sommes assis à nouveau. Aucun de nous n'a parlé, nous n'avions rien à nous dire. Nous nous sentions aussi calmes que des sources, le moindre mot serait tombé comme un caillou dans l'eau limpide, il aurait troublé la magnifique sérénité du monde. Chacun est resté un moment en lui-même à respirer les averses de lumière au travers des arbres, puis nous avons repris le sentier en désordre, au pas de promenade, nous avons retrouvé la camionnette, l'odeur d'essence, le ronronnement du moteur, les cahots, la route.

L'Indien nous a invités à séjourner chez lui jusqu'au prochain matin. C'était un homme humble et digne. Nous aurions préféré rester entre nous, dîner de nos conserves, dormir sous les étoiles, mais notre refus l'aurait blessé. Nous nous sommes donc laissé guider jusqu'au bout du village où était sa maison. Sa femme, devant la porte, triait des légumes. Un enfant jouait à ses pieds. Notre hôte est allé à lui, il l'a pris dans ses bras, il l'a offert au ciel en riant et il est venu nous le présenter. Il lui a demandé de nous remercier l'un après l'autre, après quoi il nous a dit fièrement que son fils, grâce à nous, serait un homme libre. Tandis qu'il nous parlait ainsi son épouse est restée la bouche ouverte à nous examiner de pied en cap, puis elle est entrée en grande hâte mettre de l'ordre dans sa maison. Son homme l'a suivie. Il est ressorti presque aussitôt avec des verres et une bouteille de mezcal. Il avait quitté son poncho jaune.

Il nous a servis à ras bord. Nous avons échangé des vœux de bonne santé avec un enjouement crépusculaire. Nous étions un peu gênés et circonspects. Cet homme nous regardait comme des messagers célestes espérés depuis des siècles, et nous ne savions presque rien de lui. Il a vidé d'un trait sa rasade, il a hoché la tête, et contemplant le sol entre ses pieds il a dit :

– Faire que son enfant soit plus léger que soi, c'est un grand bonheur pour un père, et pour un homme pauvre une grande fierté.

Ses paroles m'ont ému. Je lui ai souri avec amitié, Alfredo et les autres aussi. Alors il s'est abandonné à la confiance. Il nous a dit que chacun, quelle que soit sa vie, devait faire tout ce qui était en son pouvoir pour se débarrasser de ses propres fardeaux et malédictions afin de ne pas avoir à les charger, à l'instant de quitter le monde, sur le dos de son propre fils. Car selon lui nos peines ne s'effaçaient pas avec nos existences, elles demeuraient vivantes, et nos enfants en héritaient aussi naturellement que l'on hérite d'un âne ou d'une maison lézardée. Grâce à Dieu son garçon n'aurait pas à veiller comme lui-même avait dû le faire depuis sa propre enfance. Après qu'il eut ainsi parlé, je lui ai demandé qui lui avait imposé ce long travail d'attente. Il m'a répondu qu'il n'en savait rien, que chaque maillon de la chaîne qui l'avait tenu en laisse était un de ses ancêtres, et que le bout de cette chaîne se perdait dans la brume des temps. Il a ri, il a fait un geste négligent. Tout cela n'avait plus d'importance désormais

Nous avons quitté Palenque le lendemain avec toutes les bénédictions du monde, les embrassades de l'enfant et quatre paniers débordant de fruits, de galettes et de plantes médicinales que l'épouse, malgré nos protestations, nous a fourrés sous les banquettes avec une joyeuse autorité. Jef et Pedrito ont repris l'un ses airs de jazz, l'autre ses chants d'amour aux arbres, comme à l'aller, sauf qu'ils l'ont fait la bouche pleine. Ils n'ont pas cessé de se goinfrer. Nous les avons laissés un peu avant Oaxaca, à l'entrée d'un faubourg peuplé de cabanes de tôle où ils habitaient. Dès que nous avons été seuls dans la camionnette, Alfredo m'a dit que son apprentissage auprès de son patron venait à son terme, et qu'il avait maintenant l'intention de voyager.

– Je vais descendre jusqu'à la Terre de Feu, et remonter jusqu'en Alaska. Après quoi je me ferai ermite, ou j'irai peut-être tenter ma chance en Europe.

Il a dit cela comme il aurait parlé d'une course au bout de la rue. Il m'a jeté un coup d'œil. Il m'a demandé si j'avais envie de l'accompagner. Je n'ai pas eu à lui répondre. J'ai pris deux mangues dans un panier, j'ai mordu dans l'une et je lui ai tendu l'autre. Nous avons dévoré nos fruits sans plus rien dire  Nos yeux étaient déjà partis

J'ai longtemps hésité, malgré le désir que j'en avais, à entraîner Alfredo dans l'évocation de notre voyage à Palenque. J'appréhendais d'exposer mes souvenirs au dur soleil des mots, j'avais peur qu'ils ne s'évaporent comme des fumées de rêves, à peine mis dehors. Mais j'avais trop envie de clarté pour me taire. Ce soir-là, dans la taverne presque déserte où nous avions trouvé refuge, j'ai donc demandé à mon compagnon ce qu'il pensait de notre aventure. Il a haussé les épaules et il a plongé le nez dans sa bière. J'ai insisté. Je lui ai sournoisement confié que je ne comprenais rien à ce qui nous était arrivé. Il a grogné qu'il n'y avait rien à comprendre. Il avait l'air agacé. Je lui ai dit :

– Ton patron savait où nous allions. Il savait où l'homme en jaune nous attendait. Il savait que nous avions de bonnes chances de le rencontrer. Alfredo, dis-moi qu'il n'y a pas eu de miracle.

Il a ri doucement. Il m'a répondu :

– Pourquoi ? Les miracles te font peur ?

Je suis resté perdu dans mes doutes émerveillés. Il m'a semblé que lui aussi cherchait une lumière. Il regardait le lointain, sans rien voir, il oubliait de boire. Enfin il a poussé un long soupir, il a remué la tête et il s'est mis à parler pour lui seul, comme s'il n'y avait qu'une chaise vide à la place où je réchauffais mon verre entre mes mains. Il a dit :

– Ce que nous avons vécu est-il raisonnable ? Non, ce n'est pas raisonnable. Mais Dieu est-il raisonnable ? Le monde, l'existence, les rencontres de hasard, ce qui arrive ou n'arrive pas, tout cela est-il raisonnable ? La vérité, c'est que nous ne cherchons pas à comprendre mais à réduire les prodiges de la vie à la dimension de la coquille de noix où notre esprit a fait son nid.

Il s'est tu. Alors je me suis dit, moi aussi, à voix haute, sans plus rien voir que brume :

– Pourquoi réduire ? Pour posséder, pour tenir fermement le monde, un monde illusoire certes mais qu'importe, pourvu qu'il soit à notre pauvre mesure. Luis, quand cesseras-tu de jouer les maquereaux avec l'amour de l'air et les bontés du Ciel ?

Le brouillard s'est dissipé devant moi. J'ai revu tout à coup la figure d'Alfredo. Il me contemplait, les yeux grands. Cette voix qui venait de sortir de ma bouche n'était pas la mienne. Sans avoir rien voulu, sans en avoir rien su, je venais d'imiter exactement le timbre un peu feutré et l'accent lent d'El Chura. Je m'en suis trouvé aussi surpris que lui. Comme il restait à m'examiner avec une curiosité comique, un bonheur simple et neuf m'a soudain submergé. Je lui ai tapé sur l'épaule, je lui ai dit qu'il ne pouvait pas comprendre, et nous sommes partis d'un éclat de rire à réveiller les morts.

Nous avons quitté Oaxaca quatre jours plus tard avec deux ceinturons à revolvers et trop peu d'argent pour prendre l'autobus. Je ne sais pas où Alfredo avait déniché ces armes, mais il les estimait indispensables. Il avait raison. Sans elles nous n'aurions sans doute pas survécu, et notre chemin tracé vers la Terre de Feu n'aurait sûrement pas bifurqué vers l'Europe. Des camions, des chevaux, des bateaux bananiers le long de quelques fleuves et quelques marchepieds de trains de marchandises nous ont bientôt changés en voyous vagabonds. Où pouvions-nous aller ? Où vont, un jour ou l'autre, tous les égarés du monde : en enfer. Le jour où nous avons débarqué à Puerto Berrío nous ne savions pas encore que nous n'irions pas plus loin vers le sud, mais il nous est apparu à l'évidence que nous ne pouvions tomber plus bas.

Nous sommes arrivés dans ce cul-de-basse-fosse par la rivière Magdalena, assis sur un tas de peaux de crocodile que charriait la barque d'un marchand de tout et de rien. C'était, en lisière de la forêt vierge (l'Amazonie est proche), un de ces lieux où même le soleil sent mauvais, où la vie renaît sans cesse de ses propres pourritures, où Dieu règne en shérif alcoolique sur des fauves à face d'hommes qui font trafic de tout, de diamants, de femelles, d'esclaves, de caoutchouc, une main sur la table, à deux doigts du couteau, et l'autre sur la crosse du revolver. Puerto Berrío, en vérité, était une bourgade d'une simplicité extravagante. Une rue, rien d'autre, menait du port à l'église. Au-delà d'elle, à droite et à gauche, des terrains à ordures peuplés de rats et d'oiseaux charognards s'enfonçaient dans la forêt. Le long de cette rue n'étaient, côté ombreux, vaguement alignés, que des bordels de planches, et côté ensoleillé une bousculade chaotique de restaurants et de débits d'alcool. A six heures, le soir, le son de l'angélus dégringolait du clocher sur ces baraquements. Le portail du lieu saint (par où, apparemment, n'entrait jamais personne) s'ouvrait à deux battants et le curé sortait comme un coucou de sa pendule avec sa haute croix, son goupillon, son surplis de dentelle et son enfant de chœur armé d'un encensoir. Tous les deux s'avançaient au milieu de la terre battue entre les bordels et les tavernes. Les putains alignées marmonnaient leurs prières en se signant abondamment. En face, les taverniers et leurs clients, tous plus ou moins brigands, clochards ou assassins, le chapeau à la main, se recueillaient aussi, le temps que l'eau bénite, l'encens et la croix passent. Le prêtre bénissait son monde, tout du long, jusqu'aux barques du port, après quoi il s'en retournait dans sa maison divine, en grande hâte, la croix sur l'épaule comme un outil de paysan, et l'enfant de chœur trottinant derrière.

Dès le portail fermé et l'angélus éteint, les filles sortaient leurs chaises devant les portes, troussaient leurs jupons jusqu'au nombril et s'asseyaient là, les cuisses ouvertes, le sexe frisottant offert à la brise du soir. Les unes tricotaient, les autres feuilletaient des romans-photos ou braillaient contre des marmots faméliques qui venaient ramper entre leurs talons aiguilles, tandis que les hommes d'en face, la bouteille à la poche et la botte traînarde, allaient de Négresse en fausse blonde et de grosse métisse en rousse flamboyante, examinant les ventres aux toisons exhibées, pesant le pour, le contre et ouvrant leur braguette, dès la fille choisie, avant même de s'engouffrer dans l'ombre des cabanes. Il y avait tous les soirs, dans les tavernes, des saouleries et des disputes au couteau. On traînait les morts dehors. Ils couchaient jusqu'au jour au milieu de la rue avec les ivrognes tombés. Puerto Berrío était ainsi, au temps où je l'ai traversé, un lieu d'humanité informe où la vie semblait à peine émerger du chaos, brute, lourde et affamée de tout, comme une ogresse prodigieuse et stupide.

Ni Alfredo ni moi n'avions le moindre sou en poche. Nous avons vécu quelques jours de services intermittents dans les restaurants, puis nous avons vendu deux de nos quatre revolvers à un marchand de femelles pour payer notre place dans son camion qui repartait le lendemain matin à Medellín. Nous avions aménagé un abri dans un renfoncement de rocher, au bord de la rivière. Nous y passions nos nuits, chacun veillant à tour de rôle sur le repos de l'autre. Ce soir-là, Alfredo est allé seul dormir. Je n'avais pas sommeil. Je suis allé marcher sous la grosse lune qui baignait le port. Mille bruits se mêlaient, tous étranges, empoissés de vapeurs, des grincements de barques, des cris d'oiseaux dans la forêt proche, des voix éraillées, des musiques de bar vieilles, désespérantes, au loin, dans la nuit bleue. Comme j'errais sur le sentier, j'ai vu soudain sortir de l'ombre un Nègre immense. Il titubait. Il n'était vêtu que d'un ceinturon militaire. Pour le reste, il était nu. Une machette luisait dans son poing, il en faisait en marchant des moulinets désordonnés. Il s'est planté devant moi, à trois pas, il a grondé je ne sais quoi et il a foncé sur moi comme un corsaire à l'abordage. Heureusement, il était saoul. Il n'a tranché que la nuit. J'ai reculé, mon revolver tendu au bout de mes deux poings. S'il l'a vu, il n'y a pas pris garde. Il m'est revenu dessus. J'ai tiré. Il a tournoyé sur un pied et il s'est affalé dans l'herbe humide. J'ai lâché mon arme, j'ai couru réveiller Alfredo. Je n'ai pas pu lui parler, tant je tremblais. Nous sommes retournés où l'homme était tombé, mais il n'était plus là. Nous l'avons aperçu, au loin, il traînait la jambe en appelant à l'aide sur un bateau-bazar. Des gens se sont rassemblés autour de lui, puis quatre ou cinq malfrats ont quitté le bord et sont partis à ma recherche. Mon esprit divaguait, mes mains m'épouvantaient. Si j'avais été seul, je me serais laissé prendre. Alfredo m'a empoigné par le col et m'a entraîné au large. Dix minutes plus tard nous roulions à tombeau ouvert sur une route inconnue, dans un camion volé

## 12

Au premier muletier que nous avons vu sortir des brumes de l'aube nous avons demandé où allait cette route. Nous avions traversé quelques hameaux depuis Puerto Berrío mais il faisait nuit, ils étaient déserts. L'homme, sans cesser de pousser sa bête le long des arbres, a crié des noms de villages à demi submergés par les grondements du moteur puis, désignant le lointain :

– Barranquilla !

Ce que l'on nomme le « destin » a probablement un corps solide et un poids mesurable puisque je l'ai senti tomber sur ma tête. Il ne m'a pas fait mal, il ne m'a pas effrayé non plus. Il m'a juste étourdi. J'ai fermé les yeux, je me suis renfoncé sur mon siège, j'ai murmuré :

– Mon Dieu.

Alfredo, qui connaissait mon aventure avec ma dulcinée de Bogotá, est parti d'un rire énorme. Je lui ai jeté un coup d'œil piteux. Je lui ai fait remarquer que nous allions à l'opposé du chemin que nous voulions suivre. Il m'a dit :

– L'important, amigo, ce n'est pas ce qui a été décidé, c'est ce qui arrive. Si le vent nous pousse à Barranquilla, c'est que nous y avons rendez-vous.

Je savais qu'il avait raison. Tant pour lui que pour moi, il y avait longtemps que le hasard n'était plus qu'un refuge désaffecté, Barranquilla, décidément, avait envie de me revoir.

Nous avons abandonné le camion derrière une cabane au bord de la forêt et nous avons poursuivi notre route agrippés au cul d'un autobus. Je ne craignais presque plus rien des malandrins de Puerto Berrío, aucun n'était à nos trousses (ils ignoraient probablement dans quelle direction nous avions pris la fuite), mais Alfredo paraissait soucieux de quitter la région au plus vite. A l'entrée d'une petite ville, comme nous longions la voie ferrée, nous avons plongé dans des ballots de paille que charriait un train de marchandises. Nous sommes arrivés à Barranquilla le lendemain matin. De la plate-forme du wagon où nous avions passé la nuit on voyait, au-delà des entrepôts, des cargos dans le port et les scintillements infinis de la mer au soleil naissant. A peine défaits de la grisaille des voies et des quais déserts traversés avec une hâte de voleurs nous nous sommes aventurés sur une plage caillouteuse où n'étaient que des ordures et quelques rares baraques. Nous nous sommes avancés jusqu'au bord des vagues. Nous étions fourbus, crasseux, puants, mais nous nous sentions l'âme neuve. Peut-être, dans le lointain débarrassé du monde, espérions-nous voir apparaître le trois-mâts du Bon Dieu. Nous sommes restés un long moment debout, épaule contre épaule, à contempler le large, puis Alfredo a dit :

– Il ne faut jamais regarder derrière soi.

J'ai senti tout à coup une foule de présences dans la lumière du matin. Tous ceux qui m'avaient poussé le long de mes ans jusqu'à ce rivage étaient là, ma mère, El Chura, Marguicha, doña María, l'aigle de Huayna Picchu, don Sebastián, tous les pères indiens, ils étaient là, ils me poussaient encore avec une force irrésistible, rieuse et tendre, à déchirer le cœur du ciel. Des larmes m'ont débordé des yeux sans que je pense à les retenir. J'ai demandé à Alfredo s'il éprouvait ce que j'éprouvais. Il m'a répondu :

– Non, non, c'est le vent. Ne pleure pas.

C'était comme le jour où j'avais quitté la maison de mon père. Avais-je grandi ? Non. J'étais à peine meilleur, à peine plus fort. L'inconnu était à nouveau devant ma face, prodigieusement vaste, ensoleillé, fascinant, amoureux de moi et vide comme Dieu. Je l'ai senti envahir ma poitrine. Sa musique était exactement semblable à celle qui m'avait autrefois accueilli, quand j'avais fui la mort de ma mère. J'ai dit à Alfredo que je savais avec qui nous avions rendez-vous. Il m'a regardé. J'ai désigné la mer. Alors il est parti vers les bateaux du port, et je l'ai suivi.

C'est ainsi, pas autrement, que les choses se sont faites. Le temps de dépenser l'argent des deux revolvers que nous avions vendus, et nous avons trouvé à nous embarquer sur un cargo en partance pour l'Espagne. Nous sommes arrivés à Cadix un matin de septembre. Il y faisait un soleil tropical. Nous ne nous sommes pas attardés, nous avions hâte (moi surtout) d'atteindre le cœur du pays. Nous sommes donc partis le jour même à Madrid dans un autobus rouge et vert. J'ai voyagé le front collé contre la vitre, bouleversé par cette révélation tant époustouflante que j'en restais la bouche ouverte à oublier de respirer : nous étions en Europe. Ce ciel, ce défilé de poteaux télégraphiques le long de la route, ces champs, ces maisons, ces villages, c'était l'Europe, l'Europe tant rêvée, l'Europe inaccessible et pourtant aussi familière qu'une légende mille fois dévorée, bref, la terre promise où ne parvenaient jamais que de rares élus. Nous en étions. C'était à n'y pas croire. Je regardais les gens, autour de moi, sur les banquettes, comme autant de savants possibles, sinon probables. J'étais là en Europe, au pays du savoir. Pour peu qu'ils portent cravate et veste propre, j'imaginais ces compagnons de voyage familiers de Platon, d'Aristote, de Kant et de Victor Hugo. Certains me jetaient un coup d'œil distrait, de temps à autre. Je les saluais avec respect. J'aurais aimé leur parler. Je n'osais pas. Je me voyais auprès d'eux comme un sauvage à peine dégrossi, à l'accent ridicule. J'avais honte de mon débraillement mais je m'efforçais de me bien tenir. Je m'émerveillais de tout, discrètement. Je poussais sans cesse Alfredo du coude, je lui désignais n'importe quoi dehors, des chèvres, des voitures ou des femmes en vélo. Il sortait à peine du paquet de prospectus touristiques qu'il avait raflés au débarcadère de Cadix, il examinait l'alentour, il faisait la moue et il ne disait rien. Je savais qu'il estimait l'Espagne taciturne, revêche et soumise à une dictature qu'il n'avait aucune raison de supporter. Il avait des ancêtres italiens. Sa tête était déjà à Rome.

Il n'est resté que quelques jours à Madrid. Il n'a même pas cherché à se loger. Je l'ai hébergé dans la chambre d'hôtel où je m'étais installé, après quoi un matin il a bouclé son sac. Nous avions déjà nos quartiers dans un bistrot tenu par une grosse veuve qui s'était prise d'affection pour lui. Il l'appelait « maman ». Elle aurait bien aimé, je crois, le fourrer dans son lit. Elle a volontiers accepté de recevoir pour moi de ses nouvelles. J'avais un peu d'argent, mais il a refusé les quelques kilomètres de train que je pouvais lui payer. Il voulait voyager à pied. Il m'a dit que l'occasion était bonne d'apprendre à son corps cette parole du Christ qu'il aimait entre toutes : « Sois un passant. » Je m'en suis étonné, je croyais qu'il n'était pas chrétien. Ma figure l'a fait rire. Nous nous sommes séparés, après de longues embrassades, en frères d'armes sûrs de se revoir un jour. Au bout de la rue il a agité sa main au-dessus de sa tête, sans se retourner, et il a disparu. Nous nous sommes revus cinq ou six ans plus tard. Le temps n'avait pas abîmé nos cœurs. Il vit aujourd'hui près de Rome, moi je vis à Paris. Nous nous parlons souvent. Notre amitié va bien.

A Madrid j'ai subsisté un moment de dessins et d'aquarelles vendus à la sauvette, j'ai connu quelques artistes, j'ai pu bientôt louer un atelier au fond d'une vieille cour ouverte sur une ruelle d'artisans où étaient un tonnelier, un peintre d'enseignes et quelques ébénistes. C'était un lieu fermé aux rumeurs de la ville. Les voitures n'y venaient pas. On y sentait le bois, on y entendait le bruit des maillets et des scies. Il y avait, au bout de la rue, une échoppe de brocanteur. C'était une sorte de caverne poussiéreuse aux murs indiscernables où une forêt vierge de pacotilles hétéroclites semblait devoir, un jour ou l'autre, engloutir le maître des lieux. Il n'y avait de place au milieu de cet envahissement que pour une table et une chaise où il s'occupait imperturbablement à rafistoler de vieilles argenteries sous un lustre de faux cristal d'où pendait une ampoule nue. C'était un homme d'une étrange érudition. J'allais le voir souvent. Il me parlait de livres introuvables et de coutumes lointaines. Il semblait avoir beaucoup voyagé. Un jour, comme je me plaignais de ne pouvoir vivre de ma peinture, il m'a dit qu'il avait appris dans sa jeunesse (il en parlait comme d'une autre vie) les techniques de la laque chinoise. Il m'a proposé de m'instruire.

– Laqueur, voilà le métier qu'il te faut. Tu es un bon coloriste, tu sais dessiner. Tu devrais réussir.

Grâce à Dieu j'étais (je suis encore) un assoiffé perpétuel prêt à tremper le nez dans n'importe quel breuvage pourvu qu'il ait un parfum de savoir. La Chine, en ce temps-là, était dans mon esprit plus vague que la lune et son art plus confus qu'un désert dans la nuit, mais je me suis assis en face du bonhomme, je me suis accoudé sur la table et je l'ai écouté. Peu à peu, j'ai appris. Je me suis patiemment exercé, sous ses ordres. J'ai peint quelques panneaux, laqué des tables basses. L'habileté m'est venue aux doigts. Un matin j'ai invité tous mes voisins à boire un verre baptismal et j'ai solennellement orné ma porte d'une enseigne de maître laqueur. J'ai eu quelques commandes, et l'une poussant l'autre je me suis vu bientôt tant occupé qu'il m'a fallu songer à engager un ouvrier.

Un jour, comme j'examinais à la loupe, devant ma porte, un paravent chinois à douze volets que m'avait confié une vieille antiquaire (je m'étais engagé à le restaurer et je ne savais vraiment pas comment m'y prendre), j'ai vu venir vers moi, au travers de la cour, un homme d'âge mûr, maigre, raide, asiatique. Il m'a salué avec une politesse de valet de théâtre, il est resté planté un moment devant l'encombrant chef-d'œuvre qui me préoccupait puis il m'a dit, sans se détourner de sa contemplation, qu'il cherchait du travail et qu'il avait appris dans le quartier que j'avais besoin d'un assistant. Je lui ai demandé s'il connaissait un peu le métier. Il m'a répondu d'un hochement de tête et d'un sourire assez joyeux pour que je l'invite à entrer chez moi. Je lui ai fait visiter mes colles transparentes, quelques travaux en cours et d'autres terminés dont j'étais assez fier, puis je lui ai confié un panneau sec, poncé, un peu de poudre d'or et de poudre d'argent, un pinceau, une gomme à laque et je lui ai demandé de me montrer ce qu'il savait faire. Il s'est assis, le dos bien droit, devant la planche nue, il s'est tenu un court moment immobile, puis sa main s'est tout à coup envolée comme une libellule et j'ai vu naître là, par effleurements vifs, une rivière, un mont, un vieux chargé de bois près d'un rocher plus haut que lui, des arbres, des nuages, un soleil embrumé. Tout est venu parfait, sans effort apparent. On aurait dit un tour de magicien. J'étais derrière lui, penché sur son épaule, le souffle retenu, les yeux bombés comme des œufs. Il s'est bientôt levé, il a salué son œuvre, et comme je restais à le regarder il a essuyé son pinceau avec un soin chirurgical, il a aligné les pots et les outils sur la table, il est allé chercher un panneau vierge, puis il m'a aimablement désigné son siège et il m'a dit :

– A vous maintenant.

Je me suis assis, le cul pesant. Ma main, auprès de la sienne, m'a paru aussi malhabile qu'une patte de singe. J'ai tracé à la craie l'esquisse d'un paysage, après quoi j'ai risqué le pinceau, çà et là. Mon travail terminé, j'ai levé l'œil vers cet homme simple que je craignais soudain comme un juge. Il a pris la planche, il l'a contemplée, il a hoché la tête, il a ri un petit coup, il a marmonné :

– C'est vraiment très mauvais.

Puis il m'a dit encore, en déposant respectueusement, devant moi, mon image sans âme :

– Si vous voulez aller à la laque chinoise, ce n'est pas le bon chemin.

Je lui ai répondu que je le voyais bien, que je ne savais pas faire mieux, mais que s'il voulait m'instruire j'étais prêt à lui abandonner les clés de la maison et à me contenter d'un salaire de trois sous. Un sourire discret, joyeux, un peu moqueur a traversé ses yeux. Il m'a salué d'un petit coup de front. Il m'a dit :

– Je ne veux certes pas vous envahir, vous êtes ici chez vous. Notez bien que si vous désirez apprendre, je n'ai pas à accepter vos conditions, aussi généreuses soient-elles. C'est plutôt à vous d'accepter les miennes.

J'ai attendu, un peu inquiet. Comme il me regardait sans se décider à poursuivre, je lui ai demandé ce qu'il exigeait de moi. Il m'a répondu :

– Mon salaire sera celui d'un employé. Hors d'ici, vous serez le patron. Si nous allons ensemble boire un verre au café je ne serai rien d'autre, pour vos amis, que Siao, votre assistant. Mais dans cet atelier, dès la porte fermée et dès la blouse mise, vous serez l'apprenti, et vous m'obéirez.

S'il n'avait pas été si frêle et si distant, je l'aurais volontiers embrassé. Ses exigences étaient d'une modestie inespérée. Je lui ai secoué la main en lui promettant d'être le disciple le plus attentif et le plus reconnaissant du monde. Mes platitudes enthousiastes n'ont pas eu l'air de l'émouvoir. Il les a interrompues d'un geste sec. Il m'a dit, passant du « vous » au « tu » sans aucun commentaire, avec un naturel un peu déconcertant :

– Puisque nous sommes d'accord, mettons-nous au travail. Assieds-toi.

Nous avons pris place face à face. Il a croisé ses mains devant lui et il m'a dit encore :

– En Chine, le même mot désigne écriture et dessin. Un calligraphe est peintre, un peintre est calligraphe. Si tu veux devenir un maître d'expression (c'est ainsi qu'on appelle, chez nous, les écrivains d'images), tu dois d'abord te vider de ce que tu crois savoir. Donc, à partir d'aujourd'hui, tu ne toucheras plus aux dorures, à l'argent, aux colles, aux écailles ni aux panneaux de bois. Je veux te voir demain avec un gros paquet de papier bon marché, un pinceau fin et de l'encre de Chine. Ce seront tes seuls outils autorisés. Je te dirai qu'en faire.

Il m'a parlé longtemps de son art, de ses maîtres. Le lendemain matin, il m'a mis à l'ouvrage. J'avais imaginé un apprentissage joyeux et nourrissant. De fait, je me suis vu soumis à une usure lente, ennuyeuse, épuisante. Siao m'a proposé un motif à inscrire sans cesse sur mon tas de papier. De temps en temps il venait regarder par-dessus mon épaule, il prenait l'une après l'autre les feuilles que j'avais péniblement noircies, il les examinait à peine, il les froissait en boule et il les jetait. Tout ce que je faisais finissait sous la chaise. Il ne m'en disait rien. Il faisait table rase, et il s'en retournait à ses travaux en cours. Car les commandes affluaient, et comme il m'était interdit de toucher aux matériaux nobles il les honorait seul, avec un soin parfait. Il peignait, laquait, restaurait, et signait tout de deux idéogrammes. De longtemps je ne m'en suis pas soucié. Puis un soir que je le regardais travailler (j'avais épuisé mon paquet de feuilles), comme il s'appliquait à tracer ses signes habituels, en rouge discret, au coin d'un paravent, je lui ai demandé de me les traduire, s'ils avaient un sens. Il m'a répondu :

– Ce sont les deux syllabes de ton nom, en langue chinoise.

– Mon nom ? Mais c'est impossible, maître Siao, ce sont vos œuvres, je ne suis pour rien dans ces merveilles !

– Elles sortent de ta maison. N'oublie pas, Luis. Pour les gens du dehors, je suis ton ouvrier, et tu es mon patron. Qui signe ? Le patron. L'ouvrier exécute. J'exécute. Tu signes.

Siao était ainsi, simple, limpide, droit. Il m'a appris la patience, l'humilité et la liberté des sources qui est de n'avoir rien et pourtant de donner sans cesse. Il a aussi troué, dans mon pays du dedans, ce plafond de nuages que l'on prend volontiers pour le ciel et qui n'est fait de rien que d'idées de passage, d'application craintive et de désir de plaire. A force de répéter le même geste et le même motif sur des feuilles semblables, à la même encre noire, un rayon de soleil a fini par traverser mes amas de brumes. Il est descendu jusque dans mon corps. Un grain de lumière dans un creux de silence, voilà ce que j'ai goûté, et j'ai su ce qu'était, enfin, la vraie prière. Je n'en ai rien dit à Siao. Mais peu de temps après cette découverte, un matin, il m'a permis de l'aider. Dès lors, j'ai occupé mes premières heures du jour à encoller, poncer, maroufler les surfaces, à regarder ses mains bouger, à l'écouter me dire, patiemment, ses secrets. L'après-midi il me renvoyait à mes calligraphies et mes prières de lumière. Il m'a ainsi instruit une année durant, jusqu'à ce jour d'hiver où il est sorti de ma vie aussi étrangement qu'il y était entré, sans laisser plus de trace, dans l'atelier désert, qu'un souffle de brise.

Nous venions de déjeuner sur notre habituel coin de table. Nous avons bu notre café, rangé notre vaisselle, puis chacun est revenu à son travail. Je me suis installé devant mes feuilles blanches et lui s'en est allé poudrer d'or un panneau d'armoire, près de la fenêtre. Il faisait froid dehors. Dedans, il faisait doux. Le poêle ronronnait. On n'entendait, au loin, que des bruits d'ateliers. J'ai travaillé une heure en ne pensant à rien, puis Siao est venu jeter un coup d'œil furtif par-dessus ma tête penchée. Je n'y ai pas pris garde. Il ne s'est pas éloigné comme il le faisait d'ordinaire. Il est resté un moment à examiner les signes que je traçais. Il a dit enfin :

– C'est bien.

Il a posé sa main sur mon épaule, il est allé jusqu'au porte-manteau, il a quitté sa blouse, il l'a fourrée dans son sac et il a tranquillement décroché son imperméable. Je lui ai demandé où il allait. Il m'a répondu, avec le sourire amusé qui lui venait quand je lui posais des questions saugrenues :

– Je m'en vais.

Je l'ai regardé, les yeux ronds.

– Mais pourquoi ? La journée n'est pas finie !

Il est revenu ranger ses outils sur l'étagère. Il m'a dit :

– Tu n'as plus besoin de moi, Luis. Ta ligne est juste, ton trait est juste. Tu peux continuer sans aide maintenant.

Il s'est essuyé les mains, et il est parti. Je n'avais pas bougé de ma chaise. Comme il passait le seuil, j'ai crié :

– Siao, vous reviendrez, dites ?

Il ne m'a pas répondu. Il a fermé la porte derrière lui. Je l'ai vu, par la fenêtre, traverser la cour, saluer un voisin, franchir le porche, son cartable au bout du bras. Il s'est enfoncé dans la rue. Il n'est plus jamais revenu.

Je l'ai cherché partout. Je savais vaguement dans quel quartier il habitait. J'ai traîné des journées entières dans ses ruelles, j'ai interrogé tous ceux qui l'avaient connu, j'ai couru les bistrots où nous allions parfois. Personne n'a pu me dire ce qu'il était devenu. Un matin, enfin, fatigué d'errer, je suis retourné à l'atelier.

Je me sentais perdu, abandonné, trahi. Je ne savais que faire. Il fallait bien, pourtant, que je me remette à l'ouvrage. Les œuvres de Siao avaient fait de moi un artisan réputé. Mais comment poursuivre sans déchoir ce qu'il avait commencé ? Je m'en croyais incapable. Je ne l'étais pas. Mes mains, mon corps, mes sens, et ma tendresse aussi pour mon maître envolé, ont peu à peu redécouvert les gestes de son art. Siao avait inscrit en moi l'essentiel de son savoir. Un soir de ces temps solitaires, comme j'examinais sans indulgence mon travail du jour, son dicton favori m'est soudain revenu. « Ce n'est pas parce que les choses sont difficiles qu'on n'ose pas les faire. C'est parce qu'on n'ose pas les faire qu'elles sont difficiles. » Il me rappelait souvent cette parole. Nous en faisions un jeu. Il en disait la moitié, il levait l'index, et je disais la suite. Il avait eu raison de me lâcher la main. S'il ne l'avait pas fait, je n'aurais jamais su que je pouvais marcher seul sur ses traces.

C'est peu de temps après son départ qu'une tempête imprévue, une fois de plus, m'a emporté où je ne voulais pas aller. Je gagnais bien ma vie. Si je m'étais tenu tranquille j'aurais peut-être, aujourd'hui, mon château en Espagne, et je ne parlerais pas le français. Mais quoi, mon âme est un pays venteux. Attache-t-on le vent comme une mule à l'arbre ? L'austérité de Siao et mon apprentissage de ce qu'il appelait l'« art des maîtres d'expression » ne m'avaient pas détourné du monde. J'avais rencontré, peu de temps après mon arrivée à Madrid, quelques peintres et poètes à demi clandestins que je retrouvais presque tous les soirs au fond d'un vieux bistrot proche de l'atelier. Nous y buvions du vin dans des relents de cuisine, accoudés à la toile cirée d'une table bancale, en attisant sans cesse nos révoltes de jeunes libertaires affamés de beauté. Nos palabres nous ravivaient le cœur, en ces jours étouffants où la dictature franquiste paraissait à tous inextricable. Une nuit, comme nous vidions notre dernière bouteille, j'en suis venu à parler de mes pères chamans, des misères indiennes et de ma haine de l'Église espagnole qui avait fait du Christ, dans ces pays lointains, un soudard tortionnaire. Siao m'avait quitté depuis une quinzaine. Je ne sais jusqu'à quel point ma tristesse, encore vive et bouillonnante, a aggravé ma propension coupable au lyrisme prophétique, mais le fait est que mes paroles ont bouleversé notre groupuscule.

Mes camarades, après m'avoir écouté avec une passion de guerrilleros, ont estimé à l'unanimité que je devais dénoncer haut et fort ces turpitudes catholiques dont ils n'avaient eu jusqu'alors qu'une idée aussi fade qu'une vapeur de tisane. Leur exaltation m'a bientôt porté jusque sur l'estrade d'un amphithéâtre d'université où l'un de nous animait une vague amicale d'étudiants en littérature. J'étais officiellement invité à faire une conférence sur les civilisations indiennes de la cordillère des Andes. J'avais le cœur en feu, et j'avais trop à dire. Au bout de mon discours, un vacarme de meeting m'a déferlé dessus. Des poings se sont levés, des voix ont entonné *L'Internationale* mêlée de slogans hérétiques. Nous avons fini la nuit entre deux vins, à rebâtir furieusement un monde digne de nos hautes exigences. Quelques semaines plus tard, appelé au service sacré de la vérité par des révolutionnaires d'autant plus intraitables qu'ils ne s'aventuraient guère hors d'un prudent anonymat, je me suis vu hissé sur une scène de salle paroissiale louée pour l'occasion à un prêtre antifranquiste. Quelques groupes de jeunes fauves et d'anarchistes nostalgiques étaient venus m'entendre. Ils étaient bien une centaine. Ils m'ont fait un succès inoubliable. Le long de l'allée qui menait à la sortie, tant de mains se sont tendues vers la mienne que je me suis cru devenu, un bref instant, aussi célèbre qu'un chanteur de charme. De fait, je l'étais presque. Des gardes civils, attirés par le parfum de ma renommée naissante, m'attendaient devant la porte.

J'ai appris au commissariat qu'on me tenait à l'œil depuis ma conférence à l'université. Après ce premier jour de gloire j'avais été partout suivi, à mon insu. La police voulait savoir si je faisais partie d'un quelconque réseau terroriste. Le commissaire qui m'a interrogé (un homme apparemment jovial et pondéré) m'a dit au cours d'un bref exposé introductif que l'observation attentive de mes allées et venues n'avait rien révélé de condamnable. Je me suis senti amplement soulagé. Quand il m'a traité, l'air paterne, de vulgaire fauteur de troubles et de ludion inconsistant, je me suis pris à sourire avec lui. Il a ouvert les bras comme pour m'accueillir. Il m'a dit :

– Évidemment, vous n'êtes pas espagnol.

Je lui ai répondu que non, que j'étais argentin. Il a regardé mes papiers posés sur son bureau, il a froncé les sourcils, il a marmonné :

– Évidemment.

Et j'ai vu aussitôt monter de gros nuages au-dessus de ma tête. J'avais oublié que depuis ma traversée des émeutes de Bogotá mon passeport était frappé de l'emblème colombien. Je me suis éperdument repris, j'ai plaidé l'émotion, le lapsus, l'erreur bête. Il a exhalé, dans un soupir, un nouvel « évidemment » qui m'a vidé de toute force. J'ai passé quatre jours en prison. Après quoi j'ai pris le train pour Irún entre deux gendarmes. Je me suis retrouvé au bord de la France avec un billet pour Paris offert par l'administration espagnole. Je n'avais en poche qu'un peu de monnaie, un mouchoir et la clé de mon atelier dont je n'avais même pas fermé la fenêtre. C'est ainsi que j'ai débarqué, un matin terrible, gare d'Austerlitz. Et c'est ainsi que je suis venu jusqu'à vous, après de longues années, pour vous donner de mon passé ce que l'oubli ne m'a pas pris.

Je ne me suis pas perdu. El Chura doit être content. Je crois qu'il voyait ma vie comme un aigle contemple un paysage, du haut du ciel. Il me voyait marcher, en bas, il voyait ce que je ne pouvais pas voir, les torrents, les montagnes, les foules, les batailles qui m'attendaient, au loin. Il ne pouvait pas les effacer, il ne pouvait que me nourrir de forces et espérer qu'elles me seraient suffisantes pour franchir les obstacles. J'ignorais tout cela, au temps où j'étais près de lui, j'entendais mal, parfois, ce qu'il voulait m'apprendre, je n'étais qu'un enfant à l'entrée d'un long voyage. Je lui disais :

– Chura, ayez pitié de l'apprenti, il est perdu !

Il me répondait :

– Ce n'est pas grave. Quand l'apprenti sera devenu un vieil artisan, là-bas, de l'autre côté de l'océan, il comprendra.

Je ne savais même pas de quel océan il voulait parler. Je m'imaginais en patriarche, dans un pays céleste, au-delà des vicissitudes de l'existence. Il parlait simplement de ce lieu où nous sommes, qu'il ne connaissait pas, qu'il avait vu pourtant. Il me répétait sans cesse :

– Ce n'est pas ce que je dis qui est important, c'est ce que tu sens. Entre dans ta Pachamama, dans la terre de ton corps. Goûte, flaire, écoute, palpe, tiens-toi à l'affût dans le silence de ta terre. Au fond du silence, quelqu'un dort. Souffle sur son visage, il ouvrira les yeux, et tu verras tomber une plume du ciel, la septième. La plume de l'Éveillé. Dès qu'elle aura touché ta tête tu sauras marcher vraiment, sans béquilles, les yeux ouverts. Tu ne seras plus prisonnier de tes caprices, de tes humeurs, de tes croyances, de tes rêves, de ton passé.

Quand il m'a dit cela, il ne m'avait jamais parlé des sept plumes de l'aigle. Que pouvais-je comprendre ?

– Mais, Chura, si je sors de mon passé, je n'aurai plus de mère, plus d'âge, plus de souvenirs, plus rien !

– Que sais-tu de mon existence, Luis ? Tu ne connais même pas mon vrai nom. Regarde-moi. Est-ce que je ne suis rien ?

– Chura, que reste-t-il donc, dites-moi, quand on n'a plus de passé ?

– La liberté des anges, celle qui baigne dans l'amour de tout ce qui vit.

El Chura ne m'a pas instruit, il a rempli mon sac de provisions de route. Ce qu'il ne m'a pas donné, il savait que je le trouverais à tel détour de mes vagabondages, auprès de tel de ses « cousins », à la sortie de telle épreuve. Son œil était celui d'un oiseau, son cœur celui d'un père amoureux, confiant. Je ne sais pas s'il est encore de ce monde aujourd'hui. Où qu'il soit, que ma gratitude parvienne jusqu'à lui, et qu'il bénisse cette halte en votre compagnie.

Vous avez voulu que je vous parle, je vous ai parlé. L'heure est venue de dire au vent : « Nous te confions nos paroles. Emporte-les comme tu emportes tout, pollen, poussière, feuilles mortes. Si elles ne sont que poussière, qu'elles retournent à la poussière. Si elles sont vivantes, qu'elles nourrissent la vie. » Poursuivons maintenant notre route. Je vous préviens, elle est sans fin. Nous sommes tous des Rois mages en chemin perpétuel vers un espoir de naissance. Certains voient la mort devant eux, mais non, elle est derrière, toujours derrière, dans la terre soulevée par les semelles du temps.

Si vous faites un livre de mon histoire, j'aimerais qu'il reste ouvert non pas à la dernière page, mais à la grâce de Dieu.

DU MÊME AUTEUR

Démons et Merveilles de la science-fiction
*essai*
*Julliard, 1974*

Souvenirs invivables
*poèmes*
*Ipomée, 1977*

Départements et Territoires d'outre-mort
*nouvelles*
*Julliard, 1977*
*Seuil, « Points », n° P 732*

Le Grand Partir
*roman*
*Grand Prix de l'Humour noir*
*Seuil, 1978*
*et « Points », n° P 525*

L'Arbre à soleils
*légendes*
*Seuil, 1979*
*et « Points », n° P 304*

Le Trouveur de feu
*roman*
*Seuil, 1980*
*et « Points Roman », n° R 695*

Bélibaste
*roman*
*Seuil, 1982*
*et « Points », n° P 306*

L'Inquisiteur
*roman*
*Seuil, 1984*
*et « Points », n° P 66*

Le Fils de l'ogre
*roman*
*Seuil, 1986*
*et « Points », n° P385*

L'Arbre aux trésors
*légendes*
*Seuil, 1987*
*et « Points », n° P361*

L'Homme à la vie inexplicable
*roman*
*Seuil, 1989*
*et « Points », n° P305*

La Chanson de la croisade albigeoise
*(traduction)*
*Le Livre de poche, « Lettres Gothiques », 1989*

L'Expédition
*roman*
*Seuil, 1991*
*et « Points », n° P524*

L'Arbre d'amour et de sagesse
*légendes*
*Seuil, 1992*
*et « Points », n° P360*

Vivre le pays cathare
*(avec Gérard Siöen)*
*Mengès, 1992*

La Bible du Hibou
*légendes*
*Seuil, 1994*
*et « Points », n° P78*

Le Livre des amours
contes de l'envie d'elle et du désir de lui
*Seuil, 1996*
*et « Points », n° P584*

Les Dits de Maître Shonglang
*Seuil, 1997*

Paroles de Chamans
*Albin Michel, « Carnets de sagesse », 1997*

Paramour
*Seuil, 1998*
*et « Points », n° P 760*

Contes d'Afrique
*Seuil, 1999*

Le Rire de l'ange
*Seuil, 2000*
*et « Points », n° P 1073*

Le Secret de l'aigle
*(En collaboration avec Luis Ansa)*
*Albin Michel, 2000*

Contes du Pacifique
*Seuil, 2000*

Contes d'Asie
*Seuil, 2001*

La Reine des serpents :
et autres contes du ciel et de la terre
*Seuil, « Points Virgule » ° 57, 2002*

Le Murmure des contes
*entretiens avec Bruno de la Salle et Isabelle Sauvage*
*Desclée de Brouwer, 2002*

Contes d'Europe
*Seuil, 2002*

RÉALISATION : I.G.S. CHARENTE-PHOTOGRAVURE À L'ISLE-D'ESPAGNAC
IMPRESSION : S.N. FIRMIN-DIDOT AU MESNIL-SUR-L'ESTRÉE
DÉPÔT LÉGAL : OCTOBRE 2002. N° 30105-2 (62883)